老警

古野まほろ

角川文庫
23285

目次

序章

連雀町地内《れんじゃくちょうチナイ》1

午前八時過ぎ。

正確には、午前八時三一分。パソコンの表示する時計には、そうある。

……今日は頑張った。

僕はキッチリ深夜零時から仕事をする。だから、八時間以上も仕事をしたことになる。

筆の乗りも実にいい。ワープロで四〇枚。プロの作家としては、当然だが。

(ワープロの書式で四〇枚だから、ええと、原稿用紙なら一六〇枚だな)

もうじきだ。

今回の作品は千枚超え。ただ芸術は計算して書くものじゃない。この調子なら、きっと二千枚超えの大作になるだろう。といって、この仕事の才に恵まれた僕としては、二週間もあれば仕上がってしまうのだが。

僕は、これまで書き上がってる原稿を上下にスクロールさせた。ワープロで二五〇頁以上となると、さすがに表示にも重みがある。ディスプレイは時折カクカク、カクカクと抵抗しながら、僕の三作目の、そしてプロとして二作目の長編小説を映し出してゆく。

（もう一度推敲《すいこう》してから、今日の仕事を終わりにしよう）

……さすがに頭がふらつく。脳に糖分が足りてない。

僕は仕事机を離れた。作家にふさわしい、重厚で広い机だ。椅子もそれに見合った、革張りの奴で肘《ひじ》掛けもある。ただそれに比べると、この八畳間はかなり狭い。そのうちに事務所を借りることになるだろう……この家から出ることにだってなるかも知れない。そうだ。新しい妻と新しい世帯を構えるとなったら、三十三年間を過ごした家族とも離《わか》れざるを得ないから。

――パソコンのディスプレイ以外、真っ暗な部屋を横切る。

分厚いカーテンと雨戸からは、ものすごく微《かす》かに五月の陽光が漏れてるだけだ。そう、ものすごく微かに。プロの作家は、夜型なのだ。日が沈む頃に仕事を始め、日が昇る頃にパソコンを落とすのが理想だ。尊敬する朝香宮朝香《あさかのみやあさか》先生も絡辻雪之《からつじゆきの》先生もそうだ。それがプロなのだ。僕は八畳間にあふれる障害物を踏み分けながら、いつもスエットのポケットに入れてる大事な名刺を取り出した。何度も何度も取り出しては読んでるその名刺――

株式会社ＫＡＤＯＫＡＮＡ

文芸局　文芸図書第三編集部
宮宅　貴之
東京都千代田区音羽2－1－2
角哉第2本社ビル　3階
(そういえば、ここ三日くらい電話してないな。
新作の超大作が佳境《かきょう》に入ってるってのに、気の利かない担当編集だ。ありゃダメだな)
……僕は引き続き、足の踏み場が難しい真っ暗な八畳間を横切りながら、ドアのたもとに着く。新作が順調が上にも順調に仕上がりつつある昂揚感《こうようかん》は、じわじわと嫌な焦燥《しょうそう》感《かん》に変わりつつある。
(そういえば、三日前、KADOKANAに電話したときも宮宅《みやけ》くんはいなかった)
何でも、関西出張中だとか。そして僕は、担当編集者のスマホ番号を教えてもらってない。いつも、編集部のアルバイトの女の子に取り次いでもらってる。そうだ。思い出してきた。三日前は関西出張。その三日前は急な打ち合わせ。その三日前は関西出張。その三日前は急な打ち合わせ……
(社会人として、たるんどる)
僕はベッドに取って返した。
枕元のスマホを取る。すぐにKADOKANA社に電話する。
呼出音。

呼出音。

呼出音。

……僕はきっちり一八〇秒ジャストだけ待って、スマホをベッドに叩《たた》き付けた。

(しゃ、社会的責任のある出版社として、たるんどる!!)

いよいよ焦燥感とイライラが強くなる。頭の中が、執筆疲れでぼうっとしてくる。そういえば、最後に宮宅と会話したのは何時《いつ》だったか……

ドン、ドン、ドン!!

ドン、ドン、ドン、ドン!!

僕は八畳間の床を踏みならしながらドアに突進した。この家は、父親の社会的立場を考えれば、あまりにも普通であまりにもささやかな、二階建て車庫付きの一戸建て。まさか豪邸じゃない。だから、僕の今の足音で、僕が目覚めてること、僕がKADOKAWAの仕打ちに憤慨《ふんがい》してることは、同居人にも理解できる——

僕は、自分と外界とを隔《へだ》てる、この、何の変哲《へんてつ》もないドアを見上げた。

いや、見上げるほど大きくはない。そんなことをしてたのは、小学生の頃……もう二十年前後も昔のことだ。今、このドアの背丈は僕を脅《おびや》かさない。僕を脅かすのは、このドアそのものじゃなくって……

(作家の仕事を邪魔する、外の世界のすべてだ!!)

安心できるのは、『書斎』だけだ。いやそれは普通だ。どんな作家だってそうだ。仕事が立て込んでくれば、どんな巨匠《きょしょう》だって書斎から離れたくなくなる。まして、才能があればあるほど妨害は多い。やっかみだ。嫉妬《しっと》だ。やがて億を稼ぐ僕の成功を妨害しようとして、クズどもはありとあらゆる邪魔立てを仕掛けてくる。例えば、ほら、今、窓の外から聞こえてくる餓鬼《がき》どもの歓声。野外スピーカーからの行進曲。まるでプール開きだ。

（なんだってこの五月の下旬に、こんなバカ騒ぎが聞こえてくる……!!）

僕の焦燥感とイライラは、この時点、確実に激怒に変わった。地域社会でこんな騒音をかき鳴らすのもケシカランのに、よりによって、この僕の執筆環境を狙い撃ちにするとは。これから推敲《すいこう》しなきゃいけないのに。そして僕は知ってる。この餓鬼どもの歓声とか、スピーカーからの行進曲は、偽装だ。そう聞こえるように仕掛けてるだけなんだ。連中は僕の成功が嫉《ねた》ましくて、ありとあらゆる妨害電波を出してくる。自衛隊とか米軍とかも協力してる。この、躯《からだ》にビシビシ感じる電磁波攻撃がその証拠だ。

（ふざけやがって……ふざけやがって……ふざけやがって!!）

……だが結果としてその怒りは、僕にドアを開けさせた。もちろん、八畳間のドアを開けることなんかに躊躇《ちゅうちょ》はない。何の恐怖も感じない。ただ厄介で面倒くさかっただけだ。それに電波と電磁波攻撃が始まった今、下手に書斎のドアを開けるのは命にかかわるじゃないか。いや、命より大切な原稿にかかわるじゃないか、それだけだ——

僕は急いでドアのロックを開けると、いつもどおり廊下に置いてあった朝食を回収した。

そのままお盆を仕事部屋に運び入れようとする。外界は、危険だ。

部屋に駆け込もうとする僕の足は、また激怒でストップした。

けれど……

(どうして……どうしてこうなんだ!! アイツもやっぱり怪電波でやられてるのか!?)

僕は廊下で大声を出した。大声で指示しなければ、ラリッた愚父には通じない。この三十三年間で……少なくとも、僕が前途ある作家としての道を選んでからの十三年間で、もう互いに解りきってることだ。

「父さん――父さん!! オイ父さん!!」

「な、何だ鉄雄《てつお》……」

廊下のあたりは吹き抜けになってて、階下には声がよく届く。というか、僕には解ってた。僕に朝食を出すとき、愚父は階下にちょこんと隠れては二階の様子をうかがってる。まるで、不治《ふじ》の病人が気懸かりで気懸かりで仕方ないといった感じで。あるいは、次に自分が何をされるか不安で不安で仕方ないといった感じで――

愚かなことだ。

(キチンとルールを守ってれば、ふたりとも静穏な生活が送れるってのに)

まして、KADOKANAから超大作を依頼されてるプロの僕に、何の将来の心配もないというのに……病人だなんて、ひどい妄想だ。

成程《なるほど》、今の状況だけを見れば、愚父の杞憂《きゆう》は解らないでもない。愚父は五十九歳の、定年間近の公務員。それなりの社会的地位と収入もある。他方で、息子は三十三歳の、世間一般でいう無職。どうにか入ったこの地方の私立大の文学部をたちまち退学してやったから、地元作家の創作塾が最終学歴だ。そう、僕が前途ある作家としての道を選んでから十三年間、僕は創作に専念するべく書斎に籠《こ》もってきた。成程、今の状況だけを見れば、愚父の杞憂は解らないでもない……そう、自分のことを客観視できるのは、創作者の才能だ。

だがしかし。

僕はもうプロの作家だ。

『面白いものが書けたら送ってください』とまで原稿依頼をされてる。

だから、もう千枚超えの作品を二作も送ってる。今、三作目を書いてもいる。

依頼があったんだから、これらは必ず本になる。

本になれば、これだけの作品群だ、必ず文学賞が獲《と》れる。あとは、印税生活だ。

（そうだ、僕は引きこもりなんかじゃない）

こんなカンタンな道理が、何故愚父には解らないのか。

そもそもＫＡＤＯＫＡＮＡの編集者を紹介したのは愚父自身じゃないか。

……それほどまでに、自分の息子が信用ならないのか。

（いや、違うな……

それなりの地位に昇ったとはいえ、所詮《しょせん》は公務員だ。これまで自分がバカにしてきた無職の出来損ないが、一億を稼ぐ有名作家になるのが嫉《ねた》ましく我慢ならないのかも知れない。まして、その判断が、この家を襲ってる怪電波・電磁波でゆがめられた結果だと思えば、愚父もまた状況の被害者だな……哀れな愚父……）

自分のことを客観視できるのは、創作者の才能だ。

なら、俗人で平凡な愚父のことも、多少のミスなら容赦《ようしゃ》しなければいけない。

――だから僕は、一声《ひとこえ》発したまま階下で硬直している愚父に、更に声を掛けた。

「父さん!! 今朝も全然ダメじゃない!! すぐに上がって来てよ!! 今すごい攻撃を受けてるんだからさ!! 早くドアを閉めたいんだよ!! ホラ急いで!!」

「わ、解った……解ったから、大声は……そんなに床を踏み鳴らさなくても……」

五十九歳の愚父は、おっかなびっくり階段を上がってきた。

普段なら、給仕以外じゃあ許されることじゃない。二階は、創作者の聖域だから。何人たりとも創作者の邪魔をすることは許されないのだ。

「……ど、どうしたんだ鉄雄？」

「これ見てよ!! 目玉焼きにベーコンが無いじゃない!! 目玉焼きにはカリカリベーコン!! 母さんならこんなミスしなかったよ!!」

「す、すまん鉄雄……ただ母さんがいなくなって、もう何年も。

　それに、俺にも仕事がある。毎日スーパーに寄る訳にはゆかなくて……今朝も、もう出勤しなきゃ間に合わない」

「作家は脳を酷使《こくし》するんだよ!!　エネルギー補給には気を遣ってくれないと!!」

「わ、解った鉄雄!!　大声は……大きな音は出さないでくれ!!　御近所に聞かれる……」

「あと飲み物!!　作家は『ソルティィプラム』の二ℓペットボトルじゃないとダメなんだ!!　朝香宮朝香先生だって愛飲してる!!」

「それは、そこに置いてあるじゃないか」

「これは『ソルティパイン』じゃん!!　ソ・ル・ティ・パ・イ・ン。父さん、そこそこ優秀で地位のある公務員の癖してさ、こんなカンタンなお遣いもできないの!?」

「あっ、そうだったのか……すまん鉄雄。ただ父さんも疲れていて」

「こんな朝食じゃあまともな創作ができるわけないだろ!!」

　僕は怒りのまま、立ち尽くす愚父に朝食のお盆を放り投げ叩き付けた。

　お盆の卵料理やトースト、サラダにスープ、そしてフルーツに緑茶が散乱する。サラダやフルーツの水気、そしてトースト用のジャムといったものが、愚父のワイシャツをべっとりと汚す。仕上げに汁物がぶっかかる。あとはネクタイを締めてスーツを着るだけだったのに、ひどい在り様だ。なんでこんなにデキないんだ。躾《しつけ》をされるのは当然の報《むく》いだ。だって、怪電波も電磁波も止められない。盗聴も盗撮も防げない。まして、母さんがいなくなって何年も経つのに、いまだにメニューを間違える。子供でもできるカンタンなお遣いすらできない。そう、デキない奴には当然の報いだ。社会は、厳しいんだ。

「とにかくさ!! すぐに用意し直してよ!!

原稿の推敲が終わって、朝食をとったら、出掛ける所があるんだから!!」

「そ、それは無理だ、俺はもうじき勤務時間だし……

それに鉄雄、その、お前……いったい何処《どこ》へ出掛けるんだ? 気分転換の、散歩かい?」

――僕は笑った。

愚父のあまりの呑気《のんき》さを。そして、自分を待つであろう新たな幸福を。

「何処《どこ》へって、そりゃ決まってるだろ?

あの毒々しい公害を撒《ま》き散らしてる、懐かしの小学校へ行くのさ、我が母校!!

僕はなんてったって、地域住民でOBだからね!!」

「い、五日市《いつかいち》小学校へか……? それは鉄雄、その、いったい何の為に……?」

「まあ、取材かな」僕はちょっと誤魔化《ごまか》した。「止めさせなきゃいけないこともあるし」

「……ひょっとして、五日市小の運動会を」

「練習だか何だか知らないけど、朝からあんな騒音をガンガン流してさあ。

もし僕が躯の調子の悪い引きこもりとかだったら、もうブチ切れて……すぐブチ切れて……」

連雀町地内《チナイ》2

「流行《はや》りの拡大自殺とか、やらかしちゃうかもだからねえ、そうだろ？」

「ぶ、ぶちきれて」

「お前……!!」

「ウッフフフ……」

伊勢鉄雄《いせ》の今の言葉に、父、伊勢鉄造《てつぞう》の全身は硬直した。

さっき投げつけられた食事が、糊《のり》の利いたワイシャツに作る、どろどろした斑模様《まだら》。

それはあたかも、伊勢鉄造のじくじくした心、そのものだった。

（……いったい何時《いつ》から、こんなことになってしまったのか？）

伊勢は五十九歳。ここA県に勤める幹部公務員である。

A県は日本のどこにでもある陳腐《ちんぷ》な県だが、財政事情は悪くない。また、日本のどこにでもある地域社会として、地元公務員の地位は低くない。

高卒公務員である伊勢は、自分の組織に、もう四十年以上の歳月、勤務してきた。出世は早くはなかったが、遅くもなかった。平均的なモデルどおり、五十歳弱で管理職となったし、運が良ければ、定年前には支店長その他の『一国一城の主《あるじ》』になれたであろう……

ただ伊勢には、その運が無かった。

正確には、それは『運』の問題でなく、伊勢の『選択』の問題だったのかも知れないが……いずれにせよ、伊勢の人生は、まさに管理職に合格するかしないかのあたりで、大きく狂い始めた。

そのとき、伊勢に何があったか？

いうまでもない。一人息子・鉄雄の『脱線』である。

例えば、鉄雄の就職というライフイベントでもそうだ。

ただ、鉄雄が平穏無事に就職することなどできないと、伊勢には解りきっていた。鉄雄は、伊勢が八方手《はっぽう》を尽くしてすべりこませた地元私立大の文学部を、二年生の段階で、アッサリ退学してしまったからだ——アッサリ退学せざるを得なかった、が正しいのかも知れないが。その後は、地元著名作家の私塾のようなものに出入りをしていたが、それすらも出入り禁止になってしまっているし、そんなものが就職に有利に働くはずもない。

——しかしながら、まさかそんな未来が待っているとは、家族の誰も予想していなかった。鉄雄も、伊勢も、その妻もだ。というのも、中学に入学するまでは、鉄雄は優等生だったから。少なくとも、学業成績は悪くなかったから。小学生の頃から熱心に塾通いをし、見事、A県指折りの進学校である阿久澤《あくざわ》学園に合格したほどだ——中高一貫のこの学校は、東大・京大合格者数ランキングにも名を連ねる名門。伊勢とその妻のよろこびは、筆舌《ひつぜつ》に尽くしがたいものだった。

重ねて、伊勢自身は高卒の地方公務員。実は妻も一緒で、ふたりは職場結婚である。自分たちの人生を顧《かえり》みて、我が子のまだ見ぬ栄光をよろこばないはずもない。東大・京大合格には運が絡《から》むとしても、旧帝大なら余裕で合格してくれるだろうし、学校としても、進学校の名に懸けて、それだけの面倒は見てくれるだろう。ならば、高卒の伊勢以上に『成り上がる』『上を目指す』ことができる。

ここで、鉄雄は一人息子であるし、伊勢は金銭的には困窮《こんきゅう》していない。だから中学受験にも挑戦させてやれたし、だから鉄雄が晴れてそれに合格したとき、いよいよ念願のマイホームまで建てた——一人息子に安定した学習環境を整えるためだ。A県の公務員なら、退職金と再就職と年金とを考えれば、金銭的なライフプランに心配などない。

よって、伊勢もその妻も、まさか自分たちの老後を支えてくれなどとは微塵《みじん》も思わず、ただただ一人息子の立身出世《りっしんしゅっせ》を願った。

今以上を。

自分たち以上を。

まだ見ぬ孫たちのために——

純朴《じゅんぼく》かつ順調な高卒公務員とその妻として、それくらいのことを夢見ても、まさか罰《バチ》は当たらないだろう。実際、罰の当たらないケースが大半だと思われる。

ただ……

元々の繊細《せんさい》なあるいは気弱な性格によるのか。あるいは、背伸びをした中学受験のプレッシャーがたたったか。はたまた、自分より遥《はる》かに優秀な生徒が集まるエリート校の中で、思うように伸びてゆかない学業成績のゆえか。

……鉄雄の家庭内暴力が始まった。

その矛先《ほこさき》は、古典的な専業主婦だった母親に向けられた。

（……そして俺は、その初期消火に失敗した。いや、初動措置すらとらなかった）

その頃はといえば、伊勢は、管理職どころかまだ係長の身分。これから組織の出世階段を上がってゆかなければならない身の上。そして伊勢の組織は、また彼の職務は、妻と一人息子を顧みるにはあまりに過酷《かこく》すぎた。

（妻への平手打ちが、エアガンによる躾になるまで……そして家財を滅多矢鱈《めったやたら》にバットで破壊し始めるまで、ものの一年も掛からなかった。土砂崩れ、いや土石流《どせきりゅう》のようなものだった）

……むろん、伊勢は『我が家』の異変を知った。

しかし、とうとう本腰を入れて介入しようとしたときには、もうすべてが遅かった。

ボロボロに壊された応接セットに食堂のテーブル。

ズタズタに引き裂かれたカーテンに割られた窓。

躰《からだ》じゅうに痣《あざ》や生傷を作り、真っ暗なリビングで泣きながら震えている妻の姿。

……伊勢は、弱い男ではない。精神的にも、肉体的にも。それは彼の職務からも明らかだ。だから当初は、『軌道を外れた』一人息子を厳しく叱り、折檻《せっかん》した。妻への理不尽な暴力も許せなかった。そして、まだ、鉄雄を力尽くで矯正《きょうせい》できると――その物理的な力が自分にあると信じていた。相手は中学生。自分はその父親で、真っ当な社会人である。

（しかし、全てが間違いだった）

伊勢はその過酷な勤務ゆえ、我が家には『寝に帰る』だけ。いや職場での泊まり込みで、我が家に帰れないことすらめずらしくなかった。なら、奇《く》しくも伊勢が『鉄雄の学習環境のために』建ててやったマイホームが、ほとんどの時間、鉄雄の城塞《じょうさい》になってしまうのも道理だった――要は伊勢は、妻を、肉体的にも屈強になりつつある息子の人質に獲《と》られたのだ。

そんな伊勢が、わずかな時間、息子を厳しく折檻したところで、状況がよくなるはずもない。そうした分だけ妻が虐待されるのだから。

むろん妻は、伊勢の折檻に反対した。

その妻の反対には、期待して甘やかして育てた『息子が叱られるのは忍びない』という理由も、自分がどうにか今を我慢すれば『あの子もいつか解ってくれる』という理由もあったが――しかし伊勢の妻が息子をかばうのには、より切実で、しかも深刻な理由があった。

(それは、コイツの同級生の……

コイツの唯一の理解者の、なっちゃんが教えてくれたことだったな)

……鉄雄は、その性格ゆえ、友人作りの苦手な子供だったが――小学校の同級生で、家も近所だった『なっちゃん』とは、幼馴染《おさななじ》みとしてよく遊んだ。今にして思えば、しっかり者のなっちゃんが『遊んでくれた』『守ってくれた』のだが。

また、そのなっちゃん自身も、同じ中学受験をして阿久澤学園に入ったので――年齢的に『遊ぶ』ことはなくなったが――いわば『近所のお姉さん』的に、よく鉄雄の面倒を見、また、鉄雄の学校での様子を教えてくれた。それは、伊勢とその妻にとって本当に有難かった。伊勢は十年以上が過ぎた今も、彼女の顔のイメージがやや薄れこそすれ、なっちゃんの献身に対する恩を忘れてはいない。

そして。

彼女が伊勢の妻に語った鉄雄の様子は、戦慄《せんりつ》すべきものだった……

(鉄雄は、進学校でイジメのターゲットになった)

鉄雄には、かなり内気なところがある。また、頭が悪いわけではないのだが口下手で――恐らく頭の中の感情と興奮があふれすぎて言葉にならないのだろう――人前で上手《うま》く喋《しゃべ》れなかったり、どもったりすることが多い。それでいて、他人に対して、よく解らないスイッチでいきなり激昂《げっこう》する。

となれば、残酷なエリート校の中だと、絶好のからかいの標的になるだろう。なっちゃんはそれを擁《かば》ってくれていたはずだから、残酷なエリート校の中で、なっちゃんまでが標的にならなかったことを祈るばかりだ……

いずれにせよ。

（やがて鉄雄は反撃に出る。

イジメをする側にではなく、自分より弱い側に対して……）

……ここで、この朝、いつしか息子と絶望的なかたちで対峙《たいじ》していた、伊勢の顔は激しく曇った。むろん、眼前の鉄雄がかつてしたその『反撃』――いや『八つ当たり』のことを思い出したからだ。

（……あの頃から、コイツはこんなおぞましい瞳をしていただろうか？）

あの頃、この町内で繰り返された猫の虐待……虐殺。

この町内で繰り返された、小学生女児の強制わいせつ未遂。

この町内で繰り返された、中学生女子の痴漢騒ぎ。

……どれも、『さいわい』大事《おおごと》にはならなかった。無論、大事にならないように、伊勢が自分の立場と上司を使って『揉《も》み消した』ものもある。場合によっては、桁《けた》違いともいえる巨額の金銭を、内々に支払ったものも。そのために伊勢は、公務員共済から借金までしたほどだ。

（どうにか、学校にはバレずにすんだが……いや、一部にはまたカネで黙ってもらったが）

最早《もはや》、鉄雄は学業に集中できる状態ではなかった。

無事、高等科までを卒業できただけでも奇跡だ。

(そしてこの中高の六年間で、いよいよ『我が家』は地獄と化した)

——家は、住む人間のこころを映し出すものだ。怒号と絶叫と号泣の支配する家が、物理的にまっとうであるはずもない。伊勢の妻は献身的な主婦だったが、リビングもダイニングもゴミと破片とガラスとでいっぱいになり、トイレは始終悪臭を放つまま。風《ふ》呂《ろ》は黴《かび》だらけ垢塗《あかまみ》れで、ひび割れた浴槽はもう使えない。

そして何より、鉄雄の部屋がある二階への『無許可立入り』が禁止された。

両親の寝室も二階にあったが、伊勢と妻は一階の客間に狭く布団を並べるようになった。

しかも。

この頃になると、鉄雄は肉体的にも——不健康に——巨大になり、ギリギリのところで本気になれなかった伊勢の折檻など、意に介さないようになった。いや、本気になれない伊勢が逆に躾を受け、『この家のルール』を教え込まれるようになった。伊勢は、今でも自分が最初にボコボコにされた日のことを思い出す。それは儀式で、調教で、契約だった。この家の主人が誰かを決める契約だった。妻はこんな痛みを何年も何年も我慢してきたのだと思うと、そしてそれは自分がそうさせてきたのだと思うと、伊勢のこころは折れた。罪悪感と後悔と諦《あきら》めで折れた。

そう、自分たちは『我が家』づくりに失敗したのだ。

失敗した『我が家』だったものは、怪物の繭《まゆ》になっている。

なら、自分に残された道は、せめて我が子が社会を脅《おびや》かさないようにすることだけ。

自分に人並みのしあわせなど無い。妻も、子も、あり得た孫も、息子の妻も何も無い。

自分のライフワークは、『製造物責任』を果たすことだけ……

そう考えた伊勢は、どうにか鉄雄に哀願して、また、自分が使えるだけのコネとカネとを使って、名前が書ければ合格とまでいわれている地元私立大学に鉄雄を押し込んだ。

鉄雄は、どうしても旧帝大にゆくといって伊勢を何度も何度も折檻したが、かねてから『作家』になるという夢を育《はぐく》んでいたらしく、『文学部に家から通う』というプランをどうにか納得した――十年以上が過ぎた今では、それこそが最初からの自分の決断であり、親の反対を押し切って独力で探し当ててきた道だ、という話になっているが。

――そしてこの間、伊勢は、妻をまず実家に帰らせた。だが、それでもまだ鉄雄に奪還される危険があったので、さらに妻を、鉄雄にとって未知の他県に逃した。これ以降、伊勢は妻と連絡を取り合ってはいない。自分が妻の電話番号なり住所なりを知ってしまえば、息子に漏れるリスクがあるからだ。無論、これまた何度も何度もそれを教えるよう折檻されたが、それだけは口を割らなかった。いや割らずに済んだ。

（とうとう、スラムのような『我が家』に、父と子とが残されたわけだ。

家の外に救いを求めるという選択肢は……いや、俺の職業からしてあり得なかったし、

これからもあり得ないだろう)

今、いよいよ管理職となった伊勢に、家事をする余力はない。

伊勢が懸命に働かなければ、鉄雄もろとも心中《しんじゅう》するしか道はない。

だが、愛する妻と、恐らくはまだ愛している息子のことを思えば、心中は……

といって、息子を放置してしまえば、怪物が社会に解き放たれる虞《おそれ》がある。

——だから伊勢は、慣れぬ料理をどうにか覚え、鉄雄の許可も得て、彼の『書斎』のドアの前に、ルームサービスをすることとなった。職場への出勤前と、帰宅後に。その食事のとりかたから、大体、鉄雄がどのような生活をしているかは分かる。

鉄雄は、自分の『書斎』に豪華な机と椅子を用意させると(軽自動車が買える額だった)、そこに籠もるようになった。なら当然のごとく、昼夜逆転の生活が始まってゆく。たまに大学へ出ても、三日と続かない。そして時折伊勢を悩ます、大学の学生課からの呼び出し——『身なりの清潔を保っていない』『悪臭がすると他の学生から苦情がある』『講義中に突然奇声を発する』『通学バスの中で幼児を殴打する』『無関係の女子学生を尾行する』『大暴れして学食の備品を破壊する』……

……そして、大学二年のある日。

大学の保健センターの診療で、とうとう診断名が出、カルテに明記されそうになった。

その段階で、鉄雄ではなく伊勢が席を立った——憤然《ふんぜん》と、そして逃げるように保健センターを出た。在りし日のように、まだ鉄雄が怪物でなかった頃のように、鉄雄の手を力強く引きながら……

（この田舎で、あんな診断名が確定されてしまっては。鉄雄は就職どころか、これ以上の学業も結婚も……いや、この狭い地域社会では、無事に生きてゆくことすら）

そこに、それなりの地位を築いた、安定した公務員である伊勢自身の動揺がなかったといえば、それは嘘になろう。家族自身もまた、差別と偏見からは自由でない。まして、伊勢の組織は硬派なことで定評がある。その伊勢の息子が……精神面に病を……

（それを考えるだけで、足元が崩れそうになる）

……ただ、結果として、これ以降現在に至るまで十余年、鉄雄は医療から引き離された。誰よりも偏見があり、誰よりも医療と息子を信頼していなかったのは伊勢本人だが――そして今となってはそれを悔やまないでもないが――これこそまさに後の祭りだ。

いや、家の中はいつも祭りの後だ。虚脱とゴミと、狂騒のあとの疲労。

（せめて、コイツの大学生活に、中高時代のように、なっちゃんがいてくれたら。ただ、あの娘《こ》は小さい頃から優秀な子だった。誰もが予想したとおり、東大に行った。今は東京で、総合職のエリートをやっている……鉄雄の同級生で、だから同じ三十三歳なのだが。片や大組織の幹部候補生いや中堅、片や……）

……伊勢の諸々《もろもろ》の尻拭《しりぬぐ》いにもかかわらず、鉄雄はアッサリ地元私立大を退学した。『学生のレベルが低すぎる』『教官は皆《みんな》バカばかり』と言って。『奇人』『病人』『危険人物』『無敵の人』と言われながら。

（そして、それが、鉄雄と社会が持っていた最後の接点となった）

その後、地元有名作家の創作塾とやらに通ってはいたが、これまた悪臭だの奇声だののトラブルで、実質上、出入り禁止になってしまっている。

その鉄雄が、今していることは——

真夜中から朝方にかけて、文章にもなっていない世の中への恨《うら》み言《ごと》や自分の未来への妄想を、真っ暗な『書斎』の中で、ディスプレイの明かりだけで、書き綴《つづ》っている……いや乱打している。物語どころか、そもそも日本語として意味を成していない。鉄雄が乱打しているのは、伊勢は、映画『シャイニング』の原稿シーンをいつも想起させられる。

ああいった『狂気』で、それだけだ。

（どうにか伝手《つて》をたどって、ＫＡＤＯＫＡＮＡの新入社員と話をさせたのがかえって不味《まず》かったか……『億を稼ぐ作家になる』などという妄想を、加速させてしまった）

そう、妄想。

文章も全部妄想なら、自己認識も妄想だ。

そしていよいよ頻繁《ひんぱん》に出始めた、電波だの電磁波だの——とにかく自分が攻撃されているという被害妄想。前回お盆を投げつけられたときなど、『おにぎりに毒が盛られている』『財務大臣が年金を削減するためだ』とも絶叫していた。

絶叫をしたり奇声を上げたりする『書斎』の中は、ペットボトルとティッシュとカップ麺《めん》の容器とスナック菓子の残骸《ざんがい》と、あとはコンビニ系プラスチックゴミの山盛りで足の踏み場もない。まして、室内で用を足す癖《くせ》をつけてしまっているから、鼻を開く暇《いとま》もない。大きな窓はいつも雨戸を閉め切り、なんとガムテープで内側から固定してしまっている。鉄雄が窓を塞《ふさ》ぎたがるのは、『防衛省情報本部の電波対策』云々《うんぬん》もあるが（毎日話が変わるので覚えられない）、他にも『隣の山本が猫爆弾を送り込んでくる』『隣の國元《くにもと》が新作小説を盗みに来る』『向かいの今井が監視カメラを仕掛けようとする』からだとか……

（もう、限界かも知れん）伊勢は涙で染《にじ》む瞳をぎゅっと閉じてから、眼前で所在《しょざい》なく笑う息子を所在なく見据えた。（まして今、五日市小学校の話が……小学校の運動会の話が出た。コイツなら、やりかねん。

あそこの運動会は、確か——今週に何度か練習があって、いよいよ来週には本番。とにかく、コイツを刺激する材料には事欠かない……!!）

……伊勢は勇《ゆう》を鼓《こ》して息子に訊《き》いた。

「て、鉄雄」

「どうしたの父さん、真っ青な顔してさ、あははは」

「か、拡大自殺って、それはその、もしかして」

「いやそうなったら困るでしょ？」鉄雄の眼鏡がギラリと光る。「父さんの仕事からして、立場、丸潰《まるつぶ》れっしょ？」

「そういう問題ではなくて!!」

「何だとぉ!? 何だその態度はぁ!! まだ自分の置かれた立場が解ってないのかぁ!!

それが文豪に向かって高卒公務員が利く口かぁ!!」

「ま、待て鉄雄!!」

既に暴力で躾《しつ》けられた父親は、反射的に身を縮めてしまう。

「も、もうこんな時間じゃあ、父さん仕事には間に合わない。

それで……それで、もし鉄雄の体調がよかったら、父さんと一緒に……その……つまり……びょ、病院に行ってみないか?」

「……何で僕が病院に行かなきゃいけないの!? 僕の頭が病気だとかいいたいわけっ!!」

「いや、その!! 昼夜逆転とか、しばらく外出していないとか、そんな生活だと誰だって体調を崩すものだ!!

飽くまでも一般論で、お前が病気だなどとは!!

だから、健康診断を受けると思って……!!」

「そんなこといって、病院に監禁する気だろう」

「そんなことはない」

「邪魔になったから閉鎖病棟に捨てる気だろう」

「そんなことできはしないよ。だから……」

「残念でした〜。僕は今朝、用事があるんだ」

「まさか鉄雄、本気で五日市小に行くつもりじゃあ!!」

「そうかもね。そこは相手によるけどね。間違ったことは、正さなきゃいけないし。なんてったって、恩義があるからねえ……五日市小のときは」

「待ってくれ鉄雄!!　なら頼む、誓ってくれ!!　人様の迷惑になることだけは!!」

「失礼だな!!　僕は人様を助けに行くのさ。ほら退《ど》いてよ、シャワー浴びるんだから」

「しゃ、シャワー……？」

突然の意外な言葉に、伊勢は思わず、一階への道を譲ってしまった。

(最近は、コンビニに出るときでもシャワーなんて浴びないはずだが)

──いよいよ何かを覚悟したのか。

そう戦慄した伊勢は、とうとう、今日の出勤を諦めた。

(欠勤の連絡をして、息子の尾行をせねば……

いや、このチャンスに、コイツのパソコンをも確認せねば。シャワーを浴びるというのなら、一〇分一五分は余裕があるだろう。今は部屋の鍵を掛けずに出たし、パソコンのパスワード認証がいじられていないのなら、また中を覗《のぞ》けるかも知れん……あの狂気を。

たとえそれが、絶望しか残っていないパンドラの箱だとしても、だ)

しかし……

この仕事を志したとき、誰が息子の尾行をする破目《はめ》になると思うだろう？

肩の力が、どうしようもない感じで虚脱する。腰と膝《ひざ》が、みじめに砕けそうになる。

伊勢がそれでも体勢を持ち直したとき――

背中にこっそり挟んでいたセラミックの包丁が、尻の骨にコツンと当たった。

遺書

この文書ファイルが読まれているとき、私はもうこの世にはいない。

だから、これは遺書だ。

私は、これから死ぬ。

自殺する。

最も破廉恥《はれんち》なかたちで。

鬼畜として。

その日まで、あと一週間弱。

だから、ここには、捜査機関の便宜《べんぎ》のため、私が何故そのようなかたちで死ぬのか、その動機原因や背景を、記しておこうと思う。

その意味で、これは自白だ。犯人の自白だ。

何故、自殺者が、犯人などという言葉を遣うか？

私は、死出の旅路に道連れを求めるからだ。

そうだ。

私は独りでは死なない。

……できるだけたくさんの命に同伴してもらう。それが私の決意だ。できるだけ大勢の者を殺して死ぬ。それが私の救済だ。

自殺であり、殺人。

だから私は、自殺者というのみならず、殺人者ということにもなる。

――ここで、現在の私の精神状態が、完全に、完璧に正常であることを保証しておこう。

でなければ、捜査機関の便宜に資するという、私本来の意図が達成されない。

そうだ。

私には責任無能力などといったものを主張する気は毛頭《もうとう》無い。

私には、他のどのような平常人同様、刑事責任能力がある。

といって。

私には、それを疑われるだけの材料もある。

……実の父など、この文書を読んでも、狂気そのものだとしか思わないだろう。文章にもなっていないと。日本語として意味を成していないと。父は……父は役人という経歴を持つだけあって、文書には五月蝿《うるさ》い方だから。そう、私がこの早朝乱打していることの文書とて、ただの『狂気』だとしか受け取らないはずだ。実の父にしてそうなのだ。まして、私の常日頃も私の人生も知らない捜査機関の人間が、私の正気を疑わないはずもない。

だから、私はできるだけ簡潔明瞭《めいりょう》に、かつ論理的に、遺書兼《けん》犯行計画をまとめておく。

そこで――

まず、私がどのように自殺兼《けん》殺人を行うかを、六何《ろっか》の原則にしたがって記す。

それは何時《いつ》か？

来週だ。正確には来週の水曜日。恐らく、その午前中になる。

それは何処《どこ》か？

私が死ぬのは、私の母校――五日市小学校になるだろう。

『誰が？』については論じるまでもない。この私が、だ。

その私が『何を』するか？

……いわゆる拡大自殺だ。

どのように拡大自殺をするか？

そこで運動会をしている小学生や教師、そしてその保護者を巻き込むかたちで実行する。

といって、大人たちが多くなれば、計画に支障が出る。もちろん大人には児童より抵抗力があり、長い間このような生活を続けてきた私より体力があるからだ。したがって、犯行が不十分なかたちで中断されるか、そもそも着手前に取り押さえられる可能性も強いからだ。だから、大人が多いことに躊躇《ちゅうちょ》などしないが――それはそうだ、教師はほとんどがグラウンドに出ているだろうし、保護者なり来賓なりが多数観覧する行事である――いざ着手するとき、極力大人が少なくなるような『場所取り』をしておく必要はあるだろう。

そのためには、実際に、今朝からガンガン大音量を流して始まっている運動会の練習を、自分で視察しておく必要とてあるだろう。今現在、三十三歳である私が、現場で、小学生として運動会を体験したのは少なくとも二十年以上前だし、最近の学校行事はセキュリティが厳しくなっているとも聞く。事前の視察は欠かせない。

だが――さいわいここA県は、東京でも大阪でも愛知でもない。いちおう県庁所在地にあるこの町内にも、牧歌的な田舎くささが残っている。私の知る二十年以上前と、そうそうセキュリティの水準が変わっているとは思えない。

ただ無論、現場を確認しておくにしくはない――実行しやすいタイミング、児童の動線、教師の配置、観覧席にテントの場所。これらは練習状況を視察しなければ把握できない。当然、可能であれば、『防犯カメラ』の位置と想定されるその死角も、押さえておきたい。

あと問題になるのは、保護者の『受付』が実際にどのようになるのかと、最近の学校行事でよくある、『保護者証』というか首から下げるパスみたいなもの。あの、首から下げるＩＤのような奴――個人的には、実に嫌なことを思い出させる形状の奴だ。そして理論的には、関所に通行証を呈示しなければ、不審者対策として、そう簡単に校門を突破させてはくれない。

しかし。

運動会がある程度酣《たけなわ》になってくれば、実際に誰が出入りするかなど、大してチェックされなくなるだろう。遅れてくる保護者もいれば、早々に帰宅する保護者もいる。まして、近所のコンビニに飲み物等を買いに出る保護者もいるはずだ——熱中症対策というのは、最近の流行《はや》りだから。

しかも、私が小学生だった頃とさほど状況が変わっていないのなら、充分に広いとはいえないグラウンドとその周囲には、もはや、人集《ひとだか》りどころか肉の壁ができる。受付テントの周りも、観覧する保護者と、急いで移動をする児童でごった返す。

これらを要するに、運動会が宴酣《えんたけなわ》になればなるほど、関所の意味は失われてくる。いや無視できる。なら保護者証にも意味はなくなる。そもそも、一家総出で我が子の雄姿を見ようなどという家庭に、一家の人数分、保護者証が配付されるとも思えない。

——といって、こちらから怪しまれる状況を作り出すことはない。特に、私は単独の客で、しかも、子供などまずいなそうな陰鬱《いんうつ》な客だ。ずっと家に籠もっていたので、不自然に青白いだろうし、容姿も醜《みにく》く身形《みなり》も悪いから警戒されやすいし、まして、いよいよ決行しようとしている犯罪に、顔色ばかりか挙動《きょどう》すらおかしくなっているだろうから。なら、保護者証めいたものを偽造しておくにしくはない。そしてそれは何も難しくはない。首から下げるＩＤのようなパスケースはいくらでも市販されている。それに何色の、どんな紙を挟んでおくか、あるいはＩＤの首紐《くびひも》は何色にするか等は問題になり得るが……

……しかし私にとっては、さほど大きな問題にならない。

父のお陰だ。

父の、特殊で硬派な役人としての経歴と知識が、大いに役に立つ。

父を通じて、私は、〈少年警察ボランティア〉なるものの存在を知ったし、そうしたボランティアが行う『登下校時における子供見守り活動』なるものの実態も知った。だから、それに参加しているボランティアの身分証だとか、ＩＤのパスケースだとかを見ることもできた。そしてそれをそのまま偽造する必要はない──形状と色が『らしければ』それでいいのだ。

──かくて、運動会中の小学校に侵入するのは、私にとって何ら困難ではない。

そう、『どうやって』入るかは問題ではない。

なら、『どうやって』大勢の人間に道連れとなってもらうか？

……まさか銃器は用意できない。

父は職業上、とりわけ若い頃、拳銃ととても縁が深かったが、まさか組織の外に持ち出せるものではない。そして銃器が無理なのであれば、刃物しかない。

防犯カメラの死角となっているところで──しかも児童が密集しているところで、鋭利で頑丈なナイフを大いに動かせば、かなりの道連れを出すことができるだろう。

現実の事件だと、わずか二〇秒未満のうちに、公道の児童や大人を、二十人も死傷させた実例がある。公道においてすら、しかもそんな短時間においてすらそうなのだ……なら、競技の出番待ち等で、恐らく校舎の狭間《はざま》あたりで、密集・整列して待機している児童にいきなり割り込み、いきなりその躯《からだ》を斬り裂いて回るのは、さらに容易だといわなければなるまい。ここで、どうせ私は事が成就《じょうじゅ》した暁《あかつき》には自殺するのだから――逃走する気も裁判闘争をする気もないのだから――凶器の出所を隠したりする必要はない。だから、そこらへんで適当に、実戦の使用に耐えるナイフを二丁、いや四丁ほど買ってくれば足りる。足りるのだが……

しかし、そこは執拗《こだわ》らせてもらうことにした。

我が家には、絶好のサバイバルナイフが二丁、既にあるからだ。

これもまた、父のお陰だ。

その仕事から容易に想定できるが、体力派・肉体派である父は……いやもう過去形を遣うべきかも知れないが……いずれにせよ父は大学時代、山岳部で鳴らしていた。だから、往時《おうじ》の野営用品には事欠かない。頑強なサバイバルナイフにも。切れ味ならもう秘かに確認してある。実際、父の性格を反映してか、まさに『触れれば切れる』状態だった。臆病《おくびょう》な私としては、怪しく光る刀身を見るだけで、鮮血と痛みを想像してしまうほどに……

これで、私の自殺計画・犯行計画のうち、『どうやって』の説明がほぼ終わった。

最後に残るのは、フィナーレとしての私の自決だが……

事件開幕後、もししばらく大人の妨害を排除できたなら、これまでの現実の通り魔事件に照らし、二十人以上は確実に殺したい。二十人以上死傷ではダメだ。死者二十人以上であるべきだ。そして妨害なくそれを終えられたら、この首を掻《か》き切って死にたい。もし教師や保護者が更に駆けつけてきたのなら、道連れの人数はグッと少なくなり得るが、どうにか目的の人数に執拗《こだわ》りたいものだ。何故なら、それこそが日本新記録になるから……

さて。

私の犯行計画のうち、六何の原則に照らし、最後に残された項目は『何故？』になる。そうだ。

何故、私は死にたがっているのか？　それも、無関係で無辜《むこ》の児童を道連れにして？

……自分のこころの病巣を自分でえぐるのは、もうこの世に何の希望もない病者の私にとっても、やはりつらいことだ。だがそれを……そう『動機原因』を赤裸々《せきらら》に書き記さないことには、これを読む両親の納得も、捜査関係者の納得も得られはしまい。動機原因こそは、私のような『異常者の』犯行の全容解明に不可欠なものだからだ。そして自死する予定の私は、その動機原因を生きて自白することがない。だから、今、ここで自白しておく。

――それは、復讐《ふくしゅう》だ。

エリートコースから転落し、精神を病んだというラベリングをされ、この八畳間に閉じこもらざるを得なくなった私の、社会への異議申立てだ。私は病気ではない。仮に病気だとしても、妄想に支配され、他人に暴力をふるったりする病気になど絶対に罹《かか》ってはいない。せいぜい鬱病《うつびょう》だ。正常な判断能力にも、確実な社会復帰にも、もちろん刑事責任能力にも自信がある。

しかし。

社会の側は、私をそうは見なかった。

父までもがあの日、私を大学病院に受診させ、なんとそのまま入院治療させようとした。

この、精神の病への差別と偏見が支配する酷《むご》い世界で、それが何を意味するか？

エリートコースどころか、社会復帰の道すら断たれる。そして私は生涯、父母のお荷物として、腫《は》れ物に触るような視線と声音《こわね》とに囲まれつつ、いや、怪物に対する恐怖のまなざしすら浴《あ》びせられながら、入院と退院とを無為《むい》に繰り返すことになるだろう。そんなシャトル運動を強いられては、せいぜいがただの鬱病、こころの風邪なのに、いよいよ違う病名がついてしまう。そのときは、社会復帰どころか、真っ当な人格を有するひとりのヒトとしてすら扱ってはもらえまい。愛読するこの詩集にも書いてある。一度、そう、たったの一度道を踏み外したら、この国ではヒトですらなくなるのだ。人と人との間にいるのが人間ならば、誰からも人として見られなくなったモノが人間でなくなるのは、実に見やすい道理である。

……確かに私は挫折《ざせつ》した。病は、こころの風邪で、いい歳をしてまたこの小さな町内に、父の家に舞い戻ってきた。だから私は、一箇月で治るはずだった。また再び、自分の夢を追い続けられるはずだった。努めて明るく振る舞った。脅《おび》えるこころを叱咤《しった》して、日々散歩にも出た。日光を染《あ》び、規則正しい生活をして、適度な運動をするのは、この病気によいはずだから。私は頑張って、どうにか『正しい道』『人間の道』に戻ろうとした。

だが。

そんな私を待っていたのは、嘲笑《ちようしよう》と侮蔑《ぶべつ》と憐憫《れんびん》の波状攻撃だった。

……ここは、小さな町だ。散歩のとき、行くべき場所も限られる。

また小さな町ゆえ、知り合いも少なくない。下手をしたら、かつての学校仲間も。

私は自分の病気を隠さなかった。そしてそれが軽度であることも、ものの一箇月もすればほんとうに快癒《かいゆ》することも。私は涙を堪《こら》えながら、笑顔で町の人々に——社会に接した。けれど、それが私の甘さだということに気付くのに、ものの一週間も要しなかった。

……成程《なるほど》、知り合いの誰もが同情を口にする。励ましの言葉も、勇気づける言葉も。

けれど。

どの言葉の裏にあるのも、すべて、すべて優越感だった。

水に墜《お》ちた犬を嘲笑《あざわら》う優越感。劣等生に転落したエリートを値踏みする優越感。誰もが浮かべる、引きつったような薄ら笑い。

最初、私はそれを自分の被害妄想だと思った。私は完全に、完璧に正常だからだ。

でも、それは私の過大評価だった……人の不幸を蜜《みつ》にする愚民どもへの、過大評価。奴等《やつら》は、本能的に弱い者を嗅《か》ぎ分ける。蜜の匂いを嗅ぎ分ける。

そして私の言葉、表情、顔色、髪型、服装、挙動《きょどう》のひとつひとつを睨《ね》め上げ、視線で撫《な》で回し、私の不幸をしゃぶっては、自分の小市民的なしあわせを再確認するのだ。病んだ私、コースから引き剝《は》がされた私は、体《てい》のいい奴等の餌《えさ》なのだ。この国では、受験、進学、就職、結婚といったライフイベントに失敗した者は、『ああはなりたくないものね』と見下げられる、薄汚《うすよご》れて朽ち果てた『他山の石』でしかあり得ない。いや違う、むしろ『他山のクソ』である。

それが……そのことが……

かつての同級生についてもいえるのだと悟ったとき、私の絶望は頂点に達した。

そう、もう三十三歳なのだから、結婚して子供をもうけ、その子を五日市小学校に通わせてさえいる、『しあわせな』地元同級生たち。公園で、ベビーカーとともに日なたぼっこをしている同級生たち。その同級生たちでさえ、私を蔑《さげす》んだ。

小学校の学区なんてものは、狭い。

そんなところを散歩していれば、嫌でもそうした『しあわせな』『ライフイベントに失敗していない』同級生たちに出会《でくわ》す。かつては私の学業成績を、あるいは進学を見上げて賞讃《しょうさん》していた同級生たちに。

そしてその熱い視線を覚えているからこそ、落ちぶれた『他山のクソ』を見下げる視線の冷たさに……その圧倒的な温度差に、私はどす黒い絶望を覚えた。正直にいえば、嫉妬も。そして確信した。この町内に、私が心安らげる所はないと。私が頑張って意地を張って平気を装えば装うほど、『失敗をしていない』連中のオモチャにされるだけだと――

そう、そのことが、ものの一週間で理解できた。

だから私は、自分を晒《さら》し者にするのを止めた。

子供時代から自分が使っていた『勉強部屋』が、それ以来、私の城塞になった。

私は太陽を欲したけれど、窓は塞《ふさ》がざるを得なかった。昼日中《ひるひなか》、町内を動くこともできなくなった。いや、あれほど将来を夢み、あれほど将来への自信を疑わなかった『勉強部屋』から、一歩も出ることができなくなった。夢と将来への巣は、絶望を貯め込む牢獄《ろうごく》になった。おぞましい牢獄と知りながら、そこが袋小路《ふくろこうじ》だと知りながら、けれどそこを一歩踏み出すよりは、そこで腐ってゆく方が遥《はる》かに遥かにマシだと思えた……

何故か？　愚民の侮蔑《ぶべつ》が恐いからか？

違う。

奴等はとうとう、怪電波を使用し始めたからだ。

私のこころの風邪を、いよいよこころの癌《がん》に仕立て上げるために。

社会復帰を目指す私の脳内に、デタラメな言葉を送信し始めたのだ。

お前の両親は、ドアの外の食事に砒素《ひそ》を盛ってるぞ……御近所の今井は、お前の醜《みにく》い裸を盗撮してるぞ……そんなことじゃ阿久澤学園に合格できないぞ……東大に行くための裏口入学資金を振り込め詐欺するぞ……お前の家を収用されたくなければ国土交通事務次官になるしかないぞ……主治医の大野先生はお前の安楽死をスイスで準備してるぞ……

脳内を虫がはうような感覚。それとともに、教会の説教のような、あるいはオペラの大合唱のような声が響き渡る。コソコソ、ヒソヒソと耳打ちするときもあれば、いきなり叱りつけるように怒号を発するときもある。間違いない。今井や國元や山本や若田《わかた》や早川《はやかわ》の家からの怪電波だ。これだけ窓を塞《ふさ》いで、新聞紙で目張りしているのに。

そして、それだけじゃない。

今井たちの攻撃は、怪電波にとどまらない。

奴等は電磁波を始終、この勉強部屋に放射して、私の薬の成分を変え始めた。

先月処方された分も、先々月の分も、その前の分も。

それはもちろん、私をこころの風邪から、こころの癌にするためだ。

だから、大野先生の処方薬も、全く服用できなくなった。

いや違う。

大野先生こそ、国土交通次官とグルになって、私の勉強部屋を取り壊そうとする陰謀屋なのだ。私の最後の砦《とりで》を。この町内で……いやこの世界で唯一私に残された居場所を。どれだけ足の踏み場がないほど散らかっていて、どれだけゴミや食べ残しやトイレットペーパーや……トイレットペーパーや……そう食べたものを出したもので酷《ひど》いことになっていても、私には、ここしか安心して眠れる場所がないというのに。

何故、今井たちや大野先生は、こうも執拗《しつよう》に私を攻撃するのか？

——解りきったことだ。

私が道を踏み外したから、よってたかって餌食《えじき》にしようとしているのだ。

奴等のせいで外にも出られず。奴等のせいで醜く太り。奴等のせいで髪はボサボサ、肌はボロボロになったというのに。今度はそんなブタが町内にいるのが許せないから、警察や保健所や自衛隊を使って、ブタの居場所をブチ壊してブタを連行して虐殺しようとしているのだ。

エリートコースを外れたブタは、ただのブタ。

しかも、町内の奴等といったんはコミュニケーションしようとした、危険なブタだ。

そして最近のこの国は、子供の安全だの生徒児童の安全だのにとてもうるさい。

きっと、いや絶対に、間違いなく、私のような引きこもりブタは生徒児童に危害を加える社会の鬼畜と決めつけているのだ。そうだ。私が同級生を嫉妬し、そのしあわせな生活や、その可愛らしい子供たちに凶刃《きょうじん》を向けると決めつけているのだ。絶対に間違いない。だって今井たちの怪電波がそういっているのだから。私の脳を引き裂かんばかりに苦しめ、『ブタは死ね』『ニートは死ね』『引きこもりは死ね』と絶叫し続けているのだから。

だから私は死ぬ。私は電波に負けはしない。

自分で死んでやる。焼身自殺のごとく。正気のまま。お前たちに抗議して。

そうすれば、お前たちの怪電波はすべて無駄になるのだ。

私を狂気に追い遣《や》るはずだった非人道兵器の改良には、これでまた時間が掛かるだろう。

そうだ。お前たちの奴隷になって、お前たちに犯されると思ったら大間違いだ。

……ただ。

今朝、五日市小学校からの、大音量の音楽が聞こえ始めたとき……

そう、今年の運動会の、予行演習の音が聞こえ始めたとき。

今井たちの怪電波をさっと掻《か》き分けて、ひとつの声が響いた。

『あなたが死ぬそのときには、あなたのようになる子供たちを、一緒に救ってあげなさい』と響いた――

――なるほど。

どれだけ名門中学に入っても、いや東大京大に入っても、いや誰もが羨《うらや》む就職をしたとしても、いや孫子《まごこ》があこがれる理想的な結婚をしたとしても……自分にとってはほとんどが夢物語なのだが……最後が社会のブタなら意味などまるでない。

そして私は知っている。私自身が優秀とされていたから知っている。

この国を動かしているのは、そんななまやさしい程度に『優秀』な者ではないのだ。それは、似非《えせ》エリートの私などを遥《はる》かに超越する、東大京大レベルの中でも一％に満たない、国家公務員試験なら必ず一桁《ひとけた》台の順位で合格するような、ある意味異常異様な天才たちだ。

よい中学を出て、よい高校を出て、よい大学を出て、よい就職をして——という我が国学歴社会の『成功モデル』。それが、結果として一一五万もの（!!）引きこもりを生み出しているのは——誰もが異常異様な天才たちのためだけにある、平常人の能力以上のモデルに挑戦させられ、そして、当然のように挫折させられているからなのだ。そう、今の私そのもののように。

それは、状況の被害者だ。

その気持ちは、現在進行形の当事者である私にしか解りはしない。

そんな私のように、無価値で悲惨な人生を送る子供は、もちろん少ない方がよい。

そうだ、死にゆく私に使命が与えられたのだ。この国の未来を担う、子供を救うという使命が。

だからこそ今、運動会の練習の大音響とともに、内閣総理大臣は自分にああ命じたのだ——『あなたが死ぬそのときには、あなたのようになる子供たちを、一緒に救ってあげなさい』。

――以上、これこそが、私の拡大自殺の動機原因である。

ここまで読んでくれた両親、捜査機関その他の関係者なら、私の判断が『極めて正常かつ合理的である』と理解できたと思う。あとは、できるだけ迅速果敢《じんそくかかん》に、そう、子供たちの苦痛が少ないかたちで、彼らを救ってやるだけだ。閣議決定も終わっている。

最後に。

私が生きて検挙の辱《はずかし》めを受けることはあり得ないので、内閣総理大臣への成功報告は、捜査機関からどうか確実に行っていただきたい。また、私の保管している処方薬は、今井たちの電磁波の証拠となるので、勉強部屋の、特に大きなデスクの上に置いておく。

それでは決行当日、五日市小学校の運動会の日に、この文書が発見されんことを。

目撃

同日。

すなわち、伊勢鉄雄が父親に朝食のお盆を投げつけ、また、五日市小学校襲撃計画が『遺書』として記された日。

正確には、その朝。

時刻は、わずかに遡《さかのぼ》って、午前八時一五分頃。

場所は、学校への通学路。通学路最後の、大きなスクランブル交差点を越えた歩道上。

――A県警察から任命された〈少年警察ボランティア〉冬木《ふゆき》雅春《まさはる》は、淡々《たんたん》と登校してくる大小様々な小学生に、片端から声を掛けていた。

「おはよう!!」

「……おはようございます」

「あっ山本君、おはよう!!」

「おはようございます……」

「國元君おはよう!!」

「………」

学校は八時半からだから、今が登校のピークだ。

大きな幹線道路のスクランブル交差点が信号を変える都度《つど》、大勢の児童がわらわらと学校に押し寄せる……

（いや、押し寄せるというのは、どこか違うな）

どこか不機嫌な羊の群れが、黙々と草場に連なっている感じだ。今六十五歳の、すなわち昭和の人間である冬木からすれば、実に覇気《はき》がない。いや、小学生に覇気はいらないのかも知れないが、活気がない。そして、生気がない――とまで表現したくなる児童も、ちらほらいる。

だから、街頭に立って、努めて元気な声で挨拶《あいさつ》をしても、同じトーンの挨拶は返ってこない。最近の小学生は、そうなのかも知れない。地域社会の大人が一緒に子育てをする、などという文化は絶えて久しいし、核家族化が進んだのはそれこそ昭和の昔からだ。

だからこの令和の時代、児童は大人に慣れていない。そもそも、『知らない人から声を掛けられたら、大声を出して逃げましょう!!』なんてのが、警察主催の防犯教室でも奨《しょう》励《れい》されている『正解』だ。だから、児童だって、いきなりそれと真逆の『ただし警察のボランティアさんには元気で挨拶をしましょう!!』なんてプログラムを入力されても、そりゃバグるだけだろう。これすなわち、いったん壊れた地域社会とその絆《きずな》を再構築するのは困難――いやほとんど無理かも知れない。

とはいえ。

〈登下校時の防犯対策、登下校時の子供の安全を確保するための対策は、それこそ目下の最優先事項のひとつだ……こないだは何と『緊急閣僚会議』まで開催されている〉

ゆえに、冬木のような〈少年警察ボランティア〉も、あるいは地域社会の有志で構成する〈防犯ボランティア〉も、どれだけ子供たちに冷たくあしらわれようと、こうして〈登下校時の見守り活動〉に精を出しているわけだ――

〈ただ、この地域で活動しているボラについていえば、〈少年警察ボランティア〉も〈防犯ボランティア〉も、ともに『高齢男性ばかり』というのは考えものだ。

若い婦警を回せとはいわんが、子供に親しまれるよう、女性を任命してもよいと思うがな。今度、五日市署長か警察本部長にでも提案してみよう〉

——やがて。

おはよう、おはようと声を掛け続けていた冬木の耳に、かなりの音量で、まずは行進曲が聞こえてきた。音響機器とそのボリュームの確認をしているのか、やたら大きく鳴ることもあれば、突然テンポの速いポップスやクラシックになったりする。果ては校歌の伴奏に、あの表彰のときの得賞歌《とくしょうか》、そして君が代……

（そうか、来週の水曜は、いよいよ運動会だったな。

確か校長先生も、ボランティアの会議でそんな日程を説明していたっけ。今週中は、ある程度授業をつぶして予行演習をやるともいっていた。今日を含め、四度はやるはずだ）

だから、ボランティアの方は苦情に充分お気を付けください——

……そんなしみじみするお願いもされた。ここで『苦情』というのは、もちろん地域住民様からの苦情だ。さらにもちろん、『スピーカーからの音楽がうるさい』『マイクの号令がうるさい』『児童の掛け声がうるさい』という苦情である。今や、学校は保育所・幼稚園と同様、迷惑施設の扱い。なるほど、子供たちの側で地域社会を頼らなくなるわけだ。地域社会の側で、子供たちを敵視しているのだから。

（そうした苦情が、ちょっとした『社会問題』になってしまうから——）

冬木はバリバリの現役時代を思い遣った。重ねて彼は六十五歳。実は社長にまで登り詰めたので、退職したのは六十二歳のときであったが、徹夜徹夜また徹夜の現役時代を顧《ふりかえ》れば、ここ三年の『無役《むやく》』『楽隠居《らくいんきょ》』で、すっかり平々凡々な市民に戻れたように思える。

(——学校の方も、運動会の合理化をして、日程を短縮したりしているんだがなあ)

冬木が小学生の頃、運動会といえば丸一日が当然だった。学校によっては、二日を掛けたところもあった。ところが今や、この五日市小学校のように、運動会をわずか半日強で終わらせる学校も少なくない。もっともそれは、騒音苦情に対処したわけではない。授業カリキュラムの編成上、運動会をリストラせざるを得なかったからだ。さらにいえば、ヒートアップする中学受験に配慮して、秋の風物詩だった運動会を、初夏から梅雨《つゆ》にかけての行事に変更しなければならなくなってもいる——何故と言って、運動会が後ろ倒しになればなるほど、年明け二月くらいからの中学受験に大きな影響があるから。

(そして、この五日市小学校の校区はといえば、閑静《かんせい》な住宅街、マンション街……)

近隣の校区と比べても、裕福な世帯が多い。

そしてどの親も、自分の子には『より上へ』『自分より上へ』と求めるものだ。実際、この小学校でも、学校の資料によれば、中学受験率は何と五五・七三%……令和の子供の二人に一人は、十二歳で生涯を決められてしまうのか。いや、東京の都心ともなれば、既に平成の子供もそうだったのか……

(……だとしても、だ。

小学校の通用門の真ん前に大手進学塾がデーンとあるのは、さすがにどうかと思うぞ？）

児童に朝の挨拶をしながら、スクランブル交差点の安全確認をしながら、そして運動会用の音楽を背で聞きながら――しかし冬木の顔は曇った。

実は彼とて、他人事《たにんごと》のように論評したり達観したりできる立場ではなかったからだ。

さらに実は、冬木もまた『より上へ』『自分より上へ』タイプの親でしかなかった。

（それが親の愛だと、つい三年前まで信じて疑わなかった。人生、何が起こるか解らん）

まして、冬木はある意味、そうしたタイプの親より破廉恥《はれんち》だった……

何故と言って、自分自身はここ、田舎の香りが残るA県の公立中からA県の公立高に進み、テニスと麻雀《まあじゃん》だけに青春を捧《ささ》げてきた癖《くせ》に――今は亡き冬木の両親にいわせれば『ハナクソをほじりながら、肌は真っ黒、指は真緑にしながら、生まれついての要領のよさだけで』――東大法学部に一発合格し、その後も世間でいえば『一流企業』と呼べる組織に、これまた一発合格で就職したからだ。まして、司法試験にまで受かった上での就職だから、やっぱり冬木には『生まれついての何か』があったのだろう。要は冬木は『なんとなくできちゃうタイプ』の最たる者で、主観的にも客観的にも、学歴社会のプレッシャーなどは微塵《みじん》も感じたことがない男。中学受験だの十二の春の厳しさなど、どの口で語れよう。

（……そしてトントンと成り上がった俺は、資産家の娘と見合い結婚をした。A県の資産家の娘だ。ところが、我が社はもちろん東京に本社を擁《よう》する。やがて生まれた一人娘の、学業の安定も考えなければならなかった。

だから俺は、職業人生を通じ、東京で単身赴任の宿舎に住まい、妻と娘は、俺の育ったA県の家で、俺の両親と一緒に暮らした。進学のシステムなり学校のレベルなりが解っている方が、娘の教育には有利だと考えたのもあったが……）

今にして思い返せば、それがよくなかった。

一人娘を、自分と同じ環境に置けば、自分と同じように育つと信じていた。バカだ。

冬木は、昭和の人間。そして娘は、平成の人間。

そして両親は、子供に『より上へ』『自分より上へ』と期待してしまうもの……

まして、息子を見事『成り上がらせた』冬木の老親が、どれだけ可愛い孫に期待するか。

（だから、娘が中学受験をすることになったのは、むしろ必然だったろう。俺の頃とは時代が違う。社会が求める『正しいコース』が違っている）

その娘は、もちろん両親の、そして祖父母の期待に応《こた》えた。

またそうして、名門中学に入ったことで――あるいは、父親のキャリアプランを更に強く意識するようになったことで、娘のその後の『コース』も固まった。ただA県にいない冬木は、だから娘の変化にも家族の変化にも地域社会の変化にも鈍感だった冬木は、娘ならば自分のように『なんとなくできちゃう』ものと信じて疑わなかった。

（実際、トントン拍子に行った……行くはずだった。そう、俺のように『なんとなく』）

その結果として。

つい三年前まで、冬木は自分の失敗と、娘が秘かに貯め込んできたマグマのようなものに、全く気付くことができなかったのだ。そして冬木がこの三年間、それを悔いなかったことはない。だから冬木は、当然の権利として考えられている再就職さえアッサリ断った。

（……俺のような、脳天気系学歴バカ親の考えがちなことだ。

娘が自分と同等の、あるいは自分以上のやり方でライフイベントをこなしてさえいれば、『子育ては成功した』と、『自分の務めは無事終わった』と思い込む……）

確かに、期間的にも年齢的にも子育ては終わった。重ねて、冬木は今六十五歳だ。

――そして、子育て期間の表面だけを見れば、娘は、両親が暗黙の内に設定したハードルを、それは見事に飛び越えてきた。それを、あたかも『自分自身が選んだ』ように思い込まされて。また、あたかも『調教馬が決まりきったコースから外れはしない』ようなかたちで。もっといえば、世間の誰もが嫉《うらや》む感じで。学歴社会の勝者として。

ただ……

冬木の娘は、もちろん馬ではなかった。ハードルやコースに疑問も覚えれば、それを我武者羅《がむしゃら》に――どう足掻《あが》いても勝てない父の影に脅えながら――飛び越える都度、自分の限界に苦しみ、親の期待に苦しんできた。いや、それが普通の人間だ。冬木が異常なのだ。異常者である冬木には、娘の沈黙の絶叫を……絶望の絶叫を感じることができなかった。冬木自身には『生まれついての何か』があったから。冬木の人生は『全て自分で選んだ何か』だったから。冬木の人生は自由だった。だから自分で責任を負う気にもなれた。とりわけ自分の失敗や挫折に責任を負う気になれた。

（しかし、娘の人生は違う）

娘には……残念ながら……『生まれついての何か』は無かった。その意味で、徹頭徹尾《てっとうてつび》『苦しみ抜く秀才型』でしかなかった。また娘には、たとえ親が何を言わずとも、『全て親が選んだ何か』しか選べなかった。

だから。

最後の最後でポキリと折れてしまったとき、娘には、自分の挫折が理解できなかったし処理できなかった。娘にはどうしても、決まり切ったハードルやコース以外の――そう、『自由』『選択』が存在することを信じられなかった。何故ならそれを一切知らないからだ。自分がそれを教えてこなかったことも、冬木が六十二歳になって初めて知ったことだ。

（俺が薄汚いゴム毬《まり》ならば、アイツは……アイツはガラスの手毬だ。

毬は凹《へ》こむということも、でもまた膨《ふく》らめるということも、そしてもう一度跳ねられるということもアイツは知らなかった……俺が、教えなかったからだ。

手毬はいつか当然、荒々しく弾まされるというのに。

そしてそのとき、親にできることなど何も無いというのに。

こうして学歴社会の親は、最愛の子をアッサリ殺すわけだ)

……レジリエンス。

弾力。弾性。回復力。

叩き付けられて減《へ》こんでも、また明日には跳ね上がる。そのしなやかさ、したたかさ。

(望みもしない夢を与えられた『デキる子』、ロールモデルとしての父親に脅えていた一人娘には、そんなものを学ぶ機会も、そんなものを発揮する機会もなかった。

そして、堪《たま》りかねた嫁さんがとうとう俺に真実を告白したときは……

アイツはまさに崖《がけ》っぷちだった。

そのまま転がって、崖下で粉々に割れるところだった……割れなかったのは、奇跡だ)

——冬木が娘を思うあいだも、運動会の音楽は続いている。そろそろ児童の波が切れてくる。

(もうじき八時半、始業か。登校時間が終われば、とりあえず朝の現場は終了だ)

冬木は腕時計を見、顔を上げて小学校の大時計も見た。

しかし大時計を見たのは、時刻を確認するためではなかった。冬木は、五日市小学校の校舎と校庭が見たかったのだ。運動会の音楽が、彼をセンチメンタルな気分にさせている。

(娘の小学校時代。

中学受験の塾通いが酷《むご》かったとはいえ、当時は運動会も一日掛かりだった)

時季はもちろん秋。でも残暑が厳しくて、それはそれは暑かった。

（一日行事だから、親子がそろって、体育館等で弁当を一緒に食べたっけ。体育館もまた、暑かった。そして、また東京にトンボ帰りするときの辛《つら》かったこと……）

……あのころの娘のことを、どうにか思い出そうとする。

ただその記憶は、時代のフィルターが掛かって美化され過ぎたものか、今現在の苦悩が反映されて湿《しめ》り過ぎたものにしかならなかった。双極性の思い出補正。冬木はそのどちらも振り払うように首を振ると、自分に言い聴かせるようにこう思った――

（いや、まだだ、まだこれからだ。

ガラスの手毬の下から、俺の血の、ゴム毬が顔を出すことだってある）

さいわい、金銭的には何も困ってはいない。まして、時間ならば腐るほどある。

冬木はまだ六十五歳、これからだ。

（俺もアイツも、そうだ、まだまだこれからだ。孫の顔だって、まだまだ期待できる）

思いきり叩き付けられた球は、いよいよ高く跳ぶもの――高く跳べるものだから。

そのために冬木は、再就職も何もかも擲《なげう》って、親が遺《のこ》したA県の家に戻ったのだから。

（俺たちの家族は、もう一度、ここからまた始めれば――今度は、俺もずっと一緒に。たった三年の苦しみが何だ。世の中には、十年いや三十年苦しんでいる家族だっている）

そのとき、冬木の決意とは極めて裏腹な、実に牧歌的な声が響いた。老人の声だ。

「おーい、冬木サーン」

「ああ、片倉《かたくら》のおじいちゃん――今朝もお疲れ様です」

「いやいや、冬木サンと儂《わし》は五歳も違わないですから。おじいちゃんはないでしょう。そりゃあアンタは、御経験と御経歴の為《な》せる業《わざ》か、銀行の頭取みたいに紳士《しんし》然《ぜん》としとるが」

「あっこれは失敬。そうですね、人生百年時代ですからね。我々もまだまだ若僧だ」

「それでですな、今日の〈緊急点検〉、どうします？

やり手の冬木サンに参加してもらえると、現場がグッと引き締まるんだけど……」

「もちろん参加しますよ。私、今は無職の無位《むい》無官《むかん》で、時間だけは持て余していますから」

「よい心掛けですぞ、冬木のジイサン。じゃあ、そうしたら――

もうじき、学区内に散らばっていた、御手洗《みたらい》さんの班と本間《ほんま》さんの班が帰ってきます。そうしたら全員で、今日も通学路の危険箇所の〈緊急点検〉やりましょう!!」

「解りました、片倉のおじいちゃんさん!!」

「あっそうだ、冬木サン冬木サン、我々の蛍光チョッキ着ます？　そんなスーツ姿に革靴じゃあ、それこそ銀行員ですよ。こないだも、校長先生と間違われとったでしょ？

あっ、といって、町内会の倉庫に余り、あったかな……」

「ああ、そういうのホント着たいんですけど――」冬木は自分のスーツ姿を微妙に恥じた。退職までの四十年、よほど若かった頃を除いて、どんな現場でもスーツで出る癖が付いてしまっている。「——私の〈少年警察ボランティア〉の方では、もうこっちに回せるチョッキが無いって話なんですよ。ま、IDホルダーはしっかりした物を貸してくれたし、身分証というか依嘱証《いしょく》も用意してくれたんで、児童や保護者に怪しまれることはないと思いますが」

「けど、紺の背広に紺の紐《ひも》だと、遠目にはカード部分しか目に映らんね。それをいったら、こっちも黄色のチョッキにオレンジの紐で、ほとんど識別できんけど」

「紺の紐は地味なんで、〈少年警察ボランティア〉しか使っていないみたいなんですよね。というか、他のボランティアが選ばなかった余りの色、みたいなようで……他のボランティアは皆《みんな》、明るい色の紐を使っていて、黒だの紺だのといった目立たない色は、避けられたようです。

あっ、なら、お互いストラップを交換してみたらどうですかね？」

「うーん、他ならぬアンタがそう言ってくれれば、まさか誰も叛《さか》らわんだろうけど……ホラ、現場の警察官って変な役人根性があるし、特に新任巡査とか若い婦警とかは、ボランティアを小バカにするような所があるから。小市民の癖に、縄張り荒らしをするボケジジイ——とでも考えとるんかなあ。ジジイはジジイだがボケちゃおらんというのに」

「うわ、耳が痛い。確かに役人は、なんというか、民間人を軽く見る悪癖《あくへき》がありますよね」

「まあ、だから、余計なことは言わず、ハイそうですか、仰《おお》せの通りに——ってヘイコラしとらんと。それこそチョッキからIDから全部取り上げられて、おまけに免許証まで強制返納させられかねん。お役人さんのプライドを立ててやるのも、これまた奉仕活動という訳ですわ。

ましてて、アンタの威光を笠《かさ》に着て、現場の交番所長や警察署長を無視し始めた——とかいう妙な話になってもなあ。ほれ、今の五日市署長はホラ、まだまだ上を狙える小役人タイプだから、アンタに妙な迷惑が掛かってもいかんしね。

ま、免許返納云々《うんぬん》は冗談にしても、紐はそのままで仕方ないですよ。というのも、我々は民間ボラだから、アンタと違って保護者と一緒の首札しかもらってない。それを下手にいじったら、これまた保護者さんが混乱するかも知れん。学校も識別に困るかも知れん」

「そうですね、片倉さん。じゃあスーツ姿で無粋《ぶすい》ですけど、今日はこのまま御一緒します」

「——それにしても」

「え？」

「冬木サン、アンタ、あんな一流会社で、しかも社長サンまで務め上げたんだから……

再就職先は斡旋《あっせん》され放題、退職金は何度も貰《もら》い放題でしょうに。

何でまた、こんな田舎のA県の、御両親の建てた生家《せいか》に帰ってきたんです？」

「療養ですよ」冬木は主語を省いた。「私もだいぶ、躯《からだ》にガタが来ていますし」

「家族は大事ですわな」片倉も話をボカした。「ただ冬木サン、これ儂、ちょっとした風の噂《うわさ》で聞いただけだけど……

なんでも、前の会社の御縁《ごえん》で、また『海外で仕事してくれ』って頼まれとるんでしょう？　それも、誰もが啞然《あぜん》とするようないい仕事、名誉な仕事」

「……すごいなあ。家族でさえ知らないと思っていたのに、もう町内ではそんな噂が」

「田舎は世間が狭いからねえ……」

「それじゃあ、ひょっとして、私が姓を変えているのも」

「戻したんでしょ？　確か、奥さんの実家に頼まれて名字を変えていたけど、だから現役時代は奥さんの名字でお仕事されとったけど、A県に帰ってくるとき冬木サンに戻った」

「警察顔負けですね。防犯ボランティアじゃなくって、捜査本部の刑事とかどうです？」

「いやいや、お役人は駄目だよ。地域社会のことは、本当に大事なことは、誰もお役人なんかに喋りゃしないよ……それが田舎の恐さ。アンタも今は、よく知っとるはずだけど。

で、冬木サンそれ受けるの？　海外での、その、大事なポスト。

いや、儂なんかが言うのもアレだけど、そりゃ受けた方がいいよ。アンタみたいな人、こんな田舎で燻《くすぶ》っておってはいかん。男子たるもの、帝陛下《みかどへいか》の頼みとあらば——」

「いやいや片倉さん、そんな大袈裟《おおげさ》な話じゃないですし、燻っているとも思っていませんし。

それに……その、できるだけ……家族の耳には入らないようにしたいんです、その話」

「……そりゃまた何故？」

「私の今のいちばんの仕事は、そうですね——

家族三人で、キチンと飯を食うこと。すべてはそこからだからです」

「……いろいろ大変だと思うけど、田舎は御節介《おせっかい》焼きも多い。困ったときはお互い様だよ」

「ありがとうございます、片倉さ」

——冬木はしかし、その謝辞を言い終えることができなかった。というのも。

冬木は、片倉老人と牧歌的に会話しているようで、その実、学校周りに意識を広く飛ばしていたから——冬木にはある意味、非常に貧乏性なところがあった。時間を無駄にしない。機会を無駄にしない。注意力を無駄にしない……

その冬木の注意力は、今、あからさまに不審な人影をとらえた。

冬木がいるスクランブル交差点から、五日市小学校の正門を過ぎ越して、更に一〇〇mあたりの遠方《えんぽう》。スエットに毛の生えたような適当な服装をした、恐らくは若い男。サングラスのようにも思える、奇妙に小洒落《こじゃれ》た今風の眼鏡を掛けているが、またそれが適当な服装から浮いている。ただ、それだけでは幾ら何でも不審ではない。では何が冬木の職業的センサーを働かせたか？　当該者《とうがいしゃ》は、冬木と片倉の雑談風景を視認《しにん》するや――片倉の蛍光チョッキに反応した可能性が強い――やにわに、あからさまに、恐らくは足音高く急反転し、そのまま学校を離れ、脇道に逃れてしまったからである。しばし、その若い男がいたあたりを睨《にら》む冬木。やがて、会話をいきなり中断された片倉が当然、訊いてくる――

「……どうしたの、冬木サン？　恐い顔して、何かあった？」

「あっ　いえ、その……妻の顔が見えたような気がして。勘違いでした。何でもありません」

そこへ、片倉の防犯ボラ仲間の、御手洗班と本間班が帰ってきた。冬木たちと合流する。

そのまま、路上で今日の〈緊急点検〉の段取りを打ち合わせる。

――だから、冬木はそれ以上、余計な口を利かずにすんだ。

もちろん、当該不審者に対する余計な感想も漏らさずにすんだ。

冬木が心中《しんちゅう》だけで、まるで確認のようにつぶやいた、その余計な感想――

（……間違いない。あの猫背、あの歩調。

阿久澤学園に進んだ、町内の伊勢君だ。伊勢鉄雄くん）

――田舎は世間が狭い。まして、ここ五日市市連雀町《れんじやくちょう》は冬木にとって故郷であり、都落ちしてまた定住を始めた町でもある。おまけに、冬木は今少なくとも〈少年警察ボランティア〉だ。伊勢鉄雄が何者か、どのような人生を歩んでいたかを当然、知っている。

しかも、突然反転しては逃走した、あの挙動《きょどう》……

（……いや、考え過ぎだろう、さすがに）

今時、どんな職質《ショクシツ》対象者だって、あんなわざとらしい反転・逃走などしない。あれではまるで『不審者です』『職質を掛けてください』と言わんばかりだ。ホンモノの不審者なら、あんな大胆な一八〇度回頭はあり得ない。まして。

（今現在、午前九時前）

よからぬ謀《たくら》みがあるのなら、日の光がありすぎる。いやそれどころか、ここは防犯上の最重要拠点のひとつ、『小学校』なのだ――よからぬ謀みがあるのなら、防犯カメラのひとつやふたつ、いや二〇や三〇を恐れない方が面妖《おか》しい。

（ならば、よからぬ謀みなどないのだ。ああやって、公然と姿をさらしている限りは）

すると、伊勢鉄雄は、冬木が知り及ぶかぎりの行動パターン――すなわち昼夜逆転を逸脱《いつだつ》してまで、学校付近でいったい何をしていたのか？　そして何故、形振《なりふ》りかまわず、目撃されたまま逃走を開始したのか？

（……いや、さすがに基礎データが少な過ぎる。正解を考えるだけ時間の無駄だ。

恐らくは病気の具合から、対人恐怖症的なものが強く出ているのだろう……気の毒な)
よって冬木は、今自分だけが目撃した情報を──『今日の午前九時前に、町内の伊勢鉄雄が、五日市小学校付近で奇妙な挙動を示していた』という情報を──ボランティア仲間の誰にも伏せた。それ以降もまた、黙して誰にも語らなかった。
──後に冬木は、運動会本番の日、情報を伏せた自分の判断に愕然《がくぜん》とすることになる。

老人と役所

冬木が『不審な』伊勢鉄雄を目撃してから、一週間弱たった頃。

五日市小学校の運動会を、いよいよ翌日に控えた火曜。

午前一〇時半。

その五日市小を所管する〈五日市駐在所〉に、一本の電話が入った。

ぴろり、ぴろり。ぴろり、ぴろり。ぴろり、ぴろり──

(局線《キヨクセン》電話か)

駐在所長・津村茂《つむらしげる》警部補は、それがすぐ一般回線からのいわば外線であることを理解した。警察電話機は、呼出音を聞けば、外線なのか内線なのか分かるようになっている。

また。

警察部内の暗黙のルールとして、架かってきた電話は、呼出音が二度鳴り終わる前に取らなければならない。だから警電《ケイデン》が共用だと、文化として、受話器の取り合いになる。三度目の呼出音を鳴らした下っ端は、躾《しつけ》が厳しいことで有名な刑事部門だと、『何居眠りこいてんだ』といった、上官の気合いか嫌味を覚悟しなければならない……

だが。

ぴろり、ぴろり。ぴろり、ぴろり。ぴろり、ぴろり——

制服姿の、だらしなく腹の出た、それでいておかしな人形のように銀髪のふさふさした津村警部補は、鳴り続ける警電を悠然《ゆうぜん》と無視しながら、緑茶の最後のひと口を啜《すす》った。まるで茶道のように、ズズ、と締めの音まで立てる。警電の呼出音は、いよいよ七度目、八度目の反復を始めようとしている。

警察電話機が遠くにある訳でもない。津村が他の仕事に忙殺されている訳でもない。それどころか、警電は津村が茶を啜っていたそのデスクの上にあるのだし、そのデスクの上には書類の一枚も簿冊《ぼさつ》のひとつもありはしない。要は、この役所開庁時間帯、津村は自主的にティータイムを満喫していたのであった。あと五分早ければ、デスクの上にあった二片のカステラを目撃できたところだ。げっぷ、と慎みのない音を立てつつ、津村は思った。

(局線電話ってことは、外からの厄介事《やっかいごと》だな。

どうせ一〇時からは『警ら』勤務ってことになっているから、無視してもいいんだが)

……駐在所は、法的にも実務的にも、ワンオペの施設である。最低でも一日当たり二人の警察官を置かなければならない交番とは、そこが最大の相違点だ。大抵は田舎に『オラが村のよろず相談窓口』として置かれるものだが……最近では東京でも、あるいはまさにこのA県五日市でも、堂々と都市部に置かれてしまう。理由はシンプル。制服警察官の数が足りないからだ。確かに、いくら都市部といっても、閑静な住宅地とかになれば、夜間事象も突発事案もかなり少ない。そんな地域で『二四時間三六五日営業の治安のコンビニ』を展開しておくのは、お客さんがほとんど来ないという意味で、合理的でない。だから、今堂々と電話を無視しようとしている津村警部補の〈五日市駐在所〉のような都市型駐在所も、令和の今では全然めずらしくない。

ここで。

駐在所がワンオペの施設であるということは、津村には上司も部下もいないということ。もっといえば、津村の勤務を管理する上官は、三・五km離れた〈五日市警察署〉にしかいないということ。だから、もし津村が実務五年目の若き巡査長であったり、警察署本署への異動を心待ちにする四十歳の中堅警部補であったなら……これを奇貨として、ワンオペの自由と裁量とをフルに活《い》かし、自分の経営判断でどしどし実績を上げることに邁進《まいしん》しただろう。

ところが……

午前中の仕事がいよいよ軌道に乗ってくるような時間帯に、『警ら』をサボりながら自主的ティータイムを楽しんだり、いつまで経っても警察電話を取ろうとしない勤務態度から分かるとおり……津村警部補は、実績を上げることなどに微塵《みじん》も興味はなかった。ワンオペの自由と裁量とを、自分の経営判断で、あらゆる勤務回避のために用いた。

……それもそうだ。

津村警部補は今五十九歳。来春には定年、卒業だ。何が悲しくて、残り一年を切った現在、揉《も》め事のタネを抱え込まなければならないのか。津村の主観としては、津村は大卒警察官として四十年弱、この命を削る社会のドブさらい業務に従事してきた。だが会社は津村の献身を認めず、とうとう彼を私服部門に登用することがなかった。この四十年弱、津村はA県警察の様々な交番に異動させられ、『二四時間三六五日営業の治安のコンビニ』において、体力と精神力と寿命とを磨《す》り減らしてきた。そう、津村の職業人生は、交番から交番、また交番の衛星運動ばかりだった。最後くらい、ワンオペ勤務の役得を味わってもよいではないか……

津村がある意味拗《す》ねてしまって、職業人生最後の一年を実質『有給消化モード』にしてしまっても、津村の主観からすれば、あながち責められるものではない。ただ、A県警察としては、また別の意見があった。交番の衛星運動しかしておらず、私服として何の専門スキルも獲得していないのに、お情けで警部補にまでしてやったのは組織の恩情である。警部補にまでしてやったのは、それが実働員の最上位階級だからである。ゆえに、警察署長とまではゆかないまでも、駐在所長という『一国一城の主《あるじ》』にしてやった。どうしてその組織の恩情が解らず、拗ねたような勤務態度をとるのか。ここで実績を上げ、また、一国一城の主として地域の行政や地域の有力者とよい関係を構築すれば、再就職ポストとて選択肢が増えるものを、何故与えられた職務を有効活用しようとしないのか……

……まあ、『人事をする側』と『人事をされる側』の激しい認識ギャップは、どんな職業でもどんな職場でも発生することである。それに現在のところ、津村警部補の勤務態度はお世辞にも優秀とはいえないが、そこは閑静な住宅地を所管する駐在所勤務だけあって、特段の重大事案・特異事案の発生はない。署長を激怒させるような不祥事《ふしょうじ》もない。それが『諦めきった』津村による体捌《たいさば》き＝サボタージュによる結果だとしても――バッターボックスに立たなければ三振はない――表見的には、五日市駐在所の所管区内は平穏である。

だから。

もし、津村が今しつこく鳴っている警察電話に真摯《しんし》に対応していたら……

……あるいはいっそのこと、その警察電話を無視して警ら に出撃していたら。

津村の人生も、五日市駐在所の所管区も、いやA県警察も、これまでどおりの平穏を甘受することができていたかも知れない。ちなみにもう一度いえば、津村がワンオペ勤務をするこの〈五日市駐在所〉とは、明日運動会本番を控えた五日市小学校を所管する駐在所である。

（ちっ、電話、鳴り止まないな……

ってことは、善良な地域住民である可能性は著しく低い、か）

ぴろり、ぴろり。

ぴろり、ぴろり。

駐在所の執務卓上の警察電話は、なるほどもう一分近く、鳴り止む気配を見せない。

――もしこれが善良な地域住民からの外線なら、もともと警察というのは敷居《しきい》が高く強面《こわもて》な組織なのだから、とっくに尻尾《しっぽ》を巻いて電話を切っているはずだ。これだけ執拗《しつこ》く警察の電話を鳴らし続けるということは、落とし物関係とか、免許更新の手続の問い合わせとか、そんな牧歌的な内容ではないだろう。警察官なら誰もが体験している、壮絶な剣幕と理論とでこっちまでビリビリくるようなそんな『相談者』『クレーマー』である可能性も少なくない。実際、この駐在所も、そのような迷える仔羊《こひつじ》を何人か常連にしている。

（ああ、嫌な予感がする。

といって、事件事故なら、何も駐在所の電話番号なんかには架けないだろう。素直に一一〇番するはずだ。それに、もうじき昼飯の時間でもある。この電話が長電話になることは、その意味じゃあ、あながち悪いことでもない）

――地域住民の切実な急訴《きゅうそ》に真摯《しんし》に耳を傾けるのは、警察官の任務だ。

（たとえそれが、午前中二時間を予定していた、『警ら』のコマを潰すことになろうとも）

……警察官の任務を、実に利己的な観点から解釈した津村警部補は、とうとう警電の受話器を取った。もし彼が時間を計っていたなら、鳴り始めてから約九〇秒後のことだと分かったろう。

「はいもしもし〈五日市駐在所〉ですが」

『あっ、よかったつながった。駐在所の警察官さんでよろしかったでしょうか？』

「五日市駐在所長、津村警部補です」

津村は職名を告げた。相手が誰にしろ、『所長』『警部補』はインパクトがある。警察部内では何のインパクトもないが、地域住民に一定の牽制《けんせい》をするには充分だ。

『お忙しいところ大変恐縮です。

私は五日市市役所の障がい者福祉課の係員で、小関《こせき》と申します』

（──係員か。下っ端だな。しかも若い女だ）

組織名は極めて不穏だが、与《くみ》しやすし。津村は危機回避の警報レベルをわずかに下げた。

「それで？」津村は煙草に火を点《つ》ける。むろん施設内禁煙である。それどころか、オープンスペースで喫煙するなど懲戒処分ものである。しかしそこは、ワンオペだ。「何か？」

『あっあの、実は、その……

市役所として……市役所として、警察と情報共有しておきたい事例がありまして』

「というと」

『ウチの障がい者福祉課で、これまで五回、その……こころの障がいをお持ちの方の相談を受けていたのですが』

「はあ」

『ウチの課長が申すに、重大事案に発展するおそれがあるので、是非《ぜひ》警察の方の御意見もうかがうようにと。警察の方と密に連携するようにと、そう指示がありまして』

（何でも責任を押し付けようとしやがる。警察は何でも屋じゃないぞ）

情報共有、情報共有。連携、連携。そんなもの、要はババ抜きだ。

そして楽隠居《らくいんきょ》モードの津村としては、嬉々《きき》としてジョーカーを回される気はない。

「それでしたらですねえ。ここ、地域の事件事故を扱う施設なんで。駐在所なんで。

そうした込み入った事案については、〈五日市警察署〉本署の、生活安全課に……」

『ハイ、それもウチの課長の指示で、つい先程《さきほど》、その生活安全課さんにお電話しました』

「……生安課は何と？」

『なんでも今朝方《けさがた》、違法風俗の経営者とかを捕まえたところで、しかも……ぼ、暴力団も絡《から》んでいるからバタバタして、対応できる方が誰もおられないとか』

「それなら、生活安全課長っていう人と直接話せばいいですよ。

まさか、課長本人が事件処理なんてするはずないから」

『いえ……その生活安全課長さまが、これは地域社会の問題だから、担当は五日市駐在所さんだと。それで、そちらのお電話番号と、所長の津村さまのお名前を頂戴《ちょうだい》しました。ああ、もちろん御本人もその事件の目鼻が付き次第、再度御連絡くださるとはおっしゃっていましたが……事は緊急を要するかも知れないから、とにかく津村さまに至急御連絡して、判断を聞くようにと。それで生活安全課の力が必要となったら、すぐに対応すると』

(――ふざけてやがるぜ!! 体《てい》のいい盥回《たらいまわ》しじゃねえか!!)

警察署は何でも交番・駐在所に押し付けようとする。私服はハイソなスペシャリスト、制服は地べたを這《は》う何でも屋ってわけだ。違法風俗だか児童買春だか暴力団だか何だか知らないが、手前《てめえ》んとこのやり繰り下手でお祭りになっている尻拭《しりぬぐ》いを、五十九歳の大先輩にやらせようとは。これが美味《おい》しい事件の端緒《たんちょ》情報とかだったら、交番だの駐在だのごときには、一切合切《いっさいがっさい》何も知らせない癖に……

津村は憤《いきどお》った。そして、本署の生安課長の顔を思い浮かべた。確か、四十歳になったばっかりの餓鬼だ。いやアマだ。四十歳で署の課長。四十歳で警部。なら五十九歳の頃には、間違いなく大規模署長・警視正だ。警察本部の部長もあり得る。要は、将来の役員サマだ。俺が警察官を拝命したとき、まだおしめも取れていなかった奴が。

(とにかく、先輩に対する態度がなっとらん。

この若い女を黙らせたら、すぐに気合《くうき》を入れてやろう)

……いずれにせよ、警察電話機は一台しかない。ともかく市役所の種火《たねび》を踏み消さね

お引き取り願うためである。

津村はしぶしぶデスクに座り、引き出しから備忘録《びぼうろく》を取り出した。もちろん、若い女が提供してくる情報の詳細を筆記するためではない。『それは駐在所の仕事ではない』という理由を、穿《ほじく》り返して整理するためだ。第三者的にいうのなら、難癖《なんくせ》を付けてお引き取り願うためである。

「ええと、それで――そちらさまが抱えておられる事案というのは？」

『ハイ、生活安全課長さまには詳しく申し上げる暇《いとま》がなかったのですが……市役所の、ウチの課では、こころの障がいをお持ちの方の相談を受け付けています。電話と面談で受け付けています。

警察さんに御相談したいのは、ある相談者さんのことで……この相談者さん、生活安全課長さまがおっしゃるには、そちらの管轄エリアにお住まいの方でして』

（まったく警察署ときたら……また余計なことを）

『三十歳代の男性の方なんですが、先週から、ウチの課で電話相談を四回――そして、今《いま》し方《がた》面談を一回、行ったところなんです』

「具体的に何が問題なんですかね？」

『説明すると長いのですが……やはりそちらの管轄エリアにある、五日市小学校のことで。駐在所長さまも御存知だと思いますが、先週から、運動会の練習を行っていますよね？』

「はあ、むろん把握していますが……」

『この相談者さん、作家さんとの事ですが、その練習の音が気になって気になって……要は騒音苦情になるんでしょうか、とにかく、音がうるさくて仕事にならないと』

（あっ、そういえば、先週からそんな騒音苦情が何件か、入電していたな）

一一〇番通報が、確か六件ほど。この駐在所の電話に直接架かってきたのが、二件。合計八件か。いずれも『小学校がうるさい、今すぐ黙らせろ』『運動会がうるさい、今すぐ黙らせろ』という騒音苦情だった。そして成程《なるほど》、すべて壮年の男と思われる声での通報。もちろんその処理をしなければならないのは、五日市小学校を所管する五日市駐在所だ。

こういう騒音苦情の場合、まず通報者から事情を聴き、そして音の発生元からも事情を聴くことになるが――

（ただ八件とも、瞬間湯沸《ゆわ》かし器的にカッとなった、ただの鬱憤《うっぷん》晴らしだった）

というのも、一一〇番通報では『通報者はそのまま立ち去り』『警察官の接触を求めず』だったから。実際、通報者は、氏名も電話番号も告げなかった。もちろん通報現場にも、小学校付近にもいなかった。駐在所に直接入ってきた苦情の方も、それと事情は変わらない。だから通報者とは接触できなかったし、通報者もそれを求めてはいない。

そして、近隣住民同士のトラブルならともかく、音の発生者は小学校、堅くいえば行政である。また、音の発生原因というなら運動会、堅くいえば地域社会の行事。となれば、まさか、警察が運動会を止めろという訳にもゆかない――

よって、確か八件に及ぶ騒音苦情は、全て『通報者と連絡が取れず。打ち切りとする』と処理した。警察本部も警察署もそれを了とし、それ以上の対応を求めなかった。

（そう、ムシャクシャしたバカが、瞬間風速的にカッとなって通報してみただけだ）

しかも、それらはすべて片付いている。なら、この市役所の若い女は何を言いたいのか？

「――マア確かに、警察でもそうした騒音苦情は受理していますよ。ただ、どの通報も適正に処理を終えていますが？」

『あっいえ、話は、単純な騒音苦情という訳でもなくて……

相談者の方がおっしゃるには、それは、その……自分への電波攻撃だと。著名な作家である自分のことを嫉《ねた》んで、小学校と市役所と警察と自衛隊が、妨害電波を送っているんだと。このままでは、出版社に新作を納めることができないから、いよいよ校長や市長や教育委員会に直談判《じかだんぱん》して、力尽くでも止めさせないといけないと。そうおっしゃるんです』

（あっ）

津村はここで、徹底的に忘却していたことを思い出した。処理を終えたルーティンワークなど、いちいち覚えていられない。だから今の今まで忘れていた。しかし……

（問題の騒音苦情のうち、二件は俺自身が受理した。駐在所に直接架かってきたからだ。そして一度目は、一方的に文句を怒鳴りつけられただけで、会話になんてならなかったが……)

……二度目は違った。

通報者の壮年男。そうだ。一度目と同じ神経質な声。同一人物だ。受理したのが俺自身だから間違いない。そしてその壮年男は、やはり一方的に文句をまくしたてていたのだが……

(思い出してきた。警察ではぶっ飛んだ客の相手なんぞ日常茶飯事《にちじょうさはんじ》だから、気にも留めてはいなかったが……

確かに言っていた。『電波』だと。『電波攻撃』だと)

またかよ、と思った津村は、そのときいよいよ撃退モードになり、適当な相槌《あいづち》を打ちながら、とっとと電話を切ろうとしたが――

――思い出してみれば、売り言葉に買い言葉になり、しかも、相手の激昂《げっこう》ゆえよく聴き取れなかったが、『自衛隊』『校長』『市長』『直談判』云々《うんぬん》の言葉を聞いた気もする。

津村本人が忘れていたくらいだから、もちろんそんなこと、警察署にも警察本部にも報告してはいない。『騒音苦情があるも、通報者は立ち去り。現場にトラブル等ナシ』

――と、ルーティンの処理をしただけだ。

だから、電波だの自衛隊だの力尽くだの、重大インシデントを想起させるキーワードは、そのまま津村の脳内に埋もれ、さっきまで掻《か》き消えていた。それを唯一記憶しているものがあるとすれば、今時は通話内容をすべて録音している警察電話のシステムだけだろうが――そもそも騒音苦情は『適正に』処理されてしまっているのだから、まさかそんなものが改めてチェックされるはずもない。

ゆえに、津村自身が二度目の通報に対して『何でも警察に押し付けないでくださいよ』『電波なら総務省、自衛隊なら防衛省、それぞれちゃんと仕事してくれるから』『学校に直談判するっていうなら、警察はそれを止めません、止められません、あなたの判断ですから』等々と――百害あって一利ない昭和の盥回《たらいまわ》しワードを――勢いで喋《しゃべ》ってしまったことも、音声記録としてありこそすれ、組織には全く認知されていない。

よって、今初めて微妙な危機感を感じた津村は、いよいよ責任回避のため、必要な情報を求めた。

「ええと、それで――その相談者さんが運動会を『力尽くで』止めないといけない云々《うんぬん》と言ったのは、何時《いつ》の話になりますか？」

『まさに今し方です。

ウチの立場でいえば、五回目の相談、初めての面談でのことです』

「成程《なるほど》、電話相談が四回、そして今日が初の面談だったと――」

『――そうなります』

「これまでの電話相談で、そうした、暴力を予想させる言葉はありましたか？」

『直接的にはありませんでした。でも相当苦しんでおられる様子で、強い憤《いきどお》りというか、強い怒りを貯め込んでおられる様子でした。

ただ電話相談ですと、身振り手振りとか、表情とか、詳しい様子は分かりません』
「それで、市役所サンとしては……例えば、自傷他害《じしょうたがい》のおそれがあると？　具体的には、『直談判』のために、学校や運動会に押し掛けて、特異な行動をすると？」
『……私どもは医療機関ではありませんし、医師もおりませんので、そうした判断はできかねます。私どもは飽くまで、地域社会において障がいをお持ちの方が自立して生活されるための、日常的な支援を行っているだけですから。まして、暴力に対処できる機関でもありませんし。
ですので、学校や運動会に押し掛けたりすることで、自傷他害のおそれがあるかどうかとなると——そこは、もう権限のある警察官の方に判断していただかないと。最終的には、警職法でしたか、精神保健福祉法でしたか、『保護』というかたちで動いていただく可能性も想定されますし』
「警職法はともかくですね——」津村は誤魔化《ごまか》しつつ、急いでマニュアルを一冊取り出した。「——ええと、精神保健福祉法では、そうそう、警察官は、自傷他害のおそれのある障害者の方を、保健所につなげるだけですよ。精神保健福祉法では、警察がそうした方を保護するわけではないのです。保健所だか知事だかの、指定医の診察につなげるだけです」
『確かにそうです。したがいまして私どもも、保健所の保健師さんと連携しているのですが……保健師さんからはですね、ええと……そうそう、精神保健福祉法第二十三条の規定ぶりからして、そうした方が自傷他害を行うおそれがあるのを発見して、とりあえず保護をするのは、まさに警察さんのお仕事だと……』

「いやいやいやいやいや。

　例えば私がパトロールをしていて、誰かが眼の前で包丁持って暴れていたとなれば、そりゃ私の仕事に間違いないですよ。ただ警察は、何ですか、その、障がいをお持ちの方？　そうした方を捜し歩いてパトロールをする役所じゃないんで。

　それに、もう市役所サンで相談を受理しておられる訳ですから、そう、五回も相談を受理しておられる訳ですから、お医者先生を紹介するなり、受診を勧めるなり、そちらのお仕事としてやることが多々あるでしょうに」

『やんわりと受診はお勧めしたのですが、そうです、何度かお勧めしたのですが、御自分は病気ではないから断乎《だんこ》拒否すると……

　私どもの方針として、こうした段階で強制的な手段に訴えることはしませんし、できません。御受診なり御入院なりは、御本人が御納得した上での、任意入院が大原則です。医療の関係は、そもそも保健所さんが対応するお仕事でもありますし……第一、相談者さんはもう市役所にはおられません。もう出てゆかれました。ですので、私どもとしては現時点、何もできないのです』

「それは警察だって一緒ですよ。眼の前にいない。どこにいるかも分からない。そもそも障害者さんかも分からない。そして何をするつもりでもない――そんな一般の市民を、警察の権限でどうこうするのは無理ってもんです」

『それは解ります。

ですのでウチの課長としては、いえ市役所としては、一案として――

運動会あるいは小学校の警戒を強化していただいてはどうかと』

（バカなことを。やりたいなら、心配なら自分たちでやりゃいいじゃないか。

これだから、上品な普通のお役所サンって奴は。最後は警察に土方《ドカタ》仕事をさせやがる）

……津村は、この場合の『正しい処理』に要するコストを直ちに計算した。

運動会の警戒ともなれば、駐在所だけでは収まらない。最低でも、署の生活安全課との連携が必要だ。また、警察署と小学校という役所同士の連携も必要だから、署長と校長、少なくとも副署長と副校長の合意が必要になる。となれば、警部補でしかない津村では動けない。上官に詳細な電話報告をして、生安への根回し、署長副署長への報告をしてもらわなければならない。ただ、上官も手持ちカードがなければ何も報告できない。なら結局、津村が長めの注意報告書を作成して、上官の決裁を受けなければならない。その津村も、自分が知らないことは書けないから、これからまたこの市役所女とじっくり話をするほか、既に一枚嚙《か》んでしまっている、保健所の誰かからも話を聴かなきゃならない。いやそれだけじゃない。話の内容からして当然、過去八回の『騒音苦情』についても注意報告書をまとめなければならないだろう。ただ、既に忘れてしまっていることは書けないし、適当な文面でお茶を濁《にご》したら、かえって上官にツッコまれるネタを与えるようなものだ——

　——これらを要するに。

（学校警戒なんて飛んでもない。今日これからの宿題ですら膨大《ぼうだい》な量になる。その上、下手をしたら今日から明日まで、犬のおまわりさんよろしく学校周りをグルグルグルグルせにゃならん。あるいは、明日の運動会で日がな一日立ちんぼか。それも、たったひとりの、ちょっと頭のネジが緩んだ通報マニアの所為《せい》で……）

　津村は、執務卓の引き出しから、手製の小さなカードを取り出した。色画用紙のカード。

　可愛らしい字で『駐在所のおまわりさんへ』とある。『いつもお仕事ありがとうございます。ぼくたち／わたしたちの運動会を、ぜひ見に来てください。おまちしています』などと、組織の誰も見せてくれないような気配りと優しさにあふれた言葉も書いてある。

（ほら、俺はこれでも駐在所長だ。小学校から招待を受け、来賓テントの下で冷たい麦茶を啜《すす》っていればよい身の上だ。いや饅頭《まんじゅう》も出るかも知れん。おまけに、来賓なんぞはジジイばかりの集まりだから、間違いなく喫煙所も設置される——これすなわちパラダイス。

　それが、新任巡査みたいな、立番だの警戒だのに一日中狩り出されては!!）

──ゆえに津村は、この場合における『姑息《こそく》な処理』を開始することにした。

「ところで市役所サン、問題の、その自称作家先生というか、障害をお持ちの方ですけどね。

住所氏名に電話番号、お名前って分かります？　そりゃまあ分かると思いますがね？」

『ハイそれは分かります。ウチの課長からも、警察さんに提供してよいという許可をもらっています──よろしいでしょうか？　住所が五日市《いつかいち》市　連雀町《れんじやくちょう》5−1−2、電話番号がスマホでかくかくしかじか、お名前は伊勢さん。伊勢鉄雄さん。伊勢神宮のイセに、アイアンの鉄とオスの雄でテツオさん。あっ、御年齢は三十三歳ですね』

「御家族って分かります？　一緒に面談に来ました？」

『いえ面談はおひとりでした。ただ御家族は分かります。ただいま申し上げた御住所に、お父さんがお住まいです。同居です』

「母親さんは」

『同居しておられないとか』

（ちっ。昼飯食ったら巡連《ジュンレン》して母親をどやしつけ、その伊勢鉄雄とやらを、明日まで絶対外出させないよう気合いを入れるつもりだったが……）

……それなら何の書類も報告も調査もいらなかったのに。

まあいい。次の手もある。

「その父親さんですが、同居ってことは、その連雀の家におられる？」

『そこは、具体的なことは分かりませんが――お父さんの御職業、県の公務員さんとのことでしたので、恐らく夜には家におられるのではないかと』

（夜か……面倒だが、ま、家族が捕まるだけでも儲《もう》けものか）

ここで津村は相手に断りを入れ、警電を保留状態にした。

そのまま、駐在所内に設置された頑強な保管庫を開き、いまどき紙媒体の個人情報データベースである、巡回連絡簿冊《ぼさつ》を取り出す――

（五日市市の、連雀町、五丁目っと）

ここはワンオペ施設である。必要な簿冊の在処《ありか》くらいはすぐに分かる。もちろん、ここはワンオペ施設であるから、津村が義務的な家庭訪問――巡回連絡をサボっていることもすぐ分かる。それはそうだ。自分がやらなければ誰もやらない。

津村は、伊勢鉄雄とやらの家がある町内の簿冊をぱらぱら繰った――

（俺が巡連していないのはまあ確実だが、前任者か前々任者がやっているかも知れん）

そしてこの場合、実は『やっていない』方が旨味《うまみ》がある。『新規把握一件』という『実績』になるからだ。

どうせ父親をどやしつけねばならないのなら、合わせ技で実績も頂戴した方がよい。そして、実のところ、巡回連絡を熱心にやる警察官は少ない。この御時世《ごじせい》、どうせ居留守を使われるので、コスパが悪すぎるからだ。だから、自身もそうした警察官である津村としては、当然、伊勢鉄雄の家は『巡連未実施・未把握世帯・カード作成ナシ』と踏んでいた。

ところが——

(うわ、畜生カードがありやがる。誰だ、マジメに地域実態把握しようとするバカは。ただ……何だ? 作成年月日が平成四年? てことは、最終実施が……二十七年前?)

幾ら何でも、これは微妙だ。

A県警察の内規として、交番警察官は年に一度は、どの世帯にも巡連をしなければならないことになっているのだから。確かに巡連なんぞバカのやることだが、平成四年から令和元年までの二十七年間、この駐在所に勤務した警察官が全員、津村のようなタイプだったとは思えない。

……津村はさすがに訝《いぶか》しみながら、伊勢家の巡連カードを流し読んだ。

最初は、何のセンサーも働かなかった。

ただ、何かが引っ掛かる。

奇妙な違和感に引きずられ、世帯主の名前と、もう消えかかっている鉛筆での注意書きを熟視したとき——正確には、首を上下させつつ四度目に熟視したとき——

津村は思わず、声を上げて笑ってしまった。

(そうか、いや、何処《どこ》かで聞いた名前だと思ったが……そういうことだったのか。同い年とはいえ、四年先輩となるとサッパリ分からんな。これぞ、灯台もと暗し)

——津村はそのまま、上機嫌で警電の保留を解く。

「もしもしお待たせしました市役所サン」

『いえ大丈夫です』市役所の若い女が心配そうに訊く。それはそうだ。タスクを押しやれるかどうかの瀬戸際だ。『それで、その……警察さんとしては……』

「いえ大丈夫です」津村は奇《く》しくも相手と同じ言葉を発した。「すべて了解しました」

『と、おっしゃいますと……?』

「この件はこちらで引き取ります」

『それは、その……』

運動会とか音とかの問題を、警察さんで受理していただけるということでしょうか?』

「問題はもう生じないと判断しますが、受理というならそうです、引き受けました。

どのみち私自身、明日の運動会には招待されておりますので。すなわち現場に出ます」

『ど、どうもありがとうございます!! 何せ、子供の安全が懸かっていることなので!!

——そ、それではウチの課長にもその旨《むね》報告した上で、今後とも伊勢さんについての情報共有を密に……保健所さんとも話し合って、三者で充分な連携を』

しかし津村は情報共有、連携といった官僚的修辞をバッサリ斬った——

「いや失礼、ちょうど市民の方が来訪されたので、もうこれで」

『そ、それは大変失礼いたしました。長い時間、ほんとうに有難うございました!!』

「はいはいどうも〜お疲れ様〜」

警電の受話器が気軽に置かれる。

もちろん来訪者などはいない。

津村は鼻歌すら歌いながら、極めて事務的な警電を一本架けた後、デスクの中から出前のお品書きを取り出した。もう、四十歳の生意気な生活安全課長に気合いを入れることも忘れている。もしそれをしていたなら、また彼の運命は変わったのかも知れないが……幸か不幸か、彼はもう、仕事を押し付けられた怒りなど感じてはいなかった。

――すべて世はこともなし、だからだ。

第１章　老警の鬼子

Ａ県五日市市・五日市小学校グラウンド

五月末、水曜日。

時刻は、午前一一時頃。

早朝から始まった運動会は、既に幾つものプログラムを終えている。

競技から競技への段取りもスムーズになり――いやむしろ加速している感すらある。

それに伴って、決して広いとはいえない校庭は、人波でごった返している。

グラウンド内部には、競技をする児童たち。

その外周を取り巻いて、教室の椅子を並べ、競技を応援する児童たち。

その外周には、競技を観覧したり、場所取りに移動したり、動画を撮影する保護者たち。

保護者たちは、さすがにこの御時世《ごじせい》、誰もがオレンジのストラップに吊《つる》されたパスケースを帯びている。パスケースの中には、若草色の保護者証が入っている。といって、画用紙で手作りした素朴なものだが。これは、一家族につき二枚まで発行される。水曜日とて、令和の御代《みよ》では、父親と母親が一緒に来るということも多いからだ。そして全ての保護者は、学校正門のすぐ隣に設置された、受付テントでその保護者証を示す。示しつつ、住所氏名を、各クラスの名簿に——自分の子供の名前の横に設けられた記載欄に——書き入れる段取りとなっている。だから、パスケースを下げていない者が校内に入ることはないし、もし入っていれば、教師かPTAのボランティアに誰何《すいか》される。

それが、五日市小学校における行事のいわば常識で、保護者の側が弁《わきま》えるべきマナーであった。だから実際、見渡すかぎり、保護者証を帯びていない観覧者はいない。おまけに、運動会が開幕すれば、学校正門の頑強な柵《さく》は、人ひとり分を残してギリギリまで閉められてしまうのだった。人々の動線はぐっと狭まり、受付テントからの監視も容易になる——

——そんな感じで、学校への出入りは微妙に面倒なのだが、それは決して、保護者の人出を抑制するものではなかった。人出は抑制されるどころか、むしろ流入する一方である。

校庭の一画に、保護者用の観覧スペースもあるが、最近の『仲良し』親子関係を反映してか、人出はそこに収まるものではない。ゆえに保護者たちは、そこからあふれでて、児童たちの椅子席をぐるっと取り囲むように——だからグラウンドの形を忠実に再現しながら——びっしりした人の壁を作っている。

まさに、立錐《りっすい》の余地なしだ。

わずかに雑踏密度が低いのは――グラウンドに通じる学校正門のあたり、正門直近に設置された受付テントのあたり、朝礼台の横に設置された来賓テントのあたり、グラウンドの肩に設置された競技用の入場門のあたり。それらとて、人の海にどうにか浮かんだ、小さな孤島あるいは岩礁《がんしょう》のようだ。常にわさわさ、わらわらと移動する児童と保護者の波に襲われ、圧迫されている。ビニールテープ等で区画されていなければ、今にも人波に呑《の》み込まれてしまいそうだ。

そう、五日市小学校の校庭は、決して広いとはいえない。

だから、まさか校舎は開放しないが、体育館は開放している。大型のスクリーンと大型の送風機を設置し、いわば『パブリック・ビューイング』の場にしている。自分の子供以外には興味がない――という保護者のために、競技の様子をライヴで流し、それを座りながら観られるようにしている。現に、あの学校独特の匂いがする体育館には、レジャーシートやキャンプマットの花が咲き、そこに寝たり座ったりした、これまた数え切れないほどの保護者たちが、プログラムを手に『出番』まで待機している――子供の出番であり、だからそれを撮影する自分の出番まで待機している。

これらを要するに。

五日市小学校は、少なくともその地表部分は、初詣《はつもうで》も吃驚《びっくり》の人であふれている。

人は絶えず行き来し、うごめき、そのベクトルはほぼ無秩序だ。

状況が分かるのは、『舞台』として確保されたグラウンドの中だけ。

そこ以外でうごめくのは、まさに雑踏であり、群衆だ。

そして、群衆のほとんどの視線は、当然ながら、『舞台』であるグラウンドに流れる。

群衆の一部の視線は、トイレだの体育館だののベストな撮影場所だの、自分がこれから移動しようとするその先へ流れる——

——だから。

雑踏どうし、群衆どうしは、他人を認識しないし他人に興味がない。競技を観ているならなおさらだし、移動しようとするなら『匿名《とくめい》の』人の波を掻《か》き分けるので精一杯だ。

無数ともいえる人々が作り出す、群衆。

見通しが利かないほど密着しているのに、互いに無関心な『個』。

それでいて、確実に熱狂の度を増している、男女さまざまの歓声、轟《とどろ》く音楽。

——それは、令和の地域社会を象徴しているようだった。

五日市小学校体育館脇・競技者待機場所

スケジュールは、順調に流れている。

どうやら、昼休みまでに無事、午前中の予定を消化できそうだ。

(三年生の八〇m走、そろそろだな)

——五日市小学校三年生の学年主任、千賀敦《せんがあつし》は、眼の前で整列しつつある、三年生の児童たちを見た。次いで、視線を移し来賓テントを、そしてその先のグラウンドを見遣《みや》る。絶えず移動している人波で、実に見通しは悪いが……

(児童の動線にも問題はないだろう)

今千賀がいるのは、次の競技に出る児童たちの待機場所。

体育館と、それに連結する校舎が作る、ちょっとした狭間《はざま》の空間。

学校の正門からは、いちばん遠いあたりにある。対角線の反対側、というべきか。

もちろん、児童の動きに支障が出ないよう、『児童・教師以外立入禁止』のエリアとされている。そうするために、金属杭《ぐい》を幾つか立て、ビニールテープを長く渡して、簡易な道を作ったり、簡易な通行止めを作ったりしている。

(まあそんなもの、乗り越えようとすれば訳は無いが、それでも……)

日本人は決まり事には叛《さか》らわないものだし、あえて児童の待機場所などに入ってくる理由もない。最近の親は、我が子の活躍を見るよりも、とかく動画で記録を残すことに躍起《やっき》となっているが――千賀の実体験からすると、そんなもの、子供が大学生になっても一度も見返すことがないのに――さすがにそんな撮影中毒の親たちでも、まさか『出演前』の、『出番待ち』の状態を動画に残そうとは思わない。現に、今千賀がいる待機場所、ビニールテープと白線とで群衆から保護されたエアポケットに、入って来ようとする親はいない。

――千賀は腕時計を見る。

三年生八〇m走の入場まで、あと五分を切った。

前の種目である一年生の玉入れは、競技自体を既に終え、あの太鼓とともにやる勝者判定も終えている。先週、カリキュラムのやり繰りに四苦八苦しつつも充分な練習を積んだから、紅白の玉や玉入れの籠《かご》の撤収も実に順調だ。

(おっ、今のところ、紅組が二〇点のリードか。

ここ三年、何故か白組の優勝ばかりなんだよな。男女比も年齢構成も上手く調整してあるのに、不思議なことだ。しかも、紅組が負ける理由は、毎年必ず最後の大一番『大玉送り』――こんなことを言っちゃいかんが、紅組のその、まあ、下手さは毎年笑えるなあ)

――千賀はそんなことを考えつつ、いよいよ児童の整列状況を確認した。

まだ三年生とあって、教師のいうことをよく聞く。小さいから誰もが興奮してはいるが、これまた充分なリハーサルを積んだから、千賀が嬉《うれ》しくなるような、綺麗《きれい》な五列横隊が完成しつつある。同僚の、やはり三年を担任する女性教師ふたりが、児童同様、明るく興奮した声を出しつつ、児童の列を更にそろえ、点呼を始めようとしている。

(全員揃《そろ》ったら、すぐに入場門まで駆け足だ)

児童が駆け足で入場門に移動するコースも、クリアだ。

すさまじい人出だが、これまたビニールテープと白線の区画割りが機能している。児童が門まで駆けるルートに侵入したり、そこで動画を撮影したりしている保護者はいない。

ゆえに。

千賀がそのルートから、再び、三年生児童の列に視線を戻したとき――

（……ん？）

千賀は、待機場所の裏手の方――入場門や来賓テントや観覧席からは反対の方、すなわち学校のいちばん奥の塀《へい》のあたりから、ぶらりと現れた人影をひとつ、見た。

人影は、ビニールテープも白線も越えて、悠然《ゆうぜん》と……いやぼんやりと歩いてくる。

そして、整列している児童たちと微妙に距離を置く感じで、所在なく立ち止まった。

（保護者か？　慣れなくて、道に迷ったのかな？

一見して、どこにでもいそうな……そう三十歳代くらいの親だが。そう、特段不快な感じも奇異な感じもない。敢《あ》えて言えば、華というか洒落《しゃれ》っ気が全然ないが……）

千賀は児童の引率・誘導に意識を奪われながらも、その不思議な人影をもう一度見る。

不思議、というのはもちろん――

（――この待機場所には、入って来られないはずだが？

いや、そりゃ物理的にはいくらでも入って来られるが、しかし）

――もう一度いうと、今千賀がいるのは、次の競技に出る児童たちの待機場所。

体育館と、それに連結する校舎が作る、ちょっとした狭間の空間。

児童たちの待機や整列に支障があってはいけないから、もちろん、立入禁止の措置をほどこしている――

まず、体育館は『パブリック・ビューイング』の会場だから、そこから保護者が流れ出てきては困る。だから、ここにつながる体育館の扉の前には、これまたビニールテープを渡して通行止めだということを明らかにしているし、ビニールテープには『ここから先は通れません』と書いた画用紙を貼ってある。また、ビニールテープだけでなく、それと平行に、地面に白い石灰線まで引いてある――通行止めの線。この暑さだから、熱中症対策もあって体育館の扉は閉められないが、閉めていなくても『扉から先は通行禁止』であることは誰にでも分かる。

次に、この待機場所に通じるもうひとつの扉は校舎側にあるが、こちらも実際、体育館の扉と一緒の措置をとっている。児童の動きに支障が出るから、校舎側の扉は閉め切れないが、やはり開けた扉をビニールテープで封じているし、『ここから先は通れません』と書いた画用紙が貼ってある。白い石灰線が引いてあること、またしかり。

要は、ここは群衆のエアポケットとなるべき所だし、そのための『規制』も明確なのだ。

(だのに、どうしてこんな所に……)

確かに、物理的にはいくらでも入って来られる。

だが、こんな所に入ってくる動機がない。

体育館から出たいというなら、封じられていない、本来の大きな出入口がふたつある。

わざわざ通行禁止を無視して、校舎方面にしか出られない扉を使う理由がない。そして、ここに入って来られるもうひとつの扉は校舎側の扉だが、そもそも今日の行事は運動会だ。保護者に、校舎なり教室なりに入る動機はない。仮にトイレ等で入ったとして、校舎の玄関や昇降口は常にオープンにしてある——それはそうだ、昼休みその他で、児童の出入りがあるから。ならそっちから出ればいいし、その方がグラウンドへはアクセスしやすい。

そもそも、この待機場所は、学校の最も奥にある。

こんな所から競技は観られない。観られるものといえば、やはり校舎の奥側に設置された、来賓テントと朝礼台くらいのもの。誰もが観たい競技は、その更に先で行われている。

まして、ここは飽くまで出場者の待機場所に過ぎないのだから、こんな所で動画撮影などをする理由はない……『子供が整列している状態から撮りたい』というのなら、入場門まで駆け足をしてまた整列をする時点で、チャンスはいくらでもある。そのことは、これまでに消化された競技の様子から、誰にでも分かる。

要は。

ここは『楽屋』なのだ。出番待ちをするという意味でも、立入禁止という意味でも。

その『楽屋』に迷い込んだ、保護者がひとり。

(何も、小役人みたいにチマチマ注意する必要はないのかも知れないが……)

のも躊躇《ためら》われた。

……確かに、千賀は公務員だが小役人ではなかった。祝祭の日に、野暮《やぼ》なことをいう相手は、三十歳代と思われる大人である。何も目くじら立てて、『ここは立入禁止ですよ!!』などと叱責《しっせき》する必要はない。だから、もし千賀が学年主任でなく、もっと平凡な立場だったなら——これから児童を入場門まで誘導する真際《まぎわ》である以上、何も言わずに当該者《とうがいしゃ》を放置しただろう。そう、こんな所にいる理由もメリットもない以上、あと数秒もすれば自《おの》ずと立ち去ってくれる……

……だが。

千賀がもう一度、児童の列から目を離して当該者をじっと見たとき。

千賀は、児童の列からわずかに離れ、当該者《とうがいしゃ》に声を掛けている自分に気付いた。

——何故、自分は当該者に声を掛けたのか？

もし千賀にそれを顧《ふりかえ》る余裕があったのなら。

彼は考え考え、幾つかの理由を提示したろう——

例えば、紺のシャツにスニーカー、そして黒デニムが、どこか衣装めいた、どこか着慣れない印象を与えたこと。例えば、背中の黒いリュックが、運動会の観覧にしては大仰《おおぎょう》で、やたらガッシリしていたこと。例えば、ふらふらと歩いていたその足取りが、誰も彼もせかせかしている運動会の雰囲気から浮いていたこと。例えば、その右足が、立入禁止を示す石灰線を思いきり踏んでいること。例えば、千賀が当該者と瞳を合わせようとしたとき、おそらく反射的に、当該者がサッと視線を逸《そ》らしたこと。例えば……千賀が一瞬だけ確認できたその表情に、計り知れない虚無と、計り知れない悲しみを見出《みいだ》したこと。

そして何より、千賀が目を凝《こ》らしても、保護者証のストラップがよく見えなかったこと。

――けれど。

千賀はそれを誰にも語ることができなかったし、もっといえば、それを思考にまとめることもできなかった。千賀が最期にできたのは、そう、当該者に近付きながら声を掛けることだけだった。千賀は明るくいった。

「おはようございます。いつも学校のためにボランティア等で御協力いただき、ありがとうございます――

申し訳ありませんが、こちらは児童の集合場所ですので、立入りは御遠慮願えま」

ひゅうっ。

五月の太陽を受けて、鋭く、銀色の光が輝く。

五月の太陽の下、鋭く、鮮血の紅《べに》が噴き出す。

千賀の首に、深々とナイフが突き刺さる。

「くはっ――――!!」

そのまま喉《のど》を深々と斬り裂かれ、千賀の意識は朦朧《もうろう》となった。そして一分未満で絶命した。

千賀にできたことといえば、襲撃者の顔の眼鏡に触れ、それを鷲摑《わしづか》みにすることだけだった。ただそれはサングラスだったらしく、眼鏡を奪われそれを地に墜《お》とされた襲撃者の動きは、しかし、何の影響も受けない。

その、絶命までのわずかな、朦朧とした意識の中で――

――いや、その最初期の、首にナイフを突き刺された状態のうちに。

千賀は、彼の同僚である女性教師のひとりもまた、背後から心臓のあたりに深々と刃物を突き刺されて……胸から刃物の先端と血飛沫《ちしぶき》をあらわにしながら……唖然《あぜん》とした表情のままバタリと倒れてゆくのを見た。

それが、千賀の見た最期の光景である。

ただ。

これから発生した地獄を見ずに死ねたのは、責任感のある千賀にとって、せめてもの手向けだったろう。

五日市警察署・通信室《リモコン》

ブーッ、ブーッ、ブーッ、ブーッ。

五日市警察署の〈通信室〉に、一一〇番指令の入電を告げるブザーが鳴る。

——一一〇番を集中運用するのは、A県警察本部の通信指令室だ。

しかしこれは指令塔。実際に動くのは、各警察署などの実働ユニット。

したがって、通信指令室は、実働ユニットに次々と無線指令を流す。

それらは、各警察署に置かれた、俗に『リモコン』と呼ばれる通信室が受理する。

五日市警察署もまた、そのような通信室《リモコン》を備えている。

要するに、今のブザーは、通信指令室が通信室を呼び出すブザーであった。

——我が国警察は、平均的にいえば、このような指令が行われてから、七分で警察官を現場臨場させている。だから、『七分で警察官をデリバリー』というのが国民の期待であり、警察の意地だ。ゆえに、一一〇番指令への対応は時間との勝負になる。

そして今、呼び出しブザーが鳴った以上、時間との勝負をすべきは他のどの警察署でもない、五日市警察署なのだ。

よって、五日市警察署通信室の受理担当・小野寺《おのでら》警部補は、『今度は何だよ……』という警戒あるいは恐怖とともに無線のマイクを取り、通信指令室の指令を待った。むろん、指令はすぐに入電した。

［A県本部から——五日市？］

「五日市です」小野寺は通話ボタンを押しながら回答する。「どうぞ」

［五日市小学校からの入電で、持凶器《じきょうき》］

（うっ、刃物沙汰《ざた》かよ……!!）

――我が国で銃器を入手するのは難しい。だから、凶器を持って暴れているというのなら、それはナイフ・包丁・カッターの類《たぐい》だろう。それでも持凶器の人暴《ひとあば》れは『突発重《トツパツジュウ》大事案《ダイ》』である。

小野寺警部補は、メモ用のA4コピー用紙を急いで引き寄せつつ、微妙にアドレナリンが分泌されてくるのを感じながら、どうかアドレナリンに見合わない『イージーモード』な事案であることを願った。だがその期待は、二秒も過ぎないうちにド派手に裏切られた。

「運動会開催中の同小学校において。刃物を持った男。これ一名であるが。無差別に。児童及び教師を襲撃しているとの学校ボランティアからの通報。

通報者によれば。これ同校のボランティアを務める保護者であるが。既に負傷者多数とのこと。また。負傷者は一〇名以上との未確認情報あり。よって五日市PSにあっては。直ちに係官を現場臨場させるとともに。負傷者の救護。参集者の避難誘導。及び被疑者の封圧検挙に当たられたい」

「い、五日市了解」

そりゃ通り魔じゃねえか。この牧歌的なA県で通り魔なんて空前絶後だ……

そりゃ確かに持凶器の人暴れはうじゃうじゃあるが、せいぜいが、舞い上がったDV夫の御乱心《ごらんしん》だとか、シャブでラリッたポン中のストリートダンスとか、引きこもりの家庭内暴力とか、バカップルの別れ話のもつれとか、ガキンチョのショボい喧嘩《けんか》とか……

要は説得とか刺股《さすまた》とかで、だから警察官ふたりでどうとでもなる事案ばっかりだ。そりゃそうだ。ここは東京でも大阪でもないんだ。それが何で、いきなりのハードモードになるんだ……

［PCにあっては本件傍受《ぼうじゅ》か。五日市1からどうぞ？］

『五日市1傍受了解。関川町地内《チナイ》から緊急走行《キンソウ》で向かうどうぞ』

『五日市2傍受了解。宮前町地内から緊走で向かう所要一〇分どうぞ』

『五日市3傍受了解。砥部《とべ》駅前付近から緊走で向かうどうぞ』

『五日市4了解。これよりPSから出向するどうぞ』

『五日市5同じくですどうぞ』

『五日市6同じくどうぞ』

『五日市捜査』署の刑事課も立ち上がった。第一臨場を望まない刑事はいない。『五日市21及び22で出向する』

［A県本部《ジ》了解。

なお自動車警ら隊《ラ》にあっては。既にA県1、A県2、A県3が現場出向中。機動捜査隊《キソウ》にあっても。機捜101以下複数台が現場出向中。

よって。本件対応の各局各移動《カツキヨクカクイドウ》にあっては。これらと現場において連携の上。人命保護最優先で事案に当たられたい。さらに。耐刃防護衣《たいじんぼうごい》常時着装を確認の上。刺股《さすまた》、小楯《こだて》、警杖《けいじょう》その他の。装備資器材を有効活用し。被疑者と確実に間合いをとり。受傷事故防止に特段の留意を願いたい臨場中の交通事故防止にも充分配意願いたい。

本件にあっては、これ救急転送ずみ——

また。現場小学校に所在した保護者等多数から。同様の一一〇番現在多数入電中。よって。負傷者の状況。被疑者の特徴・挙動《きょどう》等。これの続報及び手配情報に注意されたい。なお。五日市署の隣接各署にあっては。以降想定される指定警察署緊急配備に備えられたい——

——指令時間一一時一五分。指令番号〇〇三三扱い曾根《そね》ですどうぞ」

「五日市了解扱い小野寺ですどうぞ」

［以上A県本部］

（えらいことになってきた。お祭りだ）

確かに運動会だが……いや不謹慎《ふきんしん》なことを考えている暇《ひま》はない。

自《ジ》ら、機捜といった警察本部直轄ユニットは通信指令室が動かしてくれるが、交番・駐在所・署のPCといった、地域のユニットを動かすのはリモコン担当の小野寺自身である。といって、上官の地域課長もすぐ指令台脇へやってきた。警部になりたての、四十二歳の管理職である。あの、五日市駐在所の津村警部補にいわせれば『俺が警察官を拝命したとき、まだおしめも取れていなかった』将来の役員候補、といったところか。もちろん小野寺警部補としては、この突発重大事案に際し、管理職が若きエリートだというのは実に有難かった——普段は『書類にうるさい』『数字に細かい』と敬遠しているのだが。

　ふたりは早鐘《はやがね》のように鳴る心臓を感じながら、警察署の約四〇％を占める地域のユニットを指揮し始めた。といって、戦略も戦術もあったものではない。最大動員で、今現在のあらゆるタスクを断念させ、すべての戦力を五日市小学校周辺に集中させるしかない。被害者の救護措置。小学生の避難誘導。救急車両の誘導。混乱を極めているであろう、小学校及び周辺での雑踏事故防止。野次馬《やじうま》の排除。そういえば空耳か、ヘリコプターの爆音が聞こえる気すらしてくる。メディアもわんさか押し寄せるだろう。

（そんな最中《さなか》、最悪なのは……）

　小野寺警部補も地域課長も、管内の全ユニットを無線指揮しつつ、同じことを思った。

（……最悪が上にも最悪なのは、被疑者を捕り逃がすことだ）

　運動会ともなれば、それなりの人出があるだろうから、身動きが取りやすいとはいえない。だが裏から言えば、雑踏に紛《まぎ》れてトンズラ――というのも難しくはない。ならば――まだ未確認情報だが――『一〇名以上』を刺したとされる凶悪極まる通り魔を、絶対に小学校から出してはならない。地域社会に解き放ってはならない。もちろん二次被害、二次犯罪を防ぐためだし、被疑者が遠方に逃走するのを阻止するためだ。最近の小学校は、防犯対策に力を入れているから、外周もキッチリ塀や柵で防護してくれているはずだ。となれば、門さえ閉じれば、あるいは門さえ固めれば、閉じた城塞《じょうさい》になってくれるはずだが――

（こういうときに限って、塀が割れているだの、フェンスが壊れているだの、ガックリくるような椿事《ちんじ》が発生するんだよなあ……警察事象あるあるだな）

そんな椿事によってまんまと逃走に成功されたら——隣接署、いや全県で緊急配備だ。制服も私服も関係なく、いや警察本部も警察署も関係なく最大動員の大捕物《おおとりもの》になる。そして令和の市民とメディアは手厳しい。『凶器を持った通り魔が逃げました』。それだけで警察本部長が平身低頭《へいしんていとう》陳謝することになる。関係市町村長その他に土下座して回ることになる。それは、まあ、小野寺警部補にも地域課長にも関係ない雲の上の人の話だが、小野寺たちとてまさか部外者ではない。というのも、捜査本部が直ちに設置されるからだ。現場警察官など、徹夜徹夜か、少なくとも『泊まり→非番→泊まり→非番』の寿命を削る二交替勤務となるからだ。

要するに、地域住民のためにも、小野寺警部補ら自身の長寿のためにも、被疑者を現場小学校で確保できないなどという事態は、絶対に絶対に避けたい。

（ま、最悪なことは……次に最悪なことは他にあるが）

すなわち、被疑者死亡だ。

——我が国においては、『事案の真実』『事件の真相』は、刑事裁判で明らかにされる。そこで裁判所の認定した事実が、我が国の歴史として残るオフィシャルな事実である。ところが被疑者に死なれては、その刑事裁判を開けない。死んだ人間はもはや処罰できず、したがって、処罰を求める起訴などできやしないからだ。まして死んだ人間は何も自白してくれない。何も供述してくれない。すると、被疑者しか知りはしないその内心――『動機』が全く解明できない。ところが令和の市民とメディアは手厳しい。動機も含めた、事件の『全容解明』こそが警察の役割だと思っている。まあそれは正解だが。ゆえに、逃走の次に最悪な事態は被疑者死亡となる。被疑者にまんまと死なれたら警察の負けだ。ゆえに警察は、持凶器でも人質立てこもりでも、極力射殺オプションはとらず――とれず――時に二十四時間も四十八時間も、被疑者の説得をし続けることになる。

（逃げられても、死なれても負け）引き続き、地域課長とともにバタバタと無線指揮をしつつ、小野寺警部補は思った。（被疑者にすれば、逃げるか死ぬかすれば勝ち。ただ……）

『オウム真理教関係特別指名手配被疑者』みたいなド派手な例外はあるが、ここ最近の逃走事案を顧《ふりかえ》って考えてみるなら――大阪だの愛媛だの神奈川だので発生している――防カメ・ドラレコ・GPS全盛のこの時代、素人が二箇月を逃げ切るのは難しい。逃走生活というのは、あの有名な、時効成立三週間前に検挙されてしまった『福田和子』の例を引くまでもなく、警察官の二交替制より過酷なものだ。よほどの運と資金と精神力とに恵まれていなければ、耐えられるものではない。そして、『通り魔』などという激発的な・激情的な・自己破壊的な犯罪を犯す被疑者が、そんな逃走生活に耐えられるとは考え難《がた》い。とすれば。

（通り魔被疑者の唯一の『勝ち筋』は被疑者死亡――すなわち自殺となる）

そしてそれは、とりわけ現代の被疑者にとって合理的でもある。何故と言って。破廉恥《はれんち》な殺人鬼としてお縄を頂戴《ちょうだい》し、メディアにああでもないこうでもないと弄《いじ》られ、SNS等で面白可笑《おか》しくネタにされ、自分の生涯をすべて露《さら》け出され、一族郎党《いちぞくろうとう》非国民の扱いを受け、通り魔に至ったこころの闇をゲロさせられ、とどのつまりは十三階段だ。昭和の昔なら卒業文集や自宅書架を暴かれる程度ですんだものを、このネット時代では、ものの数時間で住所氏名電話番号学歴経歴現職業、顔写真、SNSで喋《しゃべ》ったこと全て、やっていたゲームの内容、異性関係、果ては描いたイラストまで全世界に発信されてしまう。

どれだけ覚悟を決めた通り魔でも、自分が未来永劫御見物衆《ごけんぶつしゅう》の笑いのタネにされるのは我慢できないのではないか。あるいは、もし、自分の家族なり恋人なり、誰でもいいが『大事に思う者』に一抹《いちまつ》の愛情なり未練なりがあるのなら、その大事に思う者に累《るい》が及ぶのを……この日本の何処《どこ》にも居場所がなくなるのを、避けようと思うのではないか。

(そしてそれを避けるためには――

まさに『生きて虜囚《りょしゅう》の辱《はずかし》めを受けず』。自分が死んで、あらゆる真実をあの世に持ってゆく――自殺して、永遠に開かないブラックボックスになる。それがベストだ。あの世への勝ち逃げであり、あるいは、愛する者への最期の献身)

その意味で、自殺は最大の証拠隠滅であり、最大の『御見物衆《ごけんぶつしゅう》への抵抗』であろう。

「――地域課長」小野寺警部補はいった。「通信指令室も既に指令していると思いますが、被疑者の確保を――生きた被疑者の確保を、再度指令してはどうでしょう？」

「いや、もう今無線を吹いた」地域課長はアッサリいった。「でも大事なことだから、現場からは嫌がられるだろうが、五分置き程度で執拗《しつこ》く流そう――というのも。

『小学校』『運動会』『児童』『通り魔』。

これらのキーワードから真っ先に思い浮かぶのは何だ？」

「拡大自殺」

「まさしく」

「最近も他県で、そんな事件があったばっかりですからね……」

「何が悲しくて小学生を襲わにゃならんのか。死ぬなら独りで……いかん、これは禁句だ。

ところで小野寺。

さっきから疑問に思っているんだが、肝心の五日市駐在所はどうなっているんだ？

現場を所管しているのはあの駐在所……あの津村サンだろう。何をどう考えても、現着《ゲンチャク》一番の無線報告が入るはずだ。いや入らにゃ面妖《おか》しい。ＰＣなんぞより、駐在所から駆けた方が断然早いんだからな。

それとも俺が津村サンの無線を聞き逃したか？」

「いえ課長、私も津村先輩の無線報告は受けてないですね。御老体《ごろうたい》、何やっているんだか。

あれっ……あれっ？　でもそういえば……

確か津村先輩、まさにその運動会へ――五日市小へ行っていたはずですよ。その無線報告なら受けました。もっとも、報告を受けたのは今朝方《けさがた》九時頃の話――この通り魔騒ぎの、そう二時間以上も前の話ですけど」

「……奴は五日市小に、何をしに行ったんだ？」

「『運動会の会場における駐留警戒』だそうです。

もっともあの津村先輩のことですから、駐留警戒という名の、まあサボりでしょうが。ただ『小学校からの招待もある』っていうんで、行かせない訳にもゆきませんし、大先輩ですし、同じ警部補ですし」

「……それ以降、帰所《きしょ》報告なり転進報告なりはあったか？」

「ありません。まあ津村先輩ほどタダの茶なり饅頭《まんじゅう》なりが好きな人もいませんしね」

「だが、もし津村サンが……奴が依然、五日市小に腰を据えていたのなら。

……思いきり嫌な予感がする」

「奇遇ですね課長、私もです」小野寺はしれっといった。「警察の取り扱う事案って、何故かセキュリティホールを狙い撃ちにしますから。ピンポイントで。警察事象あるある」

「俺の、嫌な予感が当たっていたら。

――『現場に警察官がそもそもいて、しかもド派手な通り魔が発生』と、こうなる。

それだけでも警察不祥事の殿堂入りなのに」

『現場でまともな初動措置がとれなかった』とあらば、我が署も我が県警も大炎上」

「オイ小野寺、御老体を急いで呼び出せ。下手をすると、奴の職業人生にかかわる——といって、それは俺についても一緒なんだがな」

（……諦《あきら》めきった五十九歳不良警察官《ゴンゾウ》と、気鋭の四十二歳新任管理職）小野寺は嘆息《ためいき》を嚙《か》み殺した。（成程《なるほど》、下手をするとこれも『拡大自殺』になるな。しかも、『残り一年』が『残り十八年・役員かも』と無理心中するかたちになる。ああ、すまじきものは宮仕《みやづか》え——）

——もちろん、小野寺警部補はそんな思いを口にはせず。

いよいよ自分自身が生き残るため、署長にも副署長にも聞こえるよう、いささか情熱的に過ぎるかたちで『懸命な』無線指令を再開した。

五日市小学校・来賓テント

同日。

時刻は微妙にさかのぼって、午前一一時頃。

場所は、五日市小学校グラウンド。その朝礼台脇に設置された、来賓テント。

支柱で屋根を支える、大型のテントだ。いかにも学校行事っぽいタイプ。

そこに、何列かのパイプ椅子が設《しつら》えられている。

――五日市駐在所長、津村茂警部補は、その最後列、目立たない所に座っていた。

もちろん、警察官の制服姿だ。

しかも、来賓用に用意されたウォータージャグから、ひっきりなしに冷えた麦茶を酌《く》んではがぶがぶ飲んでいる。茶菓子の饅頭《まんじゅう》なり煎餅《せんべい》なりを、着実に消費するのも忘れない。ここで、警察官が……まして制服姿でオン・ステージの警察官が、市民の前で物を飲み食いするなど懲戒処分ものである。ただもちろん、津村はそんな職業倫理を意に介するタイプの警察官ではなかった――少なくとも、自分の職業人生における成功を諦めてからは。

――津村がここ、五日市小学校に着いたのは、午前九時ちょっと過ぎ。開会式だの、校長の挨拶《あいさつ》だの、市長の挨拶だの、PTA会長の挨拶だの、選手宣誓だの……要は、津村にとって何の意味もない余計な儀式が終わるのを、ちゃっかり見計らってからのことだ。

そして、小学校に入ってからは、ぶらぶらと意味なく日陰に――日陰かつ雑踏が比較的少ない所に――立つか、こうして誰ともコミュニケーションをせずタダの茶菓を頂戴するかの、実に適当な往復運動をしている。無論、『警ら』をしているわけでも『駐留警戒』をしているわけでもなかった。まさに、警察署の地域課長と小野寺警部補が察していたとおりのサボりである。

といって。

あからさまに送風機が涼しい来賓テントの中ばかりにいたら、さすがに地域住民の手前バツが悪い。どうせ、話す人間も挨拶すべき人間もいない。ぶっちゃけ退屈にもなる。そんなわけで、時折、何の警戒心も発揮しない、無目的な散歩なり見物なりに出撃していたわけだ。

ここで、『担当の駐在所長が、校長だの副校長だのPTA会長だの地元の名士だのとまったく面識もなければ交際もない』――というのは、地域実態把握を最重要課題とする交番部門においては、恥であり罪であり無能の証拠である。だがしかし、これまた、津村はそんな職業倫理を意に介するタイプではない……

そして、いよいよ午前一一時。

津村は来賓テントの中で、ふたつの生理的欲求を覚えた。

ひとつは尿意。もうひとつは、喫煙への衝動。

朝からタダの茶をガブ飲みしていたから無理もない。そして、ワンオペの駐在所では交番などより遥《はる》かにヤミ喫煙をしやすいから無理もない。

(確かトイレは、校舎一階の奴が一般開放されていたな。

だが問題は、喫煙所だ。朝からそれとなく捜し回ってみたが、通用門脇の倉庫の陰に、いつも五人以上がたむろしている狭い奴があるだけ)

……さすがに、タダで茶をガブ飲みするのと、市民の眼前で堂々と喫煙するのとでは、非違行為《ヒイ》としての（要は不良警察官行為としての）レベルが違う。制服警察官が、交番のオープンスペースで脱帽したり喫煙したりするのは最大の禁忌《きんき》のひとつだ。昭和の時代や平成初期だったなら、そんなものはむしろアタリマエの習慣であり日常風景だったのだが。

（しかも、この煙草バッシング全盛の御時世《ごじせい》。満員の喫煙所なんて使ったら、その場で御同席のバカから一一〇番通報されかねん）

津村は微妙に悩んだ。だが尿意も強くなっている。どうせ席を立つなら、ニコチンも補給しておきたい。

（……仕方ない。ションベンを済ませてから、体育館の裏側だの校舎の裏側だの、人っ気のないところを見定めて吸い貯めしておくか）

どっこいせ、と津村は立ち上がった。そのまま雑踏を掻き分け掻き分け、校舎に入る。グラウンドの雑踏密度は高くなる一方だが、そこは『制服の威力』がある。運動会の安全を見守ってくれている制服警察官に、道を開かない保護者も児童もない。津村はちょっと気を良くして――組織内ではまさか感じられない優しいまなざしは気持ちよかった――校舎内を進む。靴のまま進む。今日は、客がトイレまで土足で行けるように、一階廊下の動線には、土足用のマットが細く敷かれているのだ。

もちろん津村は何の問題もなく用を足すと、来たルートをそのまま帰ることはせず、真逆の方向に目を遣った。

そちらは来客のルートとしては想定されていないようで、土足用のマットが敷かれていない。どうやら、構造と雰囲気からして、道の果ては校舎の端《はし》のようだ。そして、ちょっと目を凝らせば、そっちは体育館に接続しているルートなのが分かる。

ところが、その校舎の端には——そこを越えれば体育館にゆける扉の位置には——通せんぼをするようにビニールテープが張り渡してあるほか、『ここから先は通れません』と書いた画用紙が貼ってある。扉は開かれているから、その先も見える。ビニールテープと画用紙のその先には、白い石灰線が引かれ、やはり通行止めであることを示している。さらにその先には、開け放たれた体育館の扉があり、その手前にも白い石灰線。体育館の扉のところにも、やはりビニールテープが張り渡されている上、『ここから先は通れません』という画用紙の注意書きがある。

——要は、川をイメージすればいい。

校舎と体育館は、ほぼ露天の道で連結されているが、それに通じる扉はどちら側も通れなくなっている。だから、露天の道は、校舎と体育館とを隔てる川のような感じになっている。実をいえば、その『川』は、次の競技に出場する児童が出番待ちの整列をする『待機場所』であった。そう、今この時間でいえば、あの三年生の学年主任である千賀敦が、八〇m走に出場する三年生の児童たちを整列させている場所である。

——むろん、地域だろうが運動会だろうが、実態把握などに何も興味のない津村はそのことを知らない。いや知らないどころか、むしろ奇貨と考えた。わざわざ『通行止め』にしているということは、保護者が入り込んでこないスペースがあるということ。そしてビニールテープの先にあるのは体育館。体育館とくれば、建物の構造から考えて、もちろん裏手があるだろう——誰も来ない、人目につかない裏手が。

（オイちょうどいいじゃねえか。まさか火災報知器があるわけでなし）

……体育館の裏手で煙草を吸おうなどと、情けなくも不良中学生レベルのアイデアを思い付いた津村警部補は、マットも切れて剝《む》き出しの廊下を、もちろん土足で歩いてゆく。ビニールテープを越えるなんぞは訳ない。

よって津村が、校舎側から、いよいよ三年生児童が八〇m走のために整列を始めたその待機場所に出ようとしたとき——

「おはようございます。いつも学校のためにボランティア等で御協力いただき、ありがとうございます——」

（大人の声だ。男の声。ここの教師か？）

「——申し訳ありませんが、こちらは児童の集合場所ですので、立入りは御遠慮願えま」

『こちらは児童の集合場所』云々《うんぬん》の言葉を聞いたところで、津村はウッと喉を鳴らした。相手の姿は見えないが——だから相手から自分が見えていたとは思えないが——台詞《セリフ》の中身からして、まさに不法侵入者の自分に対する叱責《しっせき》だと思ったのである。津村のような警察官だと、叱責には実に敏感だ。

「いやいや、アハハ——すみません先生。

ただ最近は小学校も物騒ですから、死角になるところをパトロールしているところで」

津村は土足を気まずく思いつつ、愚にも付かない言い訳を展開しながらビニールテープを越えようとした。むろん、自分の言葉など実は誰も聞いていないことに気付いていない――

しかし。

津村警部補がビニールテープを越え、白線を踏み、児童の待機場所に出ようとしたその寸前。

「くはっ――――!!」

津村は異様な声を聞いた。それは確かに声だったが、破裂音のような感じが、あるいは空気がいきなり抜けたような感じが異様だった。もっといえば、あまりにも切迫していて、それでいてあまりにも蚊弱《かよわ》い点で異様だった。

（……何だ!?）

津村はいよいよ児童の待機場所に出た。

そして見た。

五月の太陽を受けて、鋭く輝く銀色の光を。

五月の太陽の下、鋭く噴き出す鮮血の紅《べに》を。

……津村は数瞬、眼前で発生している事態を理解できなかった。

まさか。こんなところで。こんなことが。俺の眼の前で。あるはずがない。ニュース

津村警部補が目撃したのは、それだけではなかった。

だが。

(ひ、人を刺しやがった……と、通り魔事案だと!?)

触れられ、それを鷲掴《わしづか》みにされ地に墜とされたが……ただそれはサングラスだったらしく、眼鏡を奪われ地に墜とされたその人物の動きは、何の影響も受けていない。

その人物は、人形のように崩れ墜ちた男性教師に、そう最期の足掻《あが》きのように眼鏡に
当然、その手にはナイフ──しかも今や、二刀流のナイフがある。

背中には、運動会の観覧にしてはやたら大仰《おおぎょう》でガッシリしたリュックを背負っている。

小柄で、何の洒落っ気も華もないが、かなりどんよりと不健康な感じがする。

紺のシャツにスニーカー、そして黒デニムの人物だ。

もちろん、状況からして、この教師を襲撃した者がいる。

いやそれどころか、そのまま喉を斬り裂かれている。そしてカクン、と糸の切れた人形みたいに崩れ墜ちる……

その首に、深々とナイフが突き刺さっている。

──男の、おそらく教師がいる。運動着姿に鉢巻き。きっと教師だ。

無数に、リアルタイムで入ってくる視覚情報。

の中の物語だ──そんな様々な思考と、眼前の視覚情報とが見事にバグり、結果、津村をただ案山子《かかし》のように呆然《ぼうぜん》と立ち尽くさせる。

現場に居合わせた、また別の女教師が——これまた運動着姿に鉢巻きだから教師だと分かる——アッ最初の教師の首にナイフが突き刺さったと思った瞬間、電光石火《でんこうせっか》、背後から心臓のあたりに深々と刃物を突き刺される。彼女はその胸から刃物の先端と血飛沫《ちしぶき》をあらわにしつつ、唖然《あぜん》とした表情のままバタリと倒れてゆく。バタリと倒れたから、また、女教師の胸を刺しつらぬいた襲撃者の姿があらわになる。紺の上衣、黒ずくめの下半身が、現場に舞い散る鮮血で恐ろしい斑《まだら》模様になり、また、どろりとした奇妙な迷彩服のようにもなっている。

喉を裂かれた男性教師と、胸を刺された女性教師は、すぐさま絶命した。それくらいは、私服経験のない津村にも理解できた。もうピクリとも動かなければ逃げようともしないし、悲鳴もいや呼吸もない。そもそも児童を救《たす》けようとする動きがない。

……そこから先は、地獄だった。

今女性教師を襲った刃物が、信じられない勢いと速度で三人目の教師を——だから二人目の女教師を襲う。その頸動脈《けいどうみゃく》のあたりを、まるで日本刀で首でも落とすかのような勢いで斬り裂く。彼女もまた、微《かす》かに口をパクパクさせた後、そして最期のちからで児童を遠くへ追い払う身振り手振りをした後、とすん、と地面に崩れ墜ちてしまう。これまた、最初の一撃で絶命してしまった。

（不味《まず》い!!　俺ひとりではどうにも!!）

やるべきことは無数にあった。

警棒の展張《てんちょう》。拳銃の取り出し。無線の至急報。

そしてもちろん、被害者の救護と児童の退避。

被疑者の封圧と検挙。

……やるべきことは、だから正解は幾つもあった。

だが津村警部補はどの行動もとることができなかった。というか、それは無理だと確信した。津村は何度も視線を左右に動かしては、眼前の襲撃者を見る。不健康なインドア派。体力的に恵まれているとは思えない。剣道の試合のように、柔道の試合のように格闘したなら、ひょっとしたら津村にも勝機があったのかも知れない。だが。

(現実はそうは行かねえ……逮捕術訓練みたいに、一対一で約束動作《ヤクソクドウサ》を仕掛けられるなんて、そんな状況はありゃしねえんだ……応援が四人、いや五人はいないと!!)

津村にそう絶望させるほど、女性教師ふたりをたちまち葬った襲撃者は、圧倒的だった。圧倒的な勢いのまま、女性教師ふたりを襲った刃物が、今度は、いきなり近くにいた成年女性の太腿《ふともも》を、そして肩をぶすりと刺す。またもや刃物は二本に――そう二刀流になっている。そして今や、その刃物は包丁であること、それも新品でかなりの業物《わざもの》なのが見てとれる。

その業物に躯《からだ》の二箇所を刺された新たな被害者は――保護者証のストラップを首から下げていたその成年女性は、当然、肩と太腿から血を流して、苦痛の声とともにしゃがみ込む。こちらは死んではいないが、もはや戦闘不能というか無力化された。彼女の流血は、紐《ひも》の色合いからしてハッキリ見えないが、首からのストラップを伝ったか、保護者証の位置にまで達している。その紙を鉄錆《てつさび》色に染め上げてしまっている。そして津村は、彼女が太腿をかばう動作をしたとき、その紺のスニーカーの裏というか靴底に、白い石灰線が嘘のごとくあざやかに付着しているのを見た。そのあざやかな白と、血飛沫《ちしぶき》の紅……

(ど、どういうことなんだ……なんでこんなことに……?)

男性教師。女性教師。女性教師。成年女性。

いきなりの狩り場となった待機場所にいた大人は、津村警部補以外、すべて無力化されてしまった。実時間にして、たった五秒前後で。そして津村がいよいよ無線機のエマージェンシーを起動させようと思い立ったとき、彼の脳に、耳を蔽《おお》いたくなる聴覚情報が入ってきた。

——三年生児童たちの悲鳴と、泣き声だ。

そして、待機場所の地面をあざやかに駆ける音。

すぱあ、とも、ざくり、とも、ぶすり、とも聞こえる凶刃《きょうじん》の音すら聞こえる。

……津村は絶望的な瞳で現場を見た。

待機場所からどうにかグラウンド方面へ逃げようとする児童たちを、二刀流の包丁が、まさに無差別に突いては刺し、斬っては裂いている。しかも、ここには次の種目——八〇m走だか何だかに出る三年生児童全員が集まっていたから、雑踏密度が高い。おまけに、我先に脱出しようとする児童たちは、いよいよグラウンドに出られるいわば出口のあたりで、なんと将棋倒しになってしまった。こうなると、襲撃者のやることは、通り魔というより単純作業である——転がってしまった『肉』を、とにかくブスブス刺してゆけばよいだけだ。

児童たちの体操着の白を、どろりとした、残酷な、恐ろしいクリムゾンレーキの血潮が赤く赤く染め上げてゆく。運動会の紅白の赤より、もっともっと無慈悲な暗い赤。

現場は、阿鼻叫喚《あびきょうかん》。

そしてその地獄の音楽は、次第に待機場所から、運動会の会場へ——グラウンドへと波及していった。それはそうだ。待機場所のすぐ外は黒山《くろやま》の人集《ひとだか》り。立錐《りっすい》の余地ない大盛況。悲鳴もすぐに聞こえれば、どうにか逃げ出すことに成功した児童の、血潮に染まった体操服もすぐ見える。津村の位置からも、訳の解らないパニックに襲われた群衆が、まさに右往左往、押し合いへし合いしながら、現場を見ようと駆けつけたり、現場から逃げようと駆け去ったりするその様が垣間《かいま》見える。

……しかし、誰ひとりこの惨劇の現場に入ってくる者はいない。

いや、どう考えても教師は急行しようとしているに違いないが——『退《ど》いてください、道を空けてください!!』という怒号が聞こえる——津村もさんざん見学した今日の人出からして、また、既に発生してしまったパニックからして、流動する大群衆を掻き分けるには時間が掛かりすぎる……

（実際、最初の男教師が殺されてから、まだ二〇秒も過ぎてはいない。なんて早業《はやわざ》だ）

しかし。

ここで津村は奇妙な疑問に襲われた。

（……この肥え太った二刀流の豚は何故、俺を襲撃しないのか？）

教師たちを刺し、パスケースを下げた成年女性を刺し、そして今や滅多矢鱈《めったやたら》に三年生児童を刺し続けている襲撃者。しかし奴は、警察官の制服を着た津村にはまだ凶刃《きょうじん》を向けていない。凶刃を向けていないどころか無視している。いや、『無視している』というのは正確でないかも知れない。不健康に太った、脂《あぶら》ぎった感じの、三十歳代と思われるその襲撃者は、淡々と殺傷を繰り返しながら、しかし時折、津村の方をチラチラ見ていたから。

津村はそれを、警察官に対する警戒だと思った。

（だがそうならば、何故まず自分を刺し殺さないのか……？）

正解は解らなかったが、みじめな想像をすることはできた。

というのも、考えがここに至ったとき、津村は既に自分が腰を抜かし、マヌケたポーズで尻餅《しりもち》を突いているのに気付いたからである。誰が見ても、完全屈服状態だろう……

そして、悲しいほど自分は卑劣な奴だと認識しつつ、こうも思った。思ってしまった。

（こ、このまま応援が来てくれれば、俺は助かるかも知れん……）

……しかしながら。

津村はすぐにそれが叶《かな》わぬ夢であることを知った。何故と言って。

逃げられる児童は逃げ終え、逃げられなかった児童がすべて刺されてしまったとき。

だから、阿鼻叫喚の地獄が奇妙な小休止に入ったとき。

すなわち、二〇秒未満の襲撃が一段落したとき。

……いよいよ肥え太った襲撃者は——もはや血塗《ちまみ》れゆえ紺色の上衣も黒ずくめの下半身もどろどろの鉄錆《てつさび》色にしながら——一歩一歩、腰を抜かした津村のもとに近づいてきたからである。

そして近づきざま、何かの駄目押しのように、あの保護者と思《おぼ》しき成年女性の腕をもう一度軽く斬りつけると、満足した感じで津村に語り掛ける。ブリッジを押しながら整え直す眼鏡が、ギラリと光る——

「お前、全部見たな？」

「な、なんだと……」

「最初から全部見たかと訊《き》いているんだ!!」

「み、見た」

「どこから見た？」

「そ、それは……そうだ、最初からです。さ、最初に男の先生が、喉を……」

血塗れの男は、ここで不思議な嘆息《ためいき》を漏らした。そこには確かに疲労と慨嘆《がいたん》とがあった。

「無線機のスイッチを押せ」

「え？」

「無線を入れろ!!」

「は、はいっ」

引き続き腰が抜けたままの、だから襲撃者からは見下ろされているままの津村は、素直にその命令にしたがった。喉元に突き出された包丁を見ないよう顔を背けつつ、自分の肩だけを見て、そこに挿してある無線機のプレストークスイッチを押す。押せば、マイクが拾う会話も音も、五日市警察署の通信室《リモコン》に——今《いま》地域課長と小野寺警部補が指令を発しているあの場所だが——聞こえることになる。無線だから当然だが。

「押しました」

「俺が離せというまでそのままだ」

「りょ、了解です」

すると男は、津村の喉に包丁の先を当てたまま、何かの演説のように朗々《ろうろう》と語り始めた——

「俺の名は伊勢鉄雄。この町内の伊勢鉄雄だ。この五日市小の卒業生でもある」

「は、はい」

命の危機にさらされた津村警部補には、もう、相手の発言を日本語として理解する余力がなかった。ゆえに、その〈伊勢鉄雄〉なる名前が、昨日の勤務で腐るほど見聞きした名前であること――そして極めて適当な処理をした対象者の名前であることにも気付けなかった。平均的な警察官の能力と比較して、これはかなり残念なことである。

「俺は作家だ。あのKADOKANAからも本を出版できる作家だ。

だが、この小学校は、ここの児童と教師は、俺の著述の妨害をした。

先週から、常識外れの大音量で運動会の音楽を響き渡らせたほか、その音楽に自衛隊や米軍の妨害電波を混ぜ、俺の脳を破壊しようとした。億を稼げる芸術家である、この俺の貴重な脳を。

だからだ。

だから俺、伊勢鉄雄は、この小学校にも運動会にも懲罰《ちょうばつ》を加えることにした。

最初にあの男教師を殺し、それから女教師たち、あとそこに転がっている保護者の女、そしてもちろん児童どもを懲《こ》らしめてやった。

当然の報いで、当然の権利だ。俺には微塵《みじん》の後悔もない。

俺独りでやらなければならなかったから、何人殺せたかはサテ分からないが、それができるだけ大勢になることこそ、非人道的大量虐殺妨害電波の被害者たる俺の本懐《ほんかい》なのだ――以上。

――オイ、無線のボタンを離せ」

「はい、離します」

津村は無線通話を終了させた。無線通話というより、無線演説だが。

　すると伊勢鉄雄は、まったく自然に、アタリマエのように、津村警部補の拳銃入れに手を伸ばした。アッそれだけは、と津村は叫んだが、依然として伊勢の左手は津村に包丁を突き付けたままだ。それが津村の喉笛を掻《か》き切るのに、まさか一秒を要しないだろう……そもそもこの待機場所での惨劇自体、二〇秒未満しか要していないのだ。

　結果として、津村は微動だにできず。

　結果として、装備品の回転式拳銃は、アッサリ伊勢鉄雄の手に渡った。

　びろん、と津村の腰から拳銃吊《つ》り紐《ひも》が伸びるが、伊勢にとっては何の問題もない。伊勢と津村との距離は極めて近い。吊り紐が、だから拳銃が津村警部補と接続したままの状態であっても、実戦使用に何の不都合もない。

　とうとう伊勢は、津村に、津村自身の拳銃の銃口を向けた。そして寂しくいった。

「余計な時に出てこなければ、死なずに済んだのになあ……」

「や、やめろ……やめてくれ!!　こっこれ以上罪を重ねるな!!」

「それアンタがいえた義理かよ。

　アンタがしっかりおまわりさんやっていたら、ひょっとしたら……

　……誰一人死なない。そんな未来だってあり得たかも知れない。そうだろ?」

「い、今ならまだ間に合う……間に合います!!

　け、拳銃強奪の、け、警察官殺《ちょうしょう》しだなんて!!　警察一家が絶対に許しちゃくれない!!」

「警察一家、か」フッ、と嘲笑する伊勢鉄雄。「結局そうだ。お前たちはそうなんだ。

大事なのは警察一家。市民だの子供だのはどうでもいい。そうだろ？　アンタがその生きた証拠じゃないか。児童が何人も何人も死んでゆくってのに、泰然自若《たいぜんじじゃく》と腰を抜かして」

拳銃の銃口が無理矢理、津村の口に突っ込まれる。

「ひゃめてよして、よひてやめてぇ!!」

「拳銃でヒトを確実に殺す。それにはこれが一番だからなあ。

来世では、警察官なんかにはならないことだ。また子供がバ、カ、を、見、る、」

――伊勢鉄雄の指が、いよいよ引き金を引こうとしたその刹那《せつな》。

「やめろ!!　警察だ!!」

「銃を捨てろ!!」

「凶器を捨てなさい!!」

「やめないと撃つぞ!!」

――惨劇開始から七分五〇秒。

とうとう現場臨場した近隣の交番警察官とPC勤務員が、惨劇の舞台である待機場所に到着した。雑踏の大混乱がなければ、もう少し早かったかも知れない。逆に、伊勢鉄雄が警察無線機を通じた犯行演説をぶっていなければ、間に合っていなかったかも知れない。

いずれにせよ。

臨場警察官たちの突然の警告は――大声で張りのある警告は、伊勢鉄雄の手元を大きく狂わせた。ハッと反応してしまった伊勢の躯がぶれ、腕がぶれ、だから射軸《しゃじく》がぶれる。

があん!!

轟音《ごうおん》とともに発射された伊勢の弾丸は、当初予定されていた津村警部補の口内ではなく――だから彼の頭蓋骨《ずがいこつ》ではなく、彼の心臓のあたりをつらぬいた。一瞬の激痛を感じた後、即座に意識を失う津村。

「銃を捨てろ!!」

「本当に撃つぞ!!」

があん!!

いよいよ警告は最終ステージになる。

今、上空に向け、臨場警察官のひとりの拳銃が発射された。

その発射音を聞いた伊勢鉄雄は――

――ふらり、と幽鬼のように立ち上がる。

このとき。

ついに拳銃を伊勢の手足に向けた臨場警察官たちは、しかし躊躇《ちゅうちょ》をした。というのも。

だらりと垂れ下がった伊勢の右腕には、拳銃を撃つ様子がない。

少なくとも、臨場警察官たちに攻撃を加える様子がない。

しかも伊勢の躯は今、まるで何かの体操で全身の力を抜くように、あらゆる緊張を欠いている。

ぶらり、だらり。ゆらゆら。

放心あるいは恍惚《こうこつ》すら感じられる伊勢の躯は、どう見ても、虚脱のような弛緩《しかん》の中にあった。もうすべてに満足しきって、あるいはすべてに絶望しきって、その身を神に委《ゆだ》ね、断崖絶壁《だんがいぜっぺき》からいざ躍らせる寸前のような感じで……

ここで。

——臨場警察官たちは、直ちに伊勢を封圧すべきだった。

あるいは、直ちに伊勢に向けて拳銃を発射すべきだった。

だがどうしてか、彼らにはそれができなかった。

依然、伊勢鉄雄が拳銃を放さないままだというのに、それができなかった。

被疑者必検《ひっけん》。不殺《ころさず》で事件を立てるため、伊勢を殺す訳にはゆかなかったというのもある。

が、それにまして——

——そう、彼のあまりに唐突な弛緩と放心とに、すっかり肩すかしを食った感じとなり。

ある種の不気味さすら覚え。

構えた拳銃すら、それぞれ銃口を下げてしまった……

いよいよクライマックスを迎えるかに見えた、この血塗《ちまみ》れの絶叫芝居。

いわばその決め台詞《ゼリフ》ともなるべき警察官の銃弾は、あるいは警察官の突進は、しかしオペラの相方《あいかた》のいきなりな放心によって、一気にクールダウンされてしまったのだ。

そして。

虚《うつ》ろな瞳でそれを見ていた伊勢鉄雄は。

最期に、自分が殺害した女教師や保護者の男性の方をそっと一瞥《いちべつ》すると。

まるで、拳銃を放り出して投降するかのような、敵意の無さと自然さで。

銃口を自分の口内にそっと入れると――

その引き金を引いた。やはり、そっと引いた。

ばあん。

伊勢の放った弾丸が、一瞬で伊勢の頭蓋骨を砕き脳を破壊する。

脳漿《のうしょう》と血潮が、臨場警察官らの眼前でぱっと舞う。

その躯が、人形のようにゆらりと揺れ――

どさり、と地の上に重く崩れ墜ちたとき。

伊勢の〈被疑者死亡〉という指し筋は完成し、A県警察の負けが確定した。

第2章　老警の自決

A県警察本部三階・警務部長室

A県県都、官庁街。

県の機関を始め、国の検察庁、地方裁判所などが並ぶエリア。

A県警察本部ビルも、そこにある。

十二階建ての、いかにも役所らしい、飾り気の無い無機質なビルだ。

これが東京の警視庁なり、大阪府警察本部なり、愛知県警察本部なら、もっと大きな、もっと厳粛《げんしゅく》な建築物になるのだが――

A県警察は、日本の中では平均的な規模の警察である。

その警察本部も、警視庁であれば、『ひとつの警察署かよ』と笑われそうな規模だ。

ただ、警視庁は四万人超の組織。日本警察の長兄《ちょうけい》で、もちろん日本最大規模を誇る。

他方で、このA県警察は、二、五〇〇人規模の組織でしかない。

四万人超の警察もあれば、二、五〇〇人規模の警察もある――それが日本の〈都道府県警察制度〉の大きな特徴である。そして、どちらかといえば、『平均的』という言葉のとおり、A県警察のような警察の方がスタンダードなのだ。

――それはそうだろう。

我が国には四十七の都道府県があるが、なら『東京』が日本の平均像かといえば、まさかそうではない。『山形』『長野』『石川』『奈良』『岡山』『長崎』といった地域の方が、人口も都市の様子も、インフラもライフスタイルもよほど平均的であろう。

そうした意味で、A県警察はまさに『日本のどこにでもある』『日本のどこにでもありがちな』、そう、典型的な警察組織なのであった――

さて。

この十二階建ての〈A県警察本部〉というのは、A県における警察の本社である。支店である二十一の〈警察署〉を統括する、県本社だ。

それぞれの支店には、支店長である警察署長がいる。

そして県本社には、社長である警察本部長がいる。

警察署長は、自分の署の管轄区域において全能神である。

警察本部長は、自分の県において――警察署長に優越して――全能神である。

ゆえに、現場の『一国一城の主《あるじ》』警察署長はノンキャリアだが、県に君臨する『殿様』警察本部長は原則としてキャリアだ。念《ねん》の為《ため》、改めて言えば、警察においてキャリアとは、国家公務員採用総合職試験に合格し警察庁に採用されたいわゆる警察官僚を指し、警察においてノンキャリアとは、都道府県の警察官採用試験に合格し都道府県に採用された地方公務員である警察官などを指す。もっとも、一般市民がこの区別に困ることはない。というのも、日本のほとんどの県でいえば、警察キャリアなど圧倒的少数だからだ。街頭で出会う制服警察官も、警察署で出会う私服警察官も、その九九%以上がノンキャリアである。実際、このA県警察全体でも、現在のところキャリアは四人しかいない。二、五〇〇分の四だ。これすなわち、希少野生動植物種か、あるいは珍獣といってよかろう――

ここで。

今、A県警察本部三階の〈警務部長室〉に在室し執務をしている佐々木由香里《ささきゆかり》警視正は、警察キャリアである。執務室の名のとおり、彼女はA県警察の〈警務部長〉であった。端的《たんてき》には、県本社の副社長である。そしてこの御時世《ごじせい》、女性の歳を記すのには腰が引けるが、御歳《おんとし》四十二歳――四十二歳で県の副社長というのも若いが、官僚の世界では何らめずらしいことでもない。そもそも、彼女の唯一の上官である、増田修《ますだおさむ》警視長とて四十八歳だ。もちろん、副社長である彼女の唯一の上官というのは、社長＝警察本部長のことである。

――これを要するに。

現在、A県警察を統治している社長・副社長コンビは、キャリアの増田と佐々木である。

その佐々木由香里のオフィスは、A県警察本部三階にある。

彼女のオフィスは――組織自体の規模を反映してさほど巨大でないが、それでも――副社長室としての威厳と大きな執務卓、応接セット、さらには一〇人程度が着座できる会議卓をそなえている。そして現在のところ、応接セットにも会議卓にも誰もいなかった。

由香里は独り、細身で小柄な躯《からだ》ではもてあますほどの執務卓にいる。執務卓で、本日水曜・午後一時三〇分から予定されている、公安委員会用の会議資料を読んでいる。律儀《りちぎ》に自ら蛍光ペンを引き、また、律儀に警察官実務六法や例規集を参照しながら。また律儀に、舌足らずな部分や重要部分へ、エンピツでコメントを書きながら。

県本社の副社長としては、若干ならずせせこましい姿だが、これも官僚の世界ではめずらしいことではない。というのも、彼女は警察庁本庁ランク表だとまだ〈理事官〉、すなわち〈筆頭課長補佐〉でしかないからだ。実際、彼女は昨年七月三一日付けで、警察庁捜査第一課理事官からここA県警察本部警務部長に着任した経歴を持つ。そう、国家公務員であるキャリアは、警察庁本庁と全国の都道府県警察とを行き来しながら階級と職制を上げてゆく、根無し草あるいは渡り鳥でもあった――

（――それにしても、今朝はとても静かね）彼女は掛け時計を見る。時刻は午前一一時を少し回ったところ。（まだ三人しか決裁に来ていない）

彼女の仕事は多岐にわたる。

まず、名前のとおり〈警務部長〉として、A県警察本部警務部を切り盛りしなければならない。これは要は、人事・企画・組織・監察・教養《キョウヨウ》・福利厚生の担当役員としての仕事だ。ゆえに由香里は、警務部内に設置された警務課・監察官室・教養課・給与厚生課・被害者対策室といった所属《ショゾク》を傘下《さんか》に収める部長となる。それゆえ由香里最大の武器は、人事と組織だ。A県警察の誰を何処《どこ》に配置するかは——最高指揮官である増田警察本部長の決裁は必要だが——担当役員である彼女の匙加減《さじかげん》ひとつである。また、どの課の定員を増やしどの課の定員を減らすか、あるいは、どの課にどんな係の設置を認めどんな係をスクラップするかも、担当役員である彼女の機嫌次第である。だから、〈警務部長〉というのは他の部長よりも——生安部長・刑事部長・交通部長・警備部長よりも——遥《はる》かに大きな権限を持つし、ポジションも筆頭となる。だから副社長とも呼ばれる。

しかも彼女の権限とステイタスはそれにとどまらない。

由香里は警察本部長の次に『偉い』のだから、事実上、彼女を無視してはどのような政策も行政も捜査も実行できはしない。いや、強いて実行しようと思えばできるが、彼女は強大な人事権を独占しているのだから、彼女の意向を無視して不興《ふきょう》を買えば、『身勝手な』動きをした部門は当然、過酷な懲罰《ちょうばつ》を覚悟しなければならないであろう。これを要するに、①由香里は警務部という部門の役員であり、②A県警察の筆頭役員であり、かつ、③A県警察のあらゆる活動を統括する副社長と、こういうことになる。

ゆえに彼女の仕事は多岐《たき》にわたり、彼女はそれなりに多忙であった。

朝一番の午前八時三〇分から——茶を一杯飲む余裕は与えられるが——既に彼女の決裁待ちの行列ができていることも稀《まれ》ではない。四十二歳の若き女性副社長にハンコを押してもらうか花押《かおう》を描いてもらうため、五十歳代半ば以上の、警察署長も務まる各課長たちが、腰を低くして警務部長室に押し寄せるのである。

ただ、彼女の名誉のために付言すれば、それは決してキャリアの傲慢《ごうまん》ではない。彼女が何歳であろうと、また彼女が望むと望まざるとにかかわらず、副社長のポストを命ぜられた以上、彼女にはそれを全うする義務があるのだ。そして昭和の時代なら別論、令和のキャリアは……平成二桁《ふたけた》からもそうだが……まさかバカ殿では務まらない。往時のキャリアは、ゴルフと酒席とカネのやりくりさえこなしていれば、『よきにはからえ』『そのようなこと余は聞きとうない』でもよかったのだが……令和のキャリアは、イザというとき詰め腹を切るのが主たる任務である。知りませんでした。部下がやりました。今後は気を付けます。そんななまやさしい言葉が通用するほど甘い時代ではない。

だから由香里は、ぶっちゃけていえばどんなにくだらないものでも——例えば今読んでいる公安委員会資料でも——あらゆるタスクを自分の頭で咀嚼《そしやく》して理解しておく必要があったし、あらゆるタスクを自分の言葉で、自分自身の仕事として説明できるようにしておく必要があった。ハンコを押す、花押を描く、あるいは単に『了解する』といったことでさえ、それだけの責任を伴うのだ。まして由香里は、監察官室をも傘下に収めている。言い換えれば、監察担当役員でもあるのだ。さらに言い換えれば、由香里は、警察不祥事が起きたとき、あらゆる対応に責任を持ち、また、最終的には詰め腹を切る役割を担う。

ゆえに彼女の仕事は多岐にわたり、彼女はそれなりに命懸けであった。

（ただ、さいわいにも）彼女は思った。（私がこの県の警務部長に着任して、十箇月。どの部門もどの所属も、実によくやってくれている。まさか深刻な警察不祥事はないし、そもそもA県警察は規模の割に優秀として知られている。その名声に違《たが》わず、行政でも事件でも着実に実績を上げてくれている。実際、警察庁の覚えもめでたい）

むろん彼女は、A県警察の地元警察官のためによろこんだ。

彼女は生来、のどかで牧歌的な性格をしている。霞《かすみ》が関《せき》の官僚ライフで、その性格はかなりの矯正《きょうせい》を余儀なくされたが――さいわいにして、彼女の性格のコアな部分は維持されたままだった。すなわち、彼女は就職先に警察を選んだ二十二歳のときのまま、悪と卑怯《ひきょう》と弱い者いじめとを嫌い、まともに生きている者がバカを見ないことを第一に考えている。

この、由香里のある意味小学生のような純朴《じゅんぼく》さは、A県の幹部警察官を甚《はなは》だ安心させた。何故と言って、なるほど昭和の『バカ殿』キャリアは絶滅したかも知れないが、帝国陸軍型の、鬼参謀型のキャリアはまだまだ存在しているからだ。もっといえば、都道府県警察に赴任することを『自分の実績と名を上げる機会』ととらえ、恐怖政治を敷いては過酷な――時に実現不可能な――ノルマを課してくるキャリアも、まだまだ存在しているからだ。自らの警察庁における立身出世のため、都道府県警察を実績の草刈り場とし、いわば『焼き畑農業』をして、瞬間風速的に実績を上げ、自分は同期の出世頭ポストに御栄転——後に残されたのは焦土《しょうど》と化した現場、といったこともまま在る。そして警察の常識だが、いったんキャリアの圧政によって壊滅的打撃を受けた都道府県警察は、立ち直るまで十年以上を要するのだ。しかも、都道府県警察の側としては、警察庁から送り込まれてくるキャリアを選ぶことなどできはしないから——最近は『キャリアガチャ』などとも呼ばれるが——どんなキャリアが赴任してくるかは一〇〇％バクチである。また残念なことに、特に警察組織内部において、警察は『強きに弱く、弱きに強い』。ゆえに、パワハラー型のキャリアに抵抗できる地元警察官は、それがたとえ警察署長であっても、いや地元役員であってもなかなかいない。その悪しき象徴が、有名な『神奈川覚醒剤揉《も》み消し事件』であり、ひょっとしたら『新潟雪見酒《ゆきみざけ》事件』であろう。

その意味で、佐々木由香里警視正が今のA県警察本部警務部長であることは、由香里自身にとっても、A県警察の幹部警察官にとっても、さいわいなことであった。

（——さて、そうすると）彼女は公安委員会資料をトントン、と揃《そろ》えながら思った。（今日の公安委員会でメインの議題になるのは、やっぱり、登下校時の子供の安全対策ね）

ちょうど神奈川県で、痛ましい通り魔事件があったところだ。緊急の、関係閣僚会議すら開催された。警察庁本庁からも無数の指示が飛んでいる。なら、県公安委員会委員長の説示《せつじ》も、これに関係したものとなるだろう。その担当役員は由香里ではなく生活安全部長だが、官邸の方針がどうだとか、警察庁の方針がどうだとか、A県警察全体として取り組む方針はどうだとかになると、由香里がプレゼンしなくてはならないことも少なくない。

（私は刑事畑《ばたけ》のキャリアで、生安マターには微妙に疎《うと》いんだけど……これもお仕事ね）

――そんな由香里が、ネットで関係閣僚会議のポイントを調べようとした、そのとき。

コンコン。

警務部長室の重厚な扉がノックされた。由香里は反射的にエンピツと赤鉛筆を取る。

そして告げる。

「どうぞ」

「失礼します!!」

剛毅《ごうき》で快活な声。

由香里は声だけで入室者を識別した。彼女の秘書役ともいえる、〈警務課次席〉である。

警務課次席の松崎《まつざき》警視は五十一歳。その職名のとおり、警務課の第二位者だ。

――警務課というのは、警察の人事・組織・企画を仕事とする課だが、警務部の中でもとりわけ警務部長直参《じきさん》の課。それゆえ警務課次席は、警務部長の秘書的役割をも担う。警務部長の庶務全般は、警務課次席の担当だ。ちなみにこの職は、A県警察では『所属長級』の者をもって充《あ》てる。要は警察署長が務まる者を充てる。警務課次席はそれだけ重要なポストであるし、実際、松崎警視は優秀な警察官――どころか同期のエースであった。五十一歳で所属長級というのは極めて早い。次の異動では小規模署の署長、その次は警察本部の課長、その次は警察本部の筆頭課長、その次は大規模署長そして部長。それを決めるのは、今この段階ではまさに由香里だったが、このようなコースに乗った者は、よほどの大過がなければそこから外れない。由香里も後任者にそのような引継ぎをするつもりでいる。

さて、胡桃《くるみ》か熊のぬいぐるみを思わせる躯《からだ》が頼もしくもありユーモラスでもある松崎警視は、いつものとおり窮屈そうに応接セットと会議卓の脇を縫《ぬ》って、いつものとおり由香里の執務卓前に立った。まさか、新任巡査みたいにカチコチ直立したりはしない。そもそも、警察署長が務まる立場の幹部警察官なのだから――

「部長、お忙しいところ失礼致します」

「……どうしたの次席？　次席がそんな真っ青な顔をするのはめずらしいわね？」

「はい、ですのでまず結論を――
突発重大《トツパツジユウダイ》発生。しかも役満」

「……うっ。事案の中身は？」

「無線機を点《つ》けてもよろしいでしょうか？」

「もちろん」

「実はたった今、通信指令課から至急の警電がありまして――」

松崎警視は説明しながらガッシリした躯をひねらせ、警務部長室の警察無線を開局した。開局したといっても、こちらから発話することはまずない。これは主として、役員である由香里が県下の警察無線を傍受《ぼうじゅ》するための無線機である。

「――これからまさに一一〇番指令が飛ぶと思います」

(日頃から各課に根を張っているわね、松崎さん。さすがは将来の刑事部長候補――)

それを直ちに私に上げてくれるのも有難い。

しかし由香里の、そんな日常的な物思いはすぐに吹っ飛んだ。

それどころか由香里は、役員用の重厚な執務椅子をガタンと立って腰を浮かせていた。

というのも。

開局されたばかりの警務部長室の警察無線機は、あの一一〇番指令のブザー音とともに、由香里を愕然《がくぜん》とさせる『役満の突発重大』が発生したことを報じたからである――

［五日市小学校からの入電で、持凶器《じきょうき》――］

(……小学校？　持凶器？　まさか)

［――運動会開催中の同小学校において。刃物を持った男。これ一名であるが。無差別に。児童及び教師を襲撃しているとの学校ボランティアからの通報。

通報者によれば。これ同校のボランティアを務める保護者であるが。既に負傷者多数とのこと。また。負傷者は一〇名以上との未確認情報あり。よって五日市PSにあっては。直ちに係官を現場臨場させるとともに。負傷者の救護。参集者の避難誘導。及び被疑者の封圧検挙に当たられたい」

（来た）

由香里は身震いした。

恐怖からではない。武者震いだ。由香里は刑事畑のキャリア。前職は警察庁捜査第一課理事官である。全国レベルで、無数の突発重大事案を経験している。まさか恐怖はない。

しかし――

（小学校の持凶器。一〇名以上の負傷者。通り魔。

私の、わずか二年に満たない任期の内に、今のこの国で最も苛烈《かれつ》な実戦が始まるとは）

A県警察本部五階・警察本部長室

由香里は立ったまま、執務卓で警察無線を聴いている。

言葉を選ばなければ、お祭りだ。各局各移動の送信に通信指令室の指令。『至急、至急!!』との冠《かんむり》言葉が付いた至急報《しきゅうほう》。そして無秩序ともいえる割込通信。それもそうだ。一〇名以上の死傷者を出す通り魔など、あの大警視庁でも大震災クラスの事案。ましてここは、日本のどこにでもある地方県である。今確認はできないが、これほどの通り魔事案など、きっと前代未聞《ぜんだいみもん》だろう。大警視庁ならぬA県警察本部が、上を下への、天地を引っ繰り返した大騒ぎになるのも当然である――動くべき、動かすべきユニットは無数だ。発生署の、五日市警察署の全交番・全駐在所の勤務員に全PC。また同署の刑事課・生安課を始めとする捜査員。交通規制に避難誘導というなら、交通課・警備課もごっそり動員だ。いやそれだけではない。最低でも、警察本部直轄の自動車警ら隊、機動捜査隊、機動隊そして捜査一課の捜査員なり特殊班なりが動く。被疑者逃走を念頭に置けば、ヘリの運用も想定されるし、五日市警察署以外の周辺警察署にも緊急配備を発令しなければならないだろう。

そんなわけで、警察無線は混乱の極みにある。通信指令室が既に通信統制を発令したが、無線報告をする側も必死だ。結果として、A県警察の神経網である警察無線は、戦争でも始まったかといいたくなるような怒号と喧騒《けんそう》と、時に罵声《ばせい》の支配するところとなった。

「松崎次席。ここはいいわ、警務課で情報を集めて頂戴《ちょうだい》。無線では状況が分からない」

「了解しました。重要事項はメモ書きにして、逐次《ちくじ》課長補佐たちに差し入れさせます」

「ありがとう」

――そのとき。

由香里の執務室卓上の、役員用のフルスペックな警察電話が鳴った。

刑事畑の『武人』として平静を保っていた由香里には、そのナンバーディスプレイを見遣《みや》る余裕がある。由香里は直ちに発信者を確認してから、納得した感じで受話器を取った。

「警務部長佐々木です」

『あっお疲れ様です警務部長、本部長秘書官平田《ひらた》です』

「お疲れ様――いよいよ来たわね、この日が」

『私は小心者なので、足が震えて止まりません……』その理由もまた事案への恐怖からではない。由香里はその事情を嫌というほど認識していた。『……本部長が、すぐにお越し願いたいと。佐々木部長に、本部長室へ入るようにと。それはもうすぐにと』

「了解です。というか予想どおりです。所要一分で出向《シュツコウ》するわ」

『すみません警務部長、どうかお願いします』

由香里は警察官の制服姿を微妙に整えると――警務部門は制服勤務である――パンプスのテカりを確認しつつ、また卓上の備忘録を取りながら、すぐさま執務卓を離れた。まだ室内にいた松崎警視が、ドアの脇で軽く礼をして由香里を見送る。その松崎警視もまた、今の平田秘書官と同様の悩みを抱えているであろう――

――警察本部長室は、由香里の執務室からは二階上の、警察本部庁舎五階にある。

エレベータを使うまでもない。由香里はまだまだ若いつもりだ。いかにも役所らしい、無機質な階段を直ちに駆け上がる。所要四七秒で、由香里は五階・総務室の大部屋に入った。警察本部長室は、この大部屋の奥にある。

——由香里の姿を現認《げんにん》し、平田秘書官がすぐ駆け寄ってくる。平田秘書官は警視。次代の松崎警視といったポジションだ。年齢も職制も松崎より若いが、エリートへの登龍門である本部長秘書官を任されるということは、これまた将来の役員候補ということでもある。

「どうも有難うございます、警務部長」平田秘書官はいった。「先に刑事部長が入っておられますが、そのまま御入室していただいてかまいません。そのような御下命《ごかめい》でしたから」

「刑事部長が、もう——」

流石《さすが》は法円坂《ほうえんざか》部長、起《た》ち上がりが早いわね」

由香里は法円坂警視正の顔を思い浮かべながら、そのまま総務課大部屋奥、警察本部長室へと進んだ。本部長室の荘厳《そうごん》なドアは開いている。さすがに社長室とあって、由香里の警務部長室ともまた段違いな壮麗《そうれい》さだ。といって、それは虚飾でも傲慢《ごうまん》でもない。一県の警察本部長ともなれば、いわば治安担当の『副知事』である。それも、知事の指揮監督など一切受ける必要のない、『上司のいない副知事』だ。この県の治安の、全能神——

由香里は開かれたままの荘厳なドアを、極めて儀礼的にノックした。

「失礼します。警務部長入ります」

「ああ、さ、佐々木くん、どうぞどうぞ、ま、まずは座って——」

警察本部長・増田修警視長から、なんとも気さくなというか、なんとも優しげなというか、とにかく武人らしからぬ声が掛かる。由香里はそれに慣れてはいた。増田が当県の本部長に着任したのは、この三月三一日のこと。すなわち、先に着任していた由香里とは二箇月のつきあいになる。そして、役人が役人を見定めるのにまさか二箇月は要らない。二十日もあれば充分だ。だから、由香里はもう増田に慣れていた。役人としての期も、由香里が四十二歳で増田が四十八歳だから、六期しか離れてはいない。もう縷々《るる》述べたとおり、社長と副社長のコンビでもある。ふたりでする決裁なり検討なりというなら、毎日ある。

要は、この二箇月のつきあいで、由香里は増田を過不足なく見定めていた。

その由香里は、『失礼します』と再度告げ、本部長室のドアのたもとから、パンプスを絡《から》め取ろうとする豪奢《ごうしゃ》な緋《ひ》の絨毯《じゅうたん》を踏み分け、いよいよ増田警視長の下へ近づこうとする――

――すると。

「では本部長。私は事件指揮がありますので、刑事部長室に戻ります」

「あっそうですか、ほ、法円坂さん。く、くれぐれもよろしく頼みます」

「それではこれで」

長身痩躯《ちょうしんそうく》。鋭く光る銀眼鏡。そして禿頭《とくとう》。

触れれば切れるようなオーラを発している法円坂刑事部長は、まるで由香里が来たことを奇貨《きか》とするように、今まで着座していた巨大な会議卓を発《た》った。そのまま増田に一礼もせず、靴音も高らかに――床は緋の絨毯ゆえカッカッとは鳴らなかったが――ともかく居丈高《いたけだか》に、もう用は無いといわんばかりに、警察本部長室を脱出しようとする。

由香里はこれからその巨大な会議卓に赴くところだから、両部長のコースが、真逆のベクトルで一緒になる。そしてそのままでは正面衝突ゆえ、片方が道を譲ることになる――この場合は由香里が道を譲った。職制的には、筆頭部長・副社長の由香里が道を譲る筋合いはない。道を譲るべきは、法円坂刑事部長の方だ。だが由香里は年少者としての儀礼を弁《わきま》えていたし、そのようなくだらないことで己の権勢を誇ろうとは思わなかったし、それよりも何よりも……由香里は『微妙すぎる負い目』を感じていたのである。法円坂刑事部長には苦労を掛けてしまっている、という負い目を。

そしてさらに。

由香里は、法円坂が由香里のその感情を熟知している――ということさえ知っていた。

それはそうだ。

刑事部長といえば、A県の文化としては地元警察官のトップ。地元ノンキャリア警察官の中でも、運と実力と実績とに恵まれた、エースの中のエースだけが就任できる最終ポスト。今五十九歳の法円坂警視正は、巡査から叩《たた》き上げて役員まで登り詰めた逸材《いつざい》である。そして『地元最終ポストに就いた』ということは、A県警察の九九・九九%を占めるノンキャリア警察官からすれば、それはもう『社長になった』ということだ。何故なら、本来の社長である警察本部長は、東京からの渡り鳥であり二年未満でどこかへ去るし、それ以降の社長も同様だから。本来の社長が、渡り鳥の、A県警察とは基本的に縁《ゆかり》も所縁もない、わずか四十八歳の霞が関官僚ならば――地元ノンキャリア警察官のあこがれと忠誠は、叩き上げの、A県出身の、いよいよ五十九歳のベテラン刑事上がり役員に捧《ささ》げられるだろう。

佐々木警務部長。増田警察本部長。法円坂刑事部長。

この三人の微妙な関係は、おおむね、このようなものだ。

（ただ、微妙な関係をさらに微妙にする悩ましい要素が、もうひとつある……）

由香里がそう思いながら、退室しようとする法円坂とまさに擦《す》れ違ったとき。

法円坂はやはり、由香里の心中を見透かす感じで、由香里だけに聞こえるよう囁《ささや》いた。

「申し訳ありませんが、増田さんのお守《も》りを頼みます」

「……御迷惑をお掛けしないよう、注意します」

それはふたりの囁きだった。だから極めて短かった。だが、現下の状況を象徴していた。

しかも。

由香里から離れ、既にドアに肉迫していた法円坂はさらに、駄目押しをするかのように独白した。その独白も、由香里の可聴域のみに響くよう注意されたものだったが、たとえそれが由香里以外の在室者に聞かれたとしても、法円坂としては悪びれる所がなか

「この非常時に素人とは。警察庁も何を考えているのか」

——由香里はむろん素知らぬ顔で、巨大な会議卓の最上席に座している増田に一礼した。そして警察本部長室の警察無線機を開局した後、いつもの、第二位者の席に着座する。着座した由香里は何から説明しようか躊躇《ちゅうちょ》したが、先に口を開いたのは増田警視長だった。

「い、いま法円坂さんからレクを受けたけど、な、なんでも今流行《はや》りの通り魔だとか？」

「法円坂刑事部長はデキる方です」由香里は増田警視長の、わずかな吃音癖《きつおんへき》を気の毒に思った。「初動措置は刑事部長にお任せして問題ありません」

「け、警察庁はどう思うだろうか」

「被疑者逃走、あるいは被疑者死亡ともなれば、カミナリどころか更迭《こうてつ》も現実味を帯びるでしょうが、しかしまだ初動措置の段階です」あなたが指揮を誤らなければ大丈夫です、とはいえなかった。「警察のあらゆるオペレーションの責任は、現場にあります。被疑者の封圧検挙。被害者の応急救護。参集者の避難誘導。地域住民等へのタイムリーな広報。記者対応。また事後の捜査を睨《にら》んで、被害者対策。現場保存の徹底と採証活動の適正。目撃者その他の参考人の確保。捜査本部のスムーズな起ち上げと大量動員・早期決着。

これらを迅速的確に行えば、警察庁とて文句も横槍《よこやり》も入れてこないでしょう。

無論、ありとあらゆる情報を、即座に入れておかなければ拗《す》ねるか怒るかしますので――先方にも国会対応等がありますから――まさか隠し事がないよう、そして報告忘れがないよう、私からも全所属に徹底しておきます」

「そ、そうだったね。佐々木くんは確か、警察庁刑事局で育ったんだよね？」

「人事課と被害者対策室も経験しておりますが、ほとんどの経歴は刑事です」

「ああ、それは安心だ……」増田はほんとうに人の好《よ》さそうな嘆息《ためいき》を吐いた。「……あとは、官邸対策だけど」

「……か、官邸？」

「これだけの、なんだっけ、そう突発重大事案だから、僕の方から、総理秘書官や官房長官秘書官を通じて、関係先に御報告やレクをしなければならないと思うんだけど……」

「……いえそれは大丈夫です。それこそ警察庁の方でどうとでもします。そもそも警察本部長は当県警察の最高指揮官ですから、物理的に当県を離れられません。また最高指揮官として、ここで御判断いただくべきことはもう一五分もすれば山積してきます。今は当県のことを、当県警察のことのみを考えていただいて大丈夫です」

「こ、国土交通省ができることはあるかな？」

「国交省ですか。ええと……その……現在のところ、ちょっと想定しかねます。もちろん関係所属から依頼があれば、直ちに本部長のコネクションを使わせていただきます。そのときはどうぞよろしくお願い致します」

「い、いや御遠慮なく。僕も何かの役に立ちたいからね、あっは」

……そうだ。

A県警察本部長・増田修警視長、四十八歳。

由香里も、法円坂刑事部長も、そしてA県警察二、五〇〇人警察官も重々知っているとおり、このキャリアは、警察官僚でも警察官でもなかった。純然たる、国土交通省採用の国土交通キャリアである。要は、他省庁からの出向者だ。

A県のような規模の警察だと、稀《まれ》にこういうことが起こり得る。外務省出身の警察本部長とか、経産省出身の警務部長とかいうのも、時として送り込まれる。都道府県警察の『キャリアガチャ』の中でも、極めて微妙なパターンだ——都道府県警察としては、それまで全く『警察の素人』で、警察式敬礼も捜査書類の書き方も全然知らなかった官僚を、いきなり『全能神』としてお迎えしなければならないからである。しかも、そうした他省庁出身の警察本部長が受ける研修はたいてい三日程度……そう、三日程度で『一般市民が直《むご》ちに警視長』。この『三日でなれる本部長』というのは、ガチャの結果があまりにも酷かったとき、現場に満ちる怨嗟《えんさ》の声にもなっている……

ここで、公正を期して言えば。

霞が関官僚というのは、喩《たと》えるなら『A級棋士』のような天才的異常者の集まりである。だから、他省庁からの出向であろうが、着任後わずか一箇月で、警察キャリアも裸足《はだし》で逃げ出す経営能力を発揮し始める『三日本部長』もいる。現実にいる。そう、本部長として必要なのは統治の才であって、例えば捜査書類の訂正の仕方とかではないのだから。そしてケイサツケイサツといったところで、その仕事のほとんどは、法令に基づく役人仕事なのだから……

……しかし。

（せめてもう少し、警察の仕事に興味を持って、警察白書くらいは読んでくれたら……）

　由香里が、法円坂刑事部長が、そしてA県警察の幹部警察官が嘆くとおり――幹部警察官以外は社長と触れ合う機会がない――増田が警察行政に全くといってよいほど興味がないのは周知の事実であった。いや、興味がないというのは語弊《ごへい》があるかも知れない。増田はPCの試乗であるとか駐在所の視察であるとか拳銃シミュレータの体験であるとか警察用航空機による移動等々をとかく好んだ。機動隊に行っては、ライフルまで試射したほどだ。その意味でいえば、増田は熱心な警察ファンであった。人柄も基本的に無邪気で、部下職員に対し横柄《おうへい》に接したことがない。ただ、所詮《しょせん》は一年半程度の任期と割り切っているのか、あるいは他官庁と比べあまりに特殊な警察の『実体験』がおもしろいのか……着任以来二箇月が過ぎても、『お客さん気分』あるいは『リアル警察24時参加気分』が抜けない。警察の仕事ともなれば、基本の基本として警察法・刑訴法・警職法の仕組みを、そしてもう少し欲を言えば警察会計・留置業務・捜査指揮の仕組みを学んでおいてほしいのだが……残念ながら、増田にはそうしたことを勉強する意欲がないようだった。増田は腐っても警察本部長なのだから、『これが知りたい』といえば担当職員がすぐレクに飛んでくるし、『あれが見たい』といえば担当職員がすぐに写しを持ってくる。勉強しようと思えば、幾らでもできる地位にいる。だのに、着任以来二箇月が過ぎても『捜査本部』の仕組みや『緊急逮捕と通常逮捕の違い』が解らないままというのは、とりわけA県警察の幹部警察官をゲンナリさせるに充分であった。

（ひとりの人間として接するには、お優しくて、傲慢《ごうまん》なところが微塵《みじん》もなくて、部下職員との飲み会が大好きで……とにかく人格円満なひとなのだけれど）

由香里は、眼前の増田警視長を改めて見遣《みや》った。微妙にずんぐりむっくりした、愛嬌《あいきょう》のある体躯《たいく》。あまりこだわりを感じさせない、寝起きを思わせる七三分け。穏やかさを醸《かも》し出している、太い黒縁眼鏡。キャリア官僚としてはめずらしいタイプだ。小学生相手の塾か何かで、算数や理科を教えている個人事業主――といわれても何の違和感もない。わずかな吃音癖《きつおんへき》が、そんな朴訥《ぼくとつ》で牧歌的な印象を強化する。

（それでも、国土交通省では『コースに乗った』エリートだ。

省庁が違うし、これまで何の御縁《ごえん》もなかったから……警察庁からの事前情報がなければとても信じられないことだが……現在のところ増田さんは『将来の事務次官候補』、しかも有力候補と目されている。

その理由も含め、警察としては是非《ぜひ》『大事にしたい』『無事、大過なくお過ごしいただきたい』『警察によい印象を持ってお帰りいただきたい』――そんな官僚ではある）

「さ、佐々木くん」その増田はいった。「も、もし国会対策で僕が動くべきことがあれば」

「はい本部長、そのときは本部長のおちからにお縋《すが》り致します」

「う、うん、立っている者は親でも使えっていうからね。こ、この場合、義兄《ぎけい》だけど」

「増田本部長のおちからは誰もが存じております。

警察は、警察庁も含め政治力に難《なん》がありますので、本件事案に目鼻が付きましたら、松平《まつだいら》参院議員会長とのパイプも、是非フルに御活用いただければと」

「うん、解っている、解っている――」

それにしても、警察の政治的中立性っていうのが、こ、これほどホントに厳しいとは思ってもみなかった。きょ、許認可も圧倒的に少ないし。ゆ、ゆえに、政治力としては、確かに警察は他官庁に一歩譲るねえ、あっは」

（……参院のドン、松平弘泰《ひろやす》議員。

どのような御縁《ごえん》があったかは忘れたが――基本的に今現在どうでもいい――なんと、この増田本部長の姉の夫だ）

しかも文科大臣、厚労大臣を歴任している大物。むろん与党議員。そして参院のドンといっても、いまだ七十歳ジャストと政治屋としては若い。すなわち病気等《やまいだれ》がなければ、あと十年以上は参議院を支配するだろう。

まさか議員の政治力など、この通り魔事件の解決に何ら役立つことはないが――

（そう、『本件事案に目鼻が付いた』暁《あかつき》には、与党議員を黙らせるのにも、与党議員に工作をするのにも、充分な使い出がある――イザ平時に戻れば、警察のそして我が県警察の対応が、国会でも散々議論をされるのは間違いないのだから）

そのような意味で、増田警視長には、実際的な効用もある。

ただしそれは、この〈五日市小学校通り魔事件〉の被疑者を検挙し、起訴してからのことだ――むろん、乞《こ》い願《ねが》わくは被害者ゼロで。現場のオペレーションが現在進行形である今、増田警視長にもその義兄殿にもできることはない。それをいったら、副社長である由香里もそうなのだが……

そのとき。

通信指令室の無線統制にもかかわらず、各局各移動からの無数の報告、そしてそれらへの無数の無線指揮とで混乱の極みにあった警察無線が、突如――そういきなり静寂に支配された。由香里は思わず警察本部長室の警察無線機を見る。まさか故障ではない。見るかぎり機械は稼《か》動《どう》している。そして時折、何かの躊躇《ためら》いのような音を、ピーッ、ガーッと発している。その無意味で疳高《かんだか》い音に、素人である増田警視長までが不思議な瞳《ひとみ》を向け始めたとき――

［押しました］

警察無線機は、初老と思われる発話者の声を拾った。意味は解らない。

そしてその声へ被《かぶ》せるように、壮年と思われる声が無線に乗る。今度は若干意味が解る。

［俺が離せというまでそのままだ］
［りょ、了解です］
（……どういう状況なのか？）由香里は訝《いぶか》しんだ。（どう考えても、警察無線に乗せるべき会話ではない。弁当の手配レベルの無意味さだ。なら通信指令室は何をしているのか？　とっとと介入して、現場その他の状況が分かるようにしてくれなければ意味がない）
……しかし、その由香里の疑問あるいは憤《いきどお》りは、たちまちのうちに解消された。何故、通信指令室が意味不明な会話を止めさせないのかも理解できた。何故と言って。
［――俺の名は伊勢鉄雄。この町内の伊勢鉄雄だ。この五日市小の卒業生でもある］
［は、はい］
［俺は作家だ。あのＫＡＤＯＫＡＮＡからも本を出版できる作家だ。だが、この小学校は、ここの児童と教師は、俺の著述の妨害をした。先週から、常識外れの大音量で運動会の音楽を響き渡らせたほか、その音楽に自衛隊や米軍の妨害電波を混ぜ、俺の脳を破壊しようとした。億を稼げる芸術家である、この俺の貴重な脳を――］
（通信指令室は、あえてこの会話を全警察官に流している。
というのも、通信指令室がそのようにしないかぎり、交番警察官の無線機の拾う音が、県内全域に流れることなどないから。それが普通流れるのは、警察署レベルだけだ）

と、すれば。

このイセテツオというのは、もしや。

そしてこのイセテツオが演説している内容は、もしや。

「さ、佐々木くん……これって、ひょ、ひょっとして、は、犯人の犯行声明」

「本部長少しお静かに。目下の最重要情報かも知れません」

もっといえば、目下の最重要情報であるばかりか、目下の非常事態である。というのも、飽くまで音を聞くかぎり、①警察官が被疑者に封圧《ふうあつ》されており――なんてこと、それではさかしまだ――そして、②警察官の無線機が被疑者の意のままになっているからである。ただ、そのような物騒極まる情報を増田警視長に上げて、その動揺と混乱を助長することはない。どのみちいずれは――そう事態がどう転ぶにせよ、いずれは――解ることだ。

そして、イセテツオの演説は続く。

「――だからだ。

だから俺、伊勢鉄雄は、この小学校にも運動会にも懲罰《ちょうばつ》を加えることにした。

最初にあの男教師を殺し、それから女教師たち、あとそこに転がっている保護者の女、そしてもちろん児童どもを懲《こ》らしめてやった。

当然の報いで、当然の権利だ。俺には微塵《みじん》の後悔もない。

俺独りでやらなければならなかったから、何人殺せたかはサテ分からないが、それができるだけ大勢になることこそ、非人道的大量虐殺妨害電波の被害者たる俺の本懐《ほんかい》なのだ——以上。

——オイ、無線のボタンを離せ」

ブーッ、ブーッ、ブーッ、ブーッ。ブーッ、ブーッ、ブーッ、ブーッ。

そして耳障りなブザーとともに、まるで解説をするように、通信指令室の指令が飛ぶ。

「A県本部から本件通り魔事案従事中の各局各移動に一方的に送る。

傍受のとおり。本件通り魔事案の被疑者は自称『イセテツオ』。

当該イセにあっては。既に臨場警察官を封圧し。その無線機を自由に使用できる状態にある。よって出向中の各局各移動にあっては。拳銃が強取《ごうしゅ》されたとの前提に立ち。対銃器装備資器材を有効活用の上。現場参集者の避難誘導並びに周辺二〇〇m圏内の立入禁止措置及び退避措置を開始されたいなお。既に被疑者を視認《しにん》している場合にあっては。その動静及び拳銃所持の状況を至急報で通信指令室に一報の上——」

コンコン。

そのとき、荘厳な警察本部長室のドアがノックされた。

増田が『どうぞ』と答えるのも待たず、ガッシリした警察官がひとり入室してくる。

「……失礼します、警務部長」

「松崎次席」

既に増田への挨拶も省略しているそれは警務課の松崎次席であった。

「警務部長、こちらを」

「ありがとう」

その松崎次席は、明らかにメモと分かる紙片を、由香里にだけ手渡した。

由香里はすぐさまその紙片を開く。内容を瞬時に目視する。

そして、愕然《がくぜん》とする――

――ただその動揺は、増田警視長には察知されてはならないものだ。

（未確認情報でもある。たとえそうでなくとも、今、増田本部長に舞い上がられては仕事にならない。どのみち素人だから、有意義な指揮なり助言なりができるわけでもない……）

彼女は本部長室の会議卓を起った。そしていった。

「本部長。警務部として至急対処すべきマターがありますので、しばし中座します」

「あっ、そうなの。も、もし僕で何か役に立てることがあるのなら……

そうだ、元長官の古谷《ふるや》さん。こ、今度オーストリア大使に内々定した古谷さん。あの人は刑事畑で、刑事局長から長官になった人のはずだから、こうした事案の経験があるかも。ぼ、僕これから会ってこようか？　古谷さんなら県外でもないし？　ああ、でも確か、お嬢さんの看病がおありになるはずだから……こ、これからアポが取れるだろうか……？」

「いえ、できればここを動かれませんよう。急ぎますのでこれで。

重要な情報は逐次《ちくじ》、本部長室に入れさせていただきます」
由香里は増田に軽く一礼すると、直ちに踵《きびす》を返し、警察本部長室を離れる――
――社長が素人。
事実上の最高指揮官は、副社長である自分。
（そして、このメモの内容が事実であれば）
この事案には、突発重大という役《やく》のみならず、警察不祥事という役も付く……
――由香里は四十二歳。官僚としても勤《つと》め人《にん》としても、脂《あぶら》の乗り切った歳だ。
だから。
恐怖も動揺も、まして不安も感じなかったが……
（県内の最高指揮官というのは、さすがに初めてだ。
だのに、この特大級の爆弾。ひとつ処理を誤れば、事は私の首だけでは済まない）
……彼女は再びの武者震いとともに、背筋を冷たい汗が一筋、伝うのを感じた。

A県警察本部三階・警務部長室

「本部長には何もお伝えしませんでしたが、大丈夫でしょうか？」
「現時点《ふいちょう》では伝えない方がいい。泡を喰《く》って、官邸だの議員だの国交省だの元長官だのに吹聴されてはそれこそ不祥事よ」

「そう判断していただけると、私も気が楽ですが」

——警察本部庁舎三階。由香里のオフィス。

もちろん個室であるここに、由香里と松崎警視は駆け込んだ。

するとそこに、先客がいる。

由香里のオフィスの応接卓に座っている。

もちろん、主《あるじ》不在のオフィスでそんなことができるのは、それなりの顕官《けんかん》だ——

「丸本《まるもと》首席監察官」由香里は自分も応接卓のソファに座った。「わざわざすみません」

「いえいえ、なんの」銀縁眼鏡と薄くなった頭髪に愛嬌がある、首席監察官はいった。

「むしろ、これから多大な御迷惑をかける身ですからな」

「まさか、そのようなことは」由香里は年長者への敬意を守った。「これは警務部全体として、いえA県警察全体として対処すべき問題です」

「——警務部長、私もこのままよろしいですか？」

「ええ松崎次席。是非とも同席して頂戴。県内のことが解る人は、多い方がいい」

「それでは失礼して」

応接卓の頂点に、副社長である由香里。

その左手直近に、監察担当の、監察官と監察業務を統括する丸本警視正。

右手、微妙に離れた位置に、由香里の秘書兼参謀である松崎次席。

——三者のうち、まず口火を切ったのは、最も階級の低い松崎次席だった。

「それで、丸本首席。

今警務部長にはメモでお知らせしたのですが――その重大情報についての確認をもう一度。

すなわち先に無線で流れた、被疑者であると思《おぼ》しき……『イセテツオ』のことですが」

「ウム。

同姓同名の赤の他人である……などという僥倖《ぎょうこう》がないのなら、当県警察の関係者だよ。正確には、当県警察官の親族だがね」

「イセテツオ……イセテツオ……」松崎次席は微《かす》かに瞑目《めいもく》した。松崎は人事担当課の第二位者である。直ちに、ある名前の検索に成功した。「当警務部の、給与厚生課の次席が、まさに伊勢鉄造《てつぞう》警部ですが……ひょっとして？」

「そうだよ松崎」丸本首席は後輩に告げた。「給厚《キュウコウ》の、伊勢次席のひとり息子。その息子の名前が『鉄雄』だ。漢字も、父親がアイアンの鉄にケンゾウブッの造なら、息子はアイアンの鉄にオスメスの雄」

「……なるほど、偶然にしては出来過ぎていますね」

「丸本首席」

由香里は五十九歳の、先輩警視正に必要な敬意を払いながら訊いた。職制上は、副社長である由香里の方が上位者だが、階級も同じ警視正なら、地位の差も微々たるものである。

部のですが？」

「首席のお顔色をうかがうに、先に無線で流れた『イセテッオ』が『給厚《キユウコウ》次席の伊勢警部の息子である』――という御判断には、更なる根拠がある。そのように感じられるのですが？」

「まさにそのとおりですわ、警務部長。

というのも……いやこれは……同期の家庭問題を暴露するようで心苦しいのだが……」

「同期？」

「ああ、給厚の伊勢と儂《わし》、実は同期なんです。すなわち、来春には辞職・退官ですわ。

しかも儂ら、なんと警察庁出向も同期なもので」

「ええと、丸本首席と、伊勢次席がですか？」

「そうですそうです。

もう十五年以上も前になりますが、警部時代、一緒に警察庁へ丁稚《でっち》奉公《ぼうこう》に出た仲でしてな。儂は保安課に、奴はなんと人事課に」

「いわゆる」松崎警視がいった。「地獄の三年奉公ですね？」

「まさしく。月二〇〇時間以上超勤をする生活が、三年。どんな捜査本部よりキッい。

ただ、地元採用の警察官は、地獄の三年奉公を経験しないことには警視正にはなれん。

だが儂らはまだ若僧だったから――おっと、今の警務部長と同じ歳くらいの話ですから、失礼があったらお許しください」

「いえ全然。どうぞ先を」

「マアとにかく若かったから、どうにかその三年を乗り越えることができた。ゆえに、そのまま順当にゆけば――儂なんぞでなく――奴こそが今頃は首席監察官なり警務部参事官なり、あるいは筆頭署長なり刑事部長なり、ともかく当然警視正になって、役員としてそれなりのポストを獲《え》たはずなんですがなあ」

ここで、由香里も同一の疑問を覚えた。十五年以上前に地獄の三年奉公を終えていたのなら、そう、警部として警察庁でイビリ抜かれていたのなら、今頃は眼前の丸本首席同様、『警視正』であってよいはずだ。少なくとも『古株警視』であるはずだ。

（それが、給与厚生課の次席とは……

いや、給与厚生課は役所として重要な所属だが、その次席は、このA県では警部ポストだ。筆頭課の、所属長級の松崎次席とは同じ次席でも格が違う。いわばヒラ次席）

そして給厚の次席で五十九歳を迎えたということは、警部のまま上がるということ。それでは、何のために地獄の三年奉公に出したか／出されたか解らない。A県警察の側も、将来の役員候補と見込んだ者を、将来の人事構想に基づいて警察庁に出向させるのだから。現にそういう『酷《むご》い』人事にハンコを押す立場の由香里には、そのことがよく解っている。

――由香里が、今疑問に感じたことを口にしようとすると。

淡々《たんたん》と、老練な丸本警視正が事情を説明した。本人が来春卒業を控えていなければ、こうも淡々と説明できなかったろう。

「確かに、警察庁勤務の評価は、儂より伊勢の方が遥《はる》かに上でした。同期ですから、それはそれは悔しかったですが……やはり同期ですから、アイツの生真面目《きまじめ》さは四十年強、知り尽くしております。ゆえに、その結果も当然だろうと納得しておりました。とりわけ、アイツは当時の警察庁人事課長にそれはもう気に入られて」

「ああ、伊勢次席の出向先は警察庁『人事課』でしたね」

「そうですそうです、警務部長。

それゆえ、地獄の三年奉公が終わったとき、当県には警察庁人事課長から確乎《かっこ》としたお達しがあったはずです――『伊勢警部の警察庁勤務は極めて優秀であったから、貴県においても、当該警部の配置等につき特段の配慮を願いたい』といった感じの」

「なるほど」そうしたお達し関連も、処理するのは由香里だ。「出向中、よほど懸命に仕事をしたんでしょうね、伊勢次席は」

「伊勢も、警察庁人事課長に可愛がってもらったという恩義を、そうですなあ、言葉を選ばなければ忠犬のごとく感じ入っておりました。それはそうです。出向中は役人仕事を手取り足取り仕込んでもらったばかりか、始終御自宅に御招待を受けておりましたし――単身赴任の身には有難いですな――出向後のポストの心配までしてもらったわけですから。田舎県の警部としては、いわば『幕府のお墨付き』を頂戴したわけで、そりゃ身に余る光栄だったでしょう。実際、帰県して最初のポストはエリートコースの『警務課課長補佐』でしたからなあ。あのときのサッチョウの人事課長は……確か、コタニさん。とうとう警察庁長官まで登り詰められたコタニさんでしたな。警務部長は御存知ですか？」

「お名前だけは、もちろん」由香里はささいな注釈を省いた。「何せ長官でいらっしゃったので。ただ個人的にはほとんど存じ上げません。二〇期以上もの大先輩ですから」

「コタニさんも、長官をお辞めになった今は無位無官、悠々自適《ゆうゆうじてき》の田舎暮らしの御様子で……私もかくありたいものですなあ」

「……しかし丸本首席、伊勢次席は」松崎警視が話を急《せ》かすようにいった。「私のような後輩がいうのもアレですけど――結局、その当時の『警部』から昇任することがなかった」

「オヤ。今を時めく警務課次席の松崎でも、伊勢問題の引継ぎは受けとらんのかな？」

「正直に言えば、既に御退職が既定路線なので……特段の注意を払っていなかったのです」

「やっぱりのお。儂が警務部長室にまで出張ってきた甲斐《かい》があったわい。

実は……

それがまさに息子の『伊勢鉄雄』の問題と絡《から》むんじゃが。

息子の鉄雄は、まあその、今でいう『引きこもり』でしてなあ……

しかも、部屋に籠《こ》もって出てこない、というだけならまだしも、両親に対する非道《ひど》い家庭内暴力を伴う引きこもりで……とりわけ母親を殴るわ、エアガンで撃つわ、家財道具は片端から壊すわ……どうやら、名門の中高一貫校に入るための中学受験で、耐えきれないほどのストレスを感じていたようで。そのストレスの捌《は》け口が母親なり家財なりに向いたと、そういうことらしいですわ。

また、せっかく入ったその中高一貫校でも、その……内向的な、あるいは時に奇矯《ききょう》な性格ゆえか、友達がおらんどころか、イジメのターゲットになってしまったそうでしてなあ」

「そうすると」由香里は訊いた。「伊勢次席の息子さんは、中学なり高校なりの時点で、もう、いわゆる『引きこもり』になってしまったと？」

「ところがそうでもないんですわ。

これは伊勢本人から——親の方ですが——聞いたことですが、同じ中高一貫校に、幼《おさな》馴染《なじ》みの、同じ町内の同級生の子が進学していたとかで。いや女の子ですが、昔からとてもよく伊勢の息子の面倒を見てくれていたらしいのです。それでどうにか——伊勢の家は物理的にも人間関係的にも滅茶苦茶《めちゃくちゃ》になってはいましたが——高等科までは卒業できたと、だからそれまでは外界と接触があったと、そう伊勢からは聞いています。もっとも」

「もっとも？」

「……あまり警務部長には申し上げるべきではないし、警務部長は御存知ない方がよいでしょうが――伊勢の息子が高等科を卒業する前、既に暴力は家庭内に留《とど》まってはいなかったと、まあそうした形跡もありましてなあ。

　どれも事件として立件されてはおりませんし、そして、何故事件として立件されなかったかは、恐らく警務部長が御推察されたとおりですが……当時、伊勢の家んところの町内では、猫の虐待、ひいては虐殺が繰り返されたほか、小学生女児の強制わいせつ未遂、はたまた中学生女子の痴漢騒ぎが頻発《ひんぱつ》しておりまして。

　管轄署の生安課は、どうにか摘発したかったようですが……何故か被害届がどうしても取れなかったりして、どれもまあ、『大事《おおごと》にはならなかった』んですわ。

　ただ、大事になっておれば、我が県警察もまさか無傷では済まなかったでしょうが」

（親と組織とが、必死になって揉《も》み消したということか）由香里は黙ったまま思った。

（それが許される時代でもあった……といって、話が強猥《キヨウワイ》だの痴漢だのになれば、被害者と被害者家族に黙ってもらうため、並々ならぬ金銭を必要としたろうに）

「いずれにせよ、そんな事件まで起こす……いやそんな事件まで発生するくらいですから、もう伊勢の家はボロボロです。

　伊勢はどうにか家族を建て直そうとしたようですが――そりゃそうですわな――ところが、元々が将来を嘱望《しょくぼう》された身。ましてこんな稼業《かぎょう》。当然のごとく家を外すことの多かった伊勢にできることなど、限界があります。おまけに、既に述べましたが、息子が中高一貫の名門に入っておったとき、伊勢は警察庁への三年奉公にも出ましたからなあ。

むろん単身赴任ですわ、御案内のとおりに」

「それもあって、結局、家庭の建て直しには失敗したと？」

「そうなります、警務部長」丸本首席はまた淡々といった。「家では怒号と絶叫と号泣が飛び交い、リビングもゴミと破片とガラスとでいっぱい。トイレは始終悪臭を放つまで、風呂は黴《かび》だらけ垢塗《あかまみ》れ。そもそも浴槽とて破壊され、もう使える状態ではなかったとか。そして、伊勢の家は二階建ての一戸建てなんですが、両親とも、二階への立入りが一切禁止されたと聞きます――

もっとも伊勢は、既に『地獄』となった我が家から、妻を、絶対に我が子には知られない何処《どこ》かへ逃した……ゆえに、それ以降その『地獄』なり『立入禁止』なりを耐え忍ぶようになったのは、伊勢独りだけになったのですが。

いずれにせよ、儂なんぞより優秀な伊勢が立身出世を諦《あきら》め、とうとう警部のまま退職しようとしておったのは――大変な家庭を抱えており、しかもそれを自分独りでどうにかしようと思い悩んだ末のことなんですわ。ゆえに、警視昇任試験も辞退し、当然警視正にもなれんかった。マア今思えば、『偉くなればなるほど、息子の問題が爆《は》ぜたとき、組織に掛ける迷惑も大きくなる』と、そう配慮してのことかも知れませんがなあ。アイツは生真面目な上に、自己犠牲が強すぎるというか、滅私奉公《めっしほうこう》タイプの男でして」

「そうすると、丸本首席」由香里は訊いた。「その息子である伊勢鉄雄が『引きこもり』の状態になったのは、中高一貫校を卒業したとき――十八歳のときのことですか？」

「いや、実際には、それから二年間は、社会とのつながりがあったようですわ。

というのも、伊勢は――親の方ですが――息子の将来を強く危惧《きぐ》して、息子をどうにか、地元の私立大に押し込んだので。マア大学といっても、名前が書ければ合格とまでいわれているレベルの奴ですがな」

「ならば、大学四年間は無事に――」

「――だったらよかったのですが。

ところが大学二年のとき、息子は自主退学したそうです。『学生のレベルが低すぎる』『教官は皆《みんな》バカばかり』といって……ただ、自主退学を選ばなかったとしても、ふたつの事情から、いずれ退学を強いられることになったでしょう」

「それはどのような？」

「ひとつには――伊勢も幾度か大学学生課から呼び出しを喰らったそうですが――その私立大学における、まあ奇行ですな。『身なりの清潔を保っていない』『悪臭がすると他の学生から苦情がある』『講義中に突然奇声を発する』『通学バスの中で幼児を殴打する』『無関係の女子学生を尾行する』『大暴れして学食の備品を破壊する』等々の奇行」

「猫の虐待なり、強猥《キヨウワイ》・痴漢なりの頃からメンタリティが変わっていなかったのですね」

「そう言わざるを得んでしょうなあ、警務部長。

そして只今《ただいま》の御指摘と密接に関係するのですが……そしておそらく、これから我々が対処しなければならぬ通り魔事案とも密接に関係するのですが……私が伊勢から聞き及ぶところでは、鉄雄が大学二年のとき、大学の保健センターの診療で、とうとう診断名までカルテに書かれそうになったとか。鉄雄のあまりの奇行に、大学側が受診を勧めたんでしょうな。で、当然といえば当然の、しかし田舎公務員たる伊勢としては絶対に承諾しがたい、そんな診断名が提示されてしまった——

具体的な病名をいうのは避けますが、偏見や差別の対象となる虞《おそれ》のある、だから今後の学業はおろか就職・結婚といったライフイベントに甚大《じんだい》な影響のある、そんな病名です。もっとも、警務部長も先の無線を傍受しておられたでしょうから、どんな病なのかは直ちに想定できるでしょうが……」

（それはそうだ。電波に電磁波が飛んでいるのだから。既に了解不可能な『妄想』が出ているのだから）

「……そうした病のこともあって、たとえ伊勢の息子が学業の継続にこだわったとしても、それはまあ無理だったでしょうなあ。実際、伊勢も息子の退学を認めました」

「それが大学二年の頃の話ですね。ならばそれ以降は？」

「伊勢の息子に関していえば、かねてから作家志望だったようで——私立大学でも文学部を選んでおりますな——それゆえ地元の著名作家が開いておる、そう私塾というか創作塾のようなものに通っておったそうです。ところがこれまた……そこからも出入り禁止になってしまったとか。というのも、やはり『悪臭』『奇声』といったものの所為《せい》で」

「その『作家志望』という点も」松崎警視はいよいよ話を急かした。「先の無線で、被疑者と思《おぼ》しき者が演説をぶっていたことと整合性がありますね？」

「そうね、松崎次席」由香里の心中はいよいよ鉛のようになった。「なら丸本首席、いよいよそれ以降、問題の『伊勢鉄雄』は――」

「――自宅二階の『書斎』で、昼夜逆転の引きこもりです。今度は完全に、籠もったまま。

鉄雄は確か今三十三歳ですから、かれこれ十年以上、外界と接触を断っておるはず」

「ちなみに医療とはつながっていますか？」由香里は答えを予想しつつも確認した。

「大学二年のときの受診で、こころの病であると診断されたわけですが」

「それはさすがに……同期といえども安易に訊けることでなし。実態は存じません。

ただ強く推測される結論をいえば……通院も入院もしておらんでしょうなあ。そもそもが引きこもりですし、昼夜逆転の生活ですし、まして父親を虐待するほどですから。誰のアドバイスも聴こうはずがないですわ」

「警務部長、もう断定してよいでしょう」松崎警視が勢い込んでいった。手元のメモを確認しながら要点を押さえる。「この〈五日市小学校通り魔事件〉の被疑者。先の演説の内容を確認すると――自称はイセテツオ。これは給厚次席の息子と同名。漢字レベルまで確認。現住所は五日市小学校のある町内。ちなみに『連雀町《れんじやくちよう》』のはずですが、これも給厚次席の一戸建てと一緒。あと作家・芸術家である旨の発言。これも給厚次席の息子の経歴と矛盾なし。また『妨害電波』なる発言。これも給厚次席の息子の、まあ病歴

と矛盾なし」──

（そうだ。警察無線ジャックをして演説をぶった者と、この警察本部三階警務部フロアで今も執務しているであろう伊勢鉄造警部のひとり息子とは、どう考えても同一人物だ）

それが、十年以上にも及ぶ引きこもり生活の果てに。

二十年以上にも及ぶ、家庭内暴力と町内における前兆犯罪の果てに。

（……本人の言葉を借りれば、『小学校にも運動会にも懲罰《ちょうばつ》を加えることにした』。それは『当然の報いで、当然の権利』。まして被害者が『できるだけ大勢になることこそ』本懐《ほんかい》であるという）

……刑法犯への対処は、役員レベルでいえば刑事部長の専権事項だ。

今般の〈五日市小学校通り魔事件〉も、殺人・殺未《サツミ》・傷害といった捜査一課事件である。

よって、本来であれば、警務部長である由香里が動くべき事件ではない。もとより由香里は副社長であり、まして社長がアレとなれば、まさにA県警察の最高指揮官代理としてあらゆる業務を統括する責任があるが──それとて、他に担当役員がいるのだから、自らバタバタ、バタバタとあれこれ指示をしたり動いたりする必要はない……

はずだった。

（だが状況は、どうやら私自身をも、主演女優にしてくれるようだ。なんということ）

「警務部長」松崎警視が確認のようにいった。「では警務部としても、直ちに」

「ええ」由香里はすぐさま段取りを考えた。「通り魔事件の被疑者の、実の父親が……現在のところ事案の詳細は分からないけど……現職警察官、しかも管理職警察官となると」

「我が警務部としても、県民から、メディアから、あるいは警察庁から厳しく責任を問われることになるでしょう。普段からどのような身上《しんじょう》実態把握をしていたのかと。部下職員の身上問題について、上級幹部は何を監督していたのかと。

　まして、病歴のある、引きこもりの、家庭内暴力ないし前兆犯罪すらみられた被疑者について、父親は、そして組織はどのような対処をしてきたのかと――」

「……実際、『何もしてこなかった』が正解なのでしょうけどね」

「お恥ずかしながら」丸本警視正は頭《こうべ》を垂れた。「それが正解です。組織として、伊勢の家庭問題をフォローしていたなどということは、ありません。それどころか、伊勢はそれを秘密にしておった……いや奴の名誉のために付言すれば、警察と社会とに迷惑を掛けないよう、あらゆる暴力と苦しみを自分だけで、自分の一戸建ての中だけで完結させようとしておった。

　儂は今、奴と奴の息子のことを縷々《るる》述べましたが、それは儂が奴と拝命《ハイメイ》同期で、しかも警察庁出向同期という深い縁《えにし》があったから。だから伊勢は、そんな儂にだけは、ある程度の真実を語ってくれていた。それも、絶対に口外するなと頼みながら……いやむしろ哀願しながら。

そしてそれは警務部長、奴の我が身可愛さからの哀願ではありませんぞ。自分がどうにか息子を宥《なだ》めておくから、自分がどうにか息子を『家の中の暴君』に留めておくから──要は、自分が犠牲になることで死んでも人様の迷惑にならないようにするから、どうか警察組織の名誉のためにも全てを黙っておいてくれと、そういった心根《こころね》からですわい。

そして儂は、この十年強の様子を見るに──伊勢にはまこと忍びないが──そうした『封じ込め』が成功しておると、この十年間でそう確信しておった」

「丸本首席」松崎警視が厳しくいった。「警察では結果責任が全てですぞ」

「解っておるわ松崎。

だから儂とて、この秘密を黙っておった責任から逃れるつもりは毛頭《もうとう》無い。それどころか、まだ被害者の規模も分からんが、それらの方々への自責の念で一杯じゃ。だからこそこうして、東京からお越しの警務部長に、儂の知ることを──当県警察の恥にもなることを、洗いざらい御説明したんじゃろうが。

ゆえに、警務部長。

A県警察の恥は、A県警察で雪《すす》ぎます。

佐々木警務部長は、まだまだこれからのお人。そのような大切な御方《おかた》に、我がA県警察で大きな傷を負っていただくなどと──この県に四十年強を捧げてきた老兵として耐えられん。もし伊勢と伊勢の息子のことで腹を切る者が必要ならば、儂はよろこんで名乗りを上げる。警務部長、それこそが儂のお伝えしたかったことですわ」

「丸本首席、お気持ちは有難く頂戴しますが、私にも東京者《とうきょうもの》としての──警察庁からの代官としての意地があります。在任期間のすべてにおいて、A県を愛し、A県の人を愛し、A県での仕事を愛するという意地がある。

ゆえに、『死なば諸共《もろとも》』という覚悟をお伝えしたいのですが──

いずれにせよ、松崎次席」

「はい、警務部長」

「すぐにでも給与厚生課の伊勢次席と話をしなければ。

これまでのことも……そして、これからのことも」

「了解しました。すぐに呼び出しましょう。

部長卓上の警電をお借りしてよろしいですか？」

「もちろん。

それから、丸本首席。丸本首席監察官には、失礼ながらお席を外していただきたいのです。首席がいらした方が事情聴取はしやすいのですが、警視正がふたり雁首揃《がんくびそろ》えて査《さ》問《もん》、のような雰囲気は好ましくないと思いますので。また、これも失礼ながら、おふたりの御関係を考えると──」

「──成程《なるほど》、儂は退席しましょう。伊勢も、同期に酷《むご》い姿を曝《さら》したくはないでしょうから」

「いや、あの素人本部長の治世《ちせい》に、あなたのような御方《おかた》が警務部長で助かりましたわい……」

「御配慮ありがとうございます、首席」

銀縁眼鏡と薄くなった頭髪に愛嬌がある首席監察官は、しかし深い憂いを隠そうともせず、大きな嘆息《ためいき》を吐いてソファを起った。

重い足取りで、彼が警務部長室を退室しようとしたその刹那《せつな》――

――警務部長室の警察無線機が、顕官《けんかん》三人をさらに沈鬱《ちんうつ》にさせる情報を流した。

［A県本部から本件通り魔事案従事中の各局各移動に一方的に送る――

被疑者は警察官一名から拳銃を奪い。該《ガイ》警察官の胸部に向けて発射。該《ガイ》警察官は重体。

その後。被疑者は該《ガイ》拳銃を自らの口腔《こうくう》内において発射。

――被疑者は即死。

繰り返す。本件通り魔事案の被疑者は即死。

よって救急搬送等を要せず。係官は直ちに現場保存。採証活動。マル目の確保その他の初動捜査に努めるとともに。避難誘導措置を講じていた現場参集者の安全確保に――］

A県警察本部三階・給与厚生課

A県警察本部の〈給与厚生課〉は、佐々木由香里警務部長の執務室と同じ、三階にある。

警務部長がトップになる『警務部』の一所属であるから、当然といえば当然だ。

そして、この給与厚生課の第二位者は、既に名前の出た伊勢鉄造警部である――

――五日市小学校が、通り魔の襲撃に遭《あ》ったらしい。

無論その情報は、警察本部全体にたちまち共有される。

ゆえに、現場のオペレーションを所掌《しょしょう》しないここ給与厚生課でも、所属に備え付けられた警察無線が開局されていた。だから、伊勢鉄造警部もまた、あの伊勢鉄雄の『演説』を、リアルタイムで聞けたことになる。

そのときの、伊勢次席の驚愕《きょうがく》――

――あるいは、もうどうしようもない、もうどうしようもなかったという諦め。

それらは無論、伊勢次席の顔にありありと出たが……

さほど多くはない課員は、誰もそれに気付かなかった。

もっといえば、『伊勢鉄雄』という名前が無線機から響いても、伊勢次席の方を見遣る課員はいなかった。そもそも、その名前と自分の課の次席とを結び付けられた課員がいなかった。伊勢次席は日頃から存在感のある警部ではなかったし、丸本首席監察官が語ったとおり、その家庭問題は警察職員にも伏されていたからである。

だから、『伊勢鉄雄』という名前の意味と、伊勢家の破局を今悟ったのは、この所属でいえば伊勢次席本人のみであったが――

それはむしろ、伊勢次席にとって残酷なことだったかも知れない。

――息子が小学校を襲撃した。息子が通り魔を行った。

その衝撃的な事実を知っているのは、この課内で自分だけ。

このことは、既に出世も社交も――いやあらゆるしあわせを諦めていた伊勢次席に、だから組織と社会からすっかり切り離されていた伊勢次席に、改めて自分の孤独と絶望とを嚙《か》み締めさせた。最悪の凶報とて、分かち合う誰かがいれば、たとえそれが野次馬であろうと、いささか激痛を忘れさせてくれるものだが……伊勢次席はその野次馬ひとり持ち得なかった。

（どうにかせねば）

伊勢次席は立身出世など諦め尽くしていたが、かつては選ばれて警察庁にまで送り込まれた俊英《しゅんえい》である。平均的な警察官以上の責任感はある。成程《なるほど》、本来ならばあの丸本首席監察官くらいには出世していて然《しか》るべきだが――だから決して組織からよい処遇を受けていたとは言えないのだが――それとて『警視試験を受けない』『警部以上を望まない』という決断をした自分自身の責任である。むしろ組織は『何故受験しない』『何故上を望まない』と尻を叩いてくれさえした。

本当のことが喋《しゃべ》れれば、どれだけ楽だったろう……

だが伊勢にはどうしても本当のことが喋れず、よって『警察庁出向までしたのに、役員への切符を自ら破り捨てた変人』として、人事的には日陰の道を歩むようになった。

重ねて、それは伊勢次席本人の選択だ。警察組織に怨《うら》みなどない。むしろ伊勢次席は、この十年以上いや二十年以上ずっとずっと恐れてきた……

自分も、息子も、いやこの愛するA県警察をも押し流す、そんな濁流《だくりゅう》が来るのを。

そして自分は今五十九歳。次の春まで。次の春までどうにか持ち堪《こた》えれば。自分は警察官ではなくなる。息子も『警察官の息子』ではなくなる。そうすれば、恐るべき濁流が伊勢家を襲っても、警察組織にかける迷惑はかなり軽減されるだろう。警察官の息子と、元警察官の息子。メディアの騒ぎ方も県民の非難も、それは違ってくる。

そうだ。

次の春まで。次の春までどうにか持ち堪えられていたら……

……いや。今更《いまさら》何を言っても詮無《せんな》きことだ。パンドラの箱は、開いてしまった。

想定されるうち、最悪の厄災《やくさい》をバラ撒《ま》きながら。

警察官の息子による、通り魔。小学校襲撃の、大量殺傷。

この濁流で、自分がどうなるかはもうどうでもいい。考えても仕方がなさすぎる。

大切なのは、鉄雄がどうなるかと、組織がどうなるかだが……

(どうにかせねば)

伊勢次席は、組織に対する平均以上の責任感と、息子に対する溺愛《できあい》以上の責任感から、自分がまさに今、この瞬間、何をしなければならないか懊悩《おうのう》し、苦悶《くもん》した。だが何の答えも出なかった。激しく動揺し、激しく混乱しているのもある。自分にできることはもっとあったはずだと、激しく後悔していることもある。そうだ。自分は今日、のうのうと出勤などすべきではなかった。この朝、もう一度、あんな簡単な言葉だけでなく、もう一度しっかり息子と向き合って、この世には絶対にしてはならないことがあるということを、どう哀訴《あいそ》してでも、あるいは――もしそれだけの胆力が自分に残されていたならば――どう暴力に訴えてでも、理解してもらうべきだった。何故自分は、今朝こそ最後の警告をすべきであったのに、あんな簡単な言葉だけで、息子を残して出勤してしまったのか。前兆となる情報はちゃんとあったのに――ちゃんと提供されていたのに――

（どうにかせねば）

既に硬直した伊勢次席が、ささやかな執務卓で同じ事を三度《みたび》考えたとき。

――卓上の警電がやにわに鳴った。

伊勢次席は恐ろしい勢いで受話器を取る。

ナンバーディスプレイの、長い桁数《けたすう》の番号は、彼が熟知していたものだったからだ。

「はいもしもし給与厚生課次席、伊勢です」

――伊勢は上官ともいえるその相手方と、五分程度、話すことができた。

その相手方がもたらした、諸々《もろもろ》の情報。

それは伊勢に、ある決意をさせた。

いや正確に言えば、それは、伊勢のある決意を確乎《かっこ》たるものにさせた。

――そうだ。

もはや後顧《こうこ》の憂《うれ》いはない。

だから、伊勢は同じ言葉を用いながら、今度は具体的な手段方法を考えていた――

（どうにかせねば）

A県警察本部三階・警務部長室

「どう、松崎次席？　伊勢次席はつかまった？」

「いえ、ずっと話中《ワチユウ》ですね」松崎警視は由香里の警電の受話器を置いた。「#対応で」

「了解」

警察電話を架けたとき相手が話中なら、そのまま#ボタンを押すことで、次に回線が開いたとき優先的に回線をつなげることができる。といって、相手が長電話をしているなら、一〇分も二〇分も待たなければならないのだが――

――しかしこの場合は、五分ほど待つだけで済んだ。

由香里の警電が、回線が開いたことを示す音を発し始める。

すぐさま松崎警視が受話器を取る。相手方もすぐさま出たようだ。

「もしもし、警務課の松崎だけど」

『……お疲れ様です』松崎警視はスピーカーホンにした。伊勢次席の声が響く。伊勢次席は警電の内容を想定していたようだ。『警務部長室からでしょうか？』

「うん、そうそう。それでね、申し訳ないけど、事態が事態だから――

佐々木警務部長も、伊勢サンとじっくり話したいと、こうおっしゃっておられるんで」

『もとよりのことです。すぐに向かいます』

「すまんね」

――警務部長室と給与厚生課は同じ三階にある。そしてここは大警視庁でも大阪府警察でもない。伊勢次席は、松崎警視が受話器を置いてから実に一分程度で警務部長室に入ってきた。律儀《りちぎ》にドアをノックし、由香里の許可を得てから、招かれるまま応接セットのソファに座る伊勢次席。

「伊勢警部座ります」

「どうぞ。楽にして」

由香里は命じた。彼女は役員、伊勢は二階級下の初級管理職である。

「取り込み中だった？ 立て続けの電話で、呼び出して悪かったわね」

「とんでもないことです」

「何か急ぎの電話だったなら……」

「いえ警務部長」伊勢は確乎《しっか》といった。何かの決意のように。「旧知の方からの電話でしたが、用件は五分ほどで終わりましたので」

「ならよかった――いま多少、時間を融通してもらってよい？」

「もとよりです、警務部長」

「……先の警察無線、傍受していた？」

「はい、警務部長」

「では直截《ちょくせつ》に。あれは息子さんで間違いない？」

「……間違いありません。愚息《ぐそく》です。鉄雄です」

「鉄雄くんが結局、その……どうなったかは」

「ちょうど給与厚生課の大部屋を出るとき、やはり警察無線で聞きました」

「……まずはお悔やみを。ひとり息子さんだったと聞きました。御愁傷様《ごしゅうしょうさま》です」

「そのようなお言葉を頂戴する権利はございません──愚息にも私にも。

まだ詳報《しょうほう》は入っていないようですが、あれの、そう『犯行声明』を聞くに、どう考えても四人以上の方に対して危害を加えています。まして、できるだけ大勢殺したいなどとほざき、実際に──実際に拳銃自殺までしている。とすると、相当数の児童・保護者が奴の手に掛かったと考えるべきで……」

ここで伊勢次席は、やにわに、それまで大人しく座していた応接卓のソファから立ち上がった。そのまま急に警務部長室の入口側に後退《あとずさ》り、そのドアのたもとで、まるで警察礼式のごとくに勢いよくガバリ、と土下座をする。その頭が、額《こうべ》が、警務部長室の薄《うす》紫《むらさき》の絨毯に接する。由香里には、その色がまるで何かの喪《も》のように思えた。

「申し訳ございません!!」

「伊勢次席、どうか顔を上げて。そしてソファに戻って頂戴」

「愚息の教育を誤り、数多《あまた》の被害者の方に、取り返しのつかないことを……ましで、これから警察組織に与える恐ろしい御迷惑を思うと!! 私は!! 私は……!!」

入室してきたときから悄然《しょうぜん》としていた、いや苦悶と悲歎《ひたん》のさなかにあった伊勢次席は、今や号泣《ごうきゅう》せんばかりに、激しすぎる鬱情《うつじょう》をさらけ出している。事実、由香里と松崎警視の眼前で土下座するその背中は、次第に激しくなる嗚咽《おえつ》で打ち震えている。当初は小刻みに震えていた五十九歳警部の躯《からだ》は、ものの一分も過ぎない内に、それ自体が末期《まつご》の苦しみに悶絶《もんぜつ》する心臓のごとく、びくん、どくんと激震している。言葉にならない――いや声にもならない喉《のど》の破裂音が警務部長室にこだまし、絨毯には涙と洟《はな》がぼたぼた落ちる。

「――松崎次席」

「はい警務部長」

松崎警視は由香里の意を察すると、十歳弱先輩の、それでも職制上目下《めした》として扱わなければならない老警察官に歩み寄った。そして激震するその躯《からだ》と、その肩とにそっと手を添えると、上位の警察官として命じた。互いの関係性から、敬語が微妙におかしくなる。

「伊勢サン、気持ちは解る。気持ちは解るけど、警務部長の御前《ごぜん》だから。部長を困らせたらいかん。

それに私ら、この期《ご》に及んで伊勢サンを吊《つる》し上げようとか、伊勢サンを糾弾しようとか、そんな気持ちは持っとらんです。

伊勢先輩の苦しみは苦しみ。鉄雄くんがやってしまったことはやってしまったこと。そりゃもうどうしようもない。被害者の方々にどうお詫《わ》びするか——それも含めてこれからのことを考えなきゃいかんです。それに、被害者の方々の前では死んでも言えんけど、伊勢先輩自身は被疑者でも加害者でも何でもないんですから……

だから——そりゃ実に難しいとは思いますが——ここは冷静に、どうか気を強く持って、伊勢先輩御自身のことと、できるならA県警察二、五〇〇人のことを考えていただかなきゃならんのです。

伊勢サン、あんたが本当に土下座して号泣するほど責任を感じているというんなら、今、我々と一緒に、警察一家のことを——これから逆風の大嵐を迎えるであろう警察一家のことを、どうか考えてはくれんだろうか。そう、我々は一家、家族だから。警務部長も私も、誰もあんたのことを責めようとは思っとらん。家族に問題があったら、皆で話し合って、その苦悩を一緒に分かち合いたい。これは私が今勝手に思っていることだけど、警務部長も無論そうお考えくださると私は思う」

——松崎警視の懇々《こんこん》とした説得に、ただ打ち震えていた伊勢警部はまず顔を上げ、やがて正座の姿勢にまで躯を戻した。だから由香里は伊勢警部の顔が直視できた。

無差別通り魔と化した子を持った親の顔。

たった今愛する息子に拳銃自殺された親の顔。

そして、数多《あまた》の被害者に重すぎる責任を負った親の顔……

由香里自身はとうとう子を持つことができなかったが、彼女は生涯、このときの伊勢警部の顔を忘れないだろう。

「伊勢次席」その由香里はいった。「あなたのためにも、鉄雄くんのためにも、被害者の方々のためにも……そして私の立場として断言すればそう、警察一家のためにも……私たちはあなたから話を聴く必要がある。そしてその機会は、今を措《お》いてない」

「申し訳ありません……申し訳ありません……申し訳ありません……」

既に幽鬼のごとく蒼白《そうはく》になった、涙と洟だらけの伊勢警部は、しかし松崎警視の助力を得てどうにか立ち上がった。松崎警視のガッシリした腕と、由香里のすらりとした腕が導くまま、ようやく応接卓のソファに座り直す。

「と、取り乱しまして……警務部長、大変申し訳ありませんでした……!!」

「それはいいの。ただこれから、どうしても必要なことを訊いてゆくから、何事もありのままを――実際のところを率直に答えてほしい。

もちろんこれは取調べとかではなく、飽くまでも警務部として、あなたの上官として必要なことを調査する手続になるけれど――今の時点で耐えられる？」

「む、無論です」伊勢警部はしゃくり上げながらいった。「こんな私でお役に立てるようでしたら、如何様《いかよう》にでも」

(この通り魔事件。既に被疑者死亡が確定している) 由香里はすばやく考えた。(故に警察の勝ちは無い。戦後処理が――敗戦処理があるのみ。そして被疑者が死亡している以上、敗戦処理の中心は『動機の解明』となる。それが市民とメディアの求める最大の『物語』。そして動機を解明しようというのなら、その手段方法は、『伊勢次席の厳しい取調べ』とならざるを得ない）

むろん、被疑者である伊勢鉄雄が犯行計画書や犯行メモの類《たぐい》を残している可能性はある。その書架等から、影響を受けた書籍が発見される可能性もある。ネットの閲覧履歴等も動機の立証に役立ちうる。また、本件では俄《にわか》に考え難《がた》いが、親しい交友者が存在するのなら、そこから動機を手繰《たぐ》ることも不可能ではないだろう。しかし……

（最も能弁に『動機原因』を喋ってくれるのは、そうしたブツよりも、生きた外部記録媒体――すなわち伊勢鉄造警部の脳だ。それはそうだ。応答できるし容量も大きい）

要は、現下の情勢において『伊勢鉄造警部《サツミ》』とは、通り魔事件最大の証拠なのだ。

そして、通り魔事件とは殺人・殺未・傷害がメインなのだから、刑事部の担当となる。

これだけの重大事案だから、むろん捜査本部も起ち上がる。

捜査本部長は、担当役員である刑事部長だ。副社長の由香里ではない。

由香里はここで、あの怜悧《れいり》で鋭利な、法円坂刑事部長の顔を思い浮かべた――

（法円坂警視正は、まさに強行刑事上がりの、殺人捜査のベテランだ。本件最大の証拠が『伊勢鉄造警部』であることなど解りきっている。

その立場も、捜査本部長という強大なもの）

ならば、捜査本部が起ち上がり次第、まずは伊勢警部の身柄を確保しようとするだろう。もちろん何の困難もない。飽くまで参考人だから令状もいらない。飽くまで警察官だから、一日当たり八時間の取調時間制限などガン無視だろう。いやそれどころか、どんな圧迫を加えてもよいし、どんな暴行脅迫があってもかまわない──そう、取り調べる相手は警察官なのだから。どんな弁護士からも文句など出はしない。

これらを要するに。

(刑事部門が動き始めれば、私は伊勢次席の身柄を奪われる。そして少なくとも三週間は、伊勢次席とコミュニケーションをとることすらできない)

……それは困る。それは酷《むご》い。

伊勢警部は、警務部門の人間だ。その勤務評定とて、最終的には由香里がする。裏から言えば、由香里には、伊勢警部に対する人事管理について責任がある。ましてや、『警察一家に泥を塗った』伊勢警部が受ける苛烈《かれつ》極まる取調べを想定すれば。

(今が最初で今しかない。

私が伊勢警部から、父と子の真実を聞き出せる機会は今が最初で今しかない)

──それこそ、由香里が今どうしても伊勢鉄造警部から事情を聴きたかった理由だ。

だから由香里は依然伊勢警部を宥《なだ》めつつ、松崎警視に目配せをしてから、できるだけゆっくり質問を始めた。松崎警視はむろん、備忘録に必要な筆記をする準備を終えている。そこは、由香里の秘書官役を務めるエース警察官だ。

「それで、伊勢次席」由香里はいった。「正直に言うと、実は……同期の丸本さん、そう丸本首席監察官から、その、御家庭の状況のあらましは聞いています。まずそれが事実かどうか、ひとつひとつ確認をさせて頂戴」

「もとよりです警務部長、お願い致します」

由香里は、つい先刻、この警務部長室で丸本警視正から聞いた話を――伊勢鉄造と伊勢鉄雄の、そう伊勢家の物語を詳細に確認してゆく。悲痛な虚脱の中にあった伊勢警部も、淡々と事実確認が行われてゆく内に、そこはベテラン警察官だけあって、次第に意識と口調とをしっかりさせてきた。それはそうだ。本来なら役員になっていても面妖《おか》しくない逸材である。自分が取り調べられたことはなかろうが、被疑者や参考人を取り調べたことなら無数にあるだろう。少なくとも、由香里の一〇〇倍を下回ることはあるまい。

――そして、結果として、丸本首席監察官の証言は、すべて本人によって裏付けられた。

「さぞ……おつらかったでしょうね」由香里は事実確認のステージを終え、感触を取るステージに移行した。「二十年以上にわたる家庭内暴力と、十年以上にわたる引きこもり」

「妻を逃がすことができました。それがせめてもです。

もっともその代わりに、罪の無い人々を犠牲にしてしまいました……」

「最初のきっかけは……最初のボタンの掛け違えは何だと思う？」

「私が警察官だったことだと思います」

「──え、というと？」

「まず、警察官として、私は鉄雄に厳しく当たりました。鉄雄への躾《しつけ》は、力尽くで行いました。それは、鉄雄が幼い頃……せいぜい、昆虫をやたらとイジメ殺す悪癖があった程度の頃からそうでした。もちろん、猫を虐待するとか、強猥《キョウワイ》・痴漢をするとかいった段階になればなおさらです。そのようなこと、警察官の息子として絶対にあってはなりません。倫理的にもそうですし……それが社会に露見したとき、警察一家に与える悪影響を考えてもそうです。

ですから。

私は鉄雄を厳しく叱り、折檻《せっかん》しました。もう始まっていた、妻への理不尽な暴力が許せなかったというのもあります。まして、鉄雄が高等科を卒業するまでは、物理的にも私の方が強靭《きょうじん》でしたから。ですから、私は鉄雄を力尽くで矯正《きょうせい》しようとし──

──そしてあざやかに失敗しました。

いいえ失敗したどころか、『力には力で対抗すればよい』ということを鉄雄に学習させてしまったのです。ならいざ高等科を卒業し、肉体的にも──不健康な育ち方ではありましたが──私より巨大になった鉄雄が、私という『力』に、『力』で逆襲することになったのも道理でしょう。

すなわち、鉄雄の家庭内暴力も、地域社会における問題行動も、あるいは親を奴隷のように酷使《こくし》しながらの引きこもりも、そもそもが、私の教育方針に端《たん》を発しているのです」

「それがボタンの掛け違えだと」

「……いえ警務部長、掛け違えはもうひとつあります」伊勢警部は自白衝動に駆られたごとく言葉を続ける。由香里はその不思議な勢いに若干圧倒された。「もうひとつは、私が高卒だったことです」

「すなわち？」

「警務部長なら御存知のとおり、警察には存外、学歴差別がありません。高卒だろうと大卒だろうと、昇任・昇進に不合理な差別はありません。むしろ高卒の方が勤続年数が長いですし、大卒警察官より四年も先に実務に浸《ひた》れるので、トータルで見れば勝ち残れる可能性が高いともいえる。実際、私の同期の丸本は、役員である警視正にまで登り詰めています。ただ……」

「ただ？」

「私も、私の妻も高卒です。そしてそれは、警察部内ではさほど問題にならなくとも、社会一般では問題になることがあります。いえ、それは私と妻の学歴コンプレックスかも知れません。しかしこの『大学全入』時代、我々が高校生だった頃とは『社会のレール』がまるで違っているこの時代、鉄雄にはどうしても大学に……いえ『できるだけよい大学に』行ってほしいと願いました。それは私と妻の勝手な世界観であり、エゴですらあったかも知れません。いずれにせよ結果として、私も妻も、鉄雄に中学受験を強いました。東大・京大に多数の合格実績がある、名門校へゆけと尻を叩きました。ただ人間には……向き不向きも器もあります。

鉄雄はどうにか中高一貫校に合格してはくれましたが、それは鉄雄にとって……まだ小学生だった鉄雄にとって、血反吐《ちへど》を吐くような苦難だったと思います。元々、頭の出来は悪くなかったのですが、コツコツと勉強をするのが好きな子ではありませんでした……まして、その中高一貫校でも周囲から浮いてしまい、既に御案内のとおりイジメの対象となりました。だから、学校を何日も休んだり、無理矢理家から叩き出そうとしてもベッドから出てこない──といった日々がありました。今にして思えば、『そこまで嫌なら止めてもいい』『そこまでつらいなら逃げてもいい』『親子で違う道を探せばいい』という、正しい逃げ方こそ正解だったのでしょうが……

ところが私にも妻にも、息子を『コースから外させる』勇気がなかった。

だから無理矢理学校に送り込みをしたり、先生方に頼んで山岳部だのボート部だのに無理矢理入部させたりもしましたが……どれも一週間と続かず……といって剣道・柔道となると、これまた警察官である私の影響が強くなるので、客観的ではいられないと思い」

「伊勢次席には、山岳部とかボート部とかの経験が？」

「いえ、お恥ずかしながら全く。私は剣道しかやりません。ですのでその剣道でなく、また警察の柔道教室とかでなく、鉄雄を厳しく鍛えてくれる部活を探して入れたのですが、結果は今お話ししたとおりです。これもまた、親の勝手な思い込みで、鉄雄の向き不向きや器を無視することになりました。

そうした鬱屈《うっくつ》が、最初は動物や家財への暴力に、そして弱者である女児や女生徒への犯罪に、あるいは大人である私たち夫婦への家庭内暴力に、つながっていったのだと思います」

「そして奥さんは、確か県外に――」

「――はい、絶対に住所を知られない所に逃しました」

「すると、鉄雄くんが引きこもりを始めてからは、その世話は」

「朝食・夕食、そして軽食を私が準備していました。

さいわい、時期によりますが、給与厚生課は超過勤務が多い課ではありません。食事を用意する時間くらいなら作れます。また給与厚生課以前も、できるだけ超過勤務を避けるようにしてはいました――といって、警察の仕事量はバカになりませんから、早朝出勤・休日出勤でカバーしていましたが」

「朝晩の食事を、伊勢次席が？」

「はい、そのときだけは二階への立入りが許されますので、鉄雄の『書斎』の前に盆を置いておく感じで、給仕をしていました」

「昼夜逆転だったそうだから、昼御飯はともかくとして――夜中にお腹が空きそうね」

「それが先程述べた『軽食』です。

鉄雄は滅多に外に出たがりませんので、私がまだ起きている時間に――就寝後なら叩き起こして――コンビニに買い出しにゆくよう命じるのが常でした」

「ええと、するとほとんど『書斎』から出ない？　コンビニにも行かない？」

「はい、ほとんど。『書斎』で意味不明な文書……というか文字列をただただ乱打しているだけで」

「例えば本が欲しくなるようなこともあると思うんだけど」

「昔は、ネット通販で買い求めることもありました。

といって、ここ数年は何も買っていませんでしたが」

「どうしてそれが分かるの？」

「本人が『書斎』から出ようとしない以上、宅配された本とかは、私が『書斎』前まで運ぶことになりますから。それがここ数年は、全くありませんでした。アレは元々、本が好きな方ではありませんでしたので、昨今では、ネットの閲覧で充分のような感じでした。幼い頃は……といっても小学生くらいの頃、中学受験に挑む前くらいの頃の話ですが……町内にとても仲の良かった優等生の同級生がいて、その娘《こ》の影響でよく小学校の図書館に通ってはいたのですが、中学生以降は、読んで精々マンガです。学校の図書館とも、市立の図書館とも全く御縁《ごえん》がなくなりました。ですので、活字を読むといえば……活字といってよいのか解りませんが……今申し上げたように、ネットのサイトの文字がほとんどで」

「それじゃあ、ますます『書斎』に籠もりがちになる」

「まさしくです。精々、ルームサービスされる膳《ぜん》を出し入れするくらいです」

「ちょっと疑問に思うんだけど――」由香里はこの通り魔事件の情報を顧《ふりかえ》りながら訊いた。「――だとしたら、そもそも『五日市小学校の運動会に行く』などという発想が出て来ないんじゃないかしら？　運動会は昼日中にやるものだし、外に出るのは嫌なんだし」

「……確かにそうです。

ただ、鉄雄による昼日中の、外での通り魔はもはや現実に起こったことですし、鉄雄のこころの動きからすれば、鉄雄の行動の説明は付きます」

「すなわち？」

「運動会の音です。鉄雄の主観からすれば、騒音です。

私も実際に聞きましたが、先週来、五日市小学校は運動会の練習をしていました。その音は、確かに町内に響き渡っていました。行進曲、校歌、号令、アナウンス……もちろん鉄雄の『書斎』にも響きます。既に……既に精神状態が尋常《じんじょう》でなかった鉄雄には、それが自分の『執筆活動』を妨害するものとしか思えなかったのでしょう」

ここでまた、由香里の脳裏をふたつの疑問がよぎった。由香里は質問を続ける。

「鉄雄くんは、その……大学二年の時点で、深刻な病名が付くほどの状態だったと聞いたけれど、それ以降、医療とのつながりはあったのかしら？」

「……お恥ずかしながら、ありませんでした。

それを断ったのは……むしろ妨害したのは、この私です。

鉄雄はその頃二十歳《はたち》。問題行動があったとはいえ、将来のある身です。少なくとも親の私にとってはそうです。そして、東京からいらした……そう開明的な佐々木警務部長にはなかなか御理解いただけないかも知れませんが、ここA県のような田舎では、ひとたびそのような診断名が確定してしまっては……就職・結婚どころか、地域社会に受け容《い》れてもらうことすらままなりません。

ですから私はそれ以降、鉄雄を病院には近づけなかった……といって、鉄雄の状態からして我が家は罵声・奇声・騒音のみなもと。そして田舎は世間が狭い。どれだけ隠したところで、御近所にとっては、我が家の異変などあからさまなものだったでしょう」

「そのような場合、例えば保健所なり市役所なりに相談して、しかるべき医師なり医療機関なりを紹介してもらうこともできるけど、そうした行政窓口へのアクセスは？」

「一切しておりません」

「それは何故？」

「……正直に申し上げれば、家の恥だと考えたのです。そして家の恥は、家の中だけで解決すべきだと考えたのです。さらにいえば、現役警察官の息子が、そのような」

「伊勢次席のお気持ちは理解できる、頭では。地域社会の事情、またしかり。ただ、他方で……鉄雄くん自身が病気なり症状なりに苦しんで、自ら病院の門を敲《たた》いたり、行政窓口に相談したりしたことは？」

「まさかです。

鉄雄自身は、自分が病気であるなどと絶対に思っていなかったはずですし、仮に私がそのような説得をしたとして、逆に依怙地《いこじ》になるだけだったでしょう。まして、十年以上社会とのまっとうな接触を避けてきた身。行政とか、相談とか、そうした社会の仕組みを理解してはいなかったはず。いえ、『書斎』にはネット環境がありますから、アクセスしようと思えばどんな情報にも触れ得たでしょうが、鉄雄の主観からすれば異常なのは世間の方。余程のことがなければ、まさか自分で受診だの相談だの、そんなことを思い付いたとは思えません」

ここで由香里は、先刻頭をよぎった第二の疑問を口にした。

「すると鉄雄くんは、コンビニであろうと行政窓口であろうと、外出することは無かったわけね？」

「私の知るかぎり、そうなります」

「しかも、昼夜逆転の生活」

「はい」

「ところが、五日市小学校の運動会は――どこの運動会でも似たようなものだけど――

早朝から始まっている。確か、あの小学校が始まるのは午前八時半だから、運動会の開始時刻もそのようなもののはず。ここで——

昼夜逆転の、『書斎』から出ようとしない鉄雄くんが、いきなりそんな『健康的な』時間に行動できたとは思えないのだけれど？」

「……それは確かに……警務部長のおっしゃるとおりですが……しかしその、実は」

「何？」

「実は先週から、そう五日市小が運動会の練習を始めてから、鉄雄は俄《にわか》に外へ出るようになったのです。具体的には、そう、あれは練習初日のことだったと思いますが——

私が常日頃のように朝食を給仕すると、何と『朝食をとったら、出掛ける所がある』『懐かしの小学校へ行く』『止めさせなきゃいけないこともある』等々と言い始めたのです。実際、シャワーまで浴《や》びると。いや、鉄雄が早朝にシャワーを浴びるだなんて、思い出せるだけでもここ五年はなかったことです。普段は無精髭《ぶしょうひげ》を伸ばし放題、髪をボサボサにし放題なので」

「練習初日に……」由香里は慎重に考えた。「……そしてその言葉から察すると、目的は」

「はい、騒音を止めさせに行く、ことだと……

……いえ、より正直に申し上げます警務部長。鉄雄はその朝とうとう、『拡大自殺』という言葉さえ口にしました。だから鉄雄の目的は、その朝の時点で、もっと過激な」

「あっ、そういえば」

　これまで補助官役に徹して筆記をしていた、警務課の松崎警視が口を開いた。

「先週といえば、伊勢次席。伊勢次席は確か二日、有給を取っとるね？」

「……はい、松崎次席」

「あんたは滅多《めった》に休まん人だから、ちょっと吃驚《びっくり》したんだけど……」

　それはまさか、息子サン絡《がら》みで？」

「……お恥ずかしながら、そのとおりです。

　小学校に行くだの、騒音を止めさせるだの、果ては拡大自殺だの言い始めては……私は正直恐怖すら感じ、その朝欠勤して息子の尾行を開始したのです。イザ事を起こすようなら……今の鉄雄を作った私の責任で、何をどうしても止めなければならんと思いまして」

「ええと、二日有給を取ったっちゅうことは、その尾行も二度やった――っちゅうこと？」

「そうです。最初の朝とその翌々日、鉄雄がどこへ行くのか確認しました」

「何処《どこ》に行っとったの？」

「まさに五日市小学校です」

「それはあんた、しかし……ちょっと問題というか、いやかなり危険なステージだろうに」

「それはそうなんですが……

ただ松崎次席。私がわずか二度で息子の尾行を中止したことにも、そのことを組織に報告しなかったことにも──言い訳にはなりますが──私なりの理由がありました。というのも、息子は……確かに息子は、五日市小学校へは寄ったのですが……」

「寄ったのですが？」

「松崎次席、息子は、その……つまり……女性の尻を追い掛けていたのです」

「はあ？」

「厳密に言えばストーカー行為、なのでしょうが、ストーカーというよりは、その、まさに当該女性を尾行している感じで……その感じがまた、家での暴君ぶりがまるで嘘のような、ビクビク、おどおどした様子で。

で、これは私の個人的な判断ですが、児童であれその女性であれ、『誰かに危害を加える』というよりは、『誰かの行動に興味があって仕方がない』という様子にも見えまして……」

「それはその、何だ、あんたが息子サンの尾行をした二回ともそうなの？」

「そうなんです、松崎次席」

「それ以外の日には、動いとらんのだろうか？」

「仕事の都合上、ウチの給与厚生課でも、次席の決裁はどうしても必要ですので──私《わたし》がどうにか欠勤できたのが、その二度、その二回ということになります。それ以外の日については、正直分かりません。ただ、昼夜逆転生活を送っていたはずの鉄雄が、にわかに夜眠るようになりましたんで、きっと昼に動いているんだろうと。ですので、それ以外の日についても、なんといいますか、奇妙な尾行を行っていたとして不思議はありません」

「ただ伊勢次席、あんたは、そこに特段の危険を感じんかった。だから尾行もやめた」

「まさしくそうです。

　今、こんな結果が生じてしまっては、何を申し上げても言い訳になりますが……ただ私も警察官です。『誰かを襲撃しようとしている尾行』と、『誰かの動きを確認しようとしている尾行』との見分けくらいはまだ付きます」

「そして息子サンの尾行は、あんたが見分けるに、明らかに後者だったと」

「はい松崎次席。しかも極めて真剣な――小学生を襲うどころか小学生を見守るような、そんな感じの尾行でした」

「ちなみに息子サンのルートはどうだった？」

「私の自宅から、微妙に近所をぶらぶらして、それから女性を秘《ひそ》かに追い掛けながら五日市小。また女性を追い掛けながら、折り返して自宅。特段の立寄り箇所はありません。

　だから私は、そう、まさに昨日も警告を受けていましたが……今朝の今朝も、息子を尾行しようとか監視しようとかは思わなかったのです。それが、このような結果に……」

「――ちょっと待ってよ」松崎警視が思わず訊いた。「その警告っちゅうのは何なの。

ええと、あんたが今言った、昨日の警告とか何とか言うのは」

「えっ、松崎次席は、それを御存知で息子の話を訊かれていたのではないのですか？」

「いや全然……警務部長は何か御存知ですか？」

「まったく」

「そ、そうですか……警務部長のお調べですので、もう諸々《もろもろ》の外堀を埋めておられるとばかり……」

実は昨日、つまり運動会前日ですが、ウチの連雀町を所管する〈五日市駐在所〉から警電があったのです。架けてきたのは駐在所長の津村警部補。同い年のはずですが、私は高卒、津村警部補は大卒なので深くは知りません」

「五日市駐在所の、あの津村か」人事担当課の次席である松崎は、ここであからさまな舌打ちをした。「名うての不良警察官《ゴンゾウ》だな。誰がアレを警部補なんかにまで引き上げてしまったのか……まあ離婚して長いし、嫁さんや娘さんともすっかり縁が切れているから、可哀想な面もあるんだが。いやそんなことはどうでもいい。その津村が昨日、あんたに何を言ったの？」

「私は勤務中でしたので、給与厚生課のデスクでその警電を取りました。

そのとき津村警部補がいうには、概略――『アンタの息子が五日市小の運動会を敵視している』『自分に妨害電波を出しているとか出していないとかいっている』『一一〇番にも六回、俺の駐在所の加入電話にも二回、合計八回も騒音苦情の通報をしている』

『親として責任をもって、これ以上いろんな所に電話して業務妨害をしないよう、厳重注意しておけ』とのことでした」

「伊勢次席、あんた津村とは疎遠《そえん》だったんじゃろ？」

「はい、ほとんど他人です」

「だのに、何でまた津村は直接、あんたのところに警電を架けてきたんだろう？

そもそも騒音苦情の『伊勢鉄雄』があんたの息子だっちゅうこと、あんたが『伊勢鉄雄』の父親だっちゅうことは、パッと思い付けることでもなかろうに」

「ああ、それなら説明は付きます」伊勢警部はいった。「私の自宅は、五日市駐在所の所管《ショカンク》区内にあるんです。ですから私は、五日市駐在所に〈巡回連絡カード〉を提出しています。いうまでもなく、家庭訪問の記録で、我が家の個人情報ですが。そのカードは五日市駐在所に備え付けられていますから、伊勢鉄雄の『住所』が分かれば家族もすぐ分かります」

「そうか、巡連カードか」しかし松崎警視は訝《いぶか》しんだ。「けれどあの不良《ゴンゾウ》の津村が、家庭訪問だなんて熱心にやるとは到底思えんが」

「そうですね、私も津村警部補の巡連は受けていません。

ただ、今の自宅を構えたとき、当時の担当警察官に巡連カードを出しました。かなり昔の話になりますが……とはいえ巡連カードは廃棄しませんし、まして『警察官世帯』となれば諸々《もろもろ》活用法がありますので、代々引き継いでいるはずです。一度把握してしまえば、まさかそれ以上継続して訪問しなければならない世帯でもありませんし」

（成程《なるほど》）由香里も納得した。（社員世帯だからか。確かに足繁《あししげ》く家庭訪問する意味はない。そういう事情から、駐在所にとても古い個人情報が残っていたと。だから『伊勢鉄雄』と『伊勢鉄造』を結び付けるのも容易だったと、そういうことか）

「……で、伊勢次席、あんたは」松崎警視が訊いた。「息子サンが騒音苦情の通報をしまくっとること、知っとったんか？」

「いえそれは全然――

ただ、息子が五日市小学校からの音に激怒していたのは確かですから、警察一家の人間がそう警告してくる以上、事実だろうと。ですので、津村警部補には謝罪をした上で、息子をよく指導しておく、迷惑な通報はもうさせないと、そう返事をしました。

そして昨日の夜、夕食を給仕するとき、『書斎』のドア越しにこう伝えたんです――明日で運動会も終わるし、今夜はもう音が出るはずもないんだから、一一〇番通報とかをするのはどうか止めてくれと。そうしたら息子はドア越しに訊きました。自分の通報はちゃんと警察に受理されているのかと。私は答えました。もちろんだと。八回とも無視するような真似はしていないと。すると息子はそれに満足したように『ならもう必要はないな』『もう通報なんてしないから、とっとと一階に下りてくれ、忙しいんだ』と
……」

「その、所管駐在所の――津村警部補だったっけ？」由香里は訊いた。「またずいぶん

適当というか、気が利かないというか――

　大事なのは一一〇番通報を止めさせることじゃなくって、学校への接近なり侵入なりを止めさせることでしょうに。一一〇番を揉《も》み消せば火種も消えるだなんて、そんな昭和のノリで仕事をされては敵《かな》わないわ。地域社会の火種を消すためにこそ、交番・駐在所なんて人食い出城をわざわざ広域展開しているのよ？」

「ただ警務部長、それをいえば」伊勢警部は平身低頭した。「私自身、通報を止めさせることばかりに気が向いて、また息子が素直な態度を示したことに安心して、息子が運動会本番にアクセスすることを何ら防止しなかった訳で……」

「――むろんそれは不適切だったけれど、いちおうそれには理由があったわよね。息子さんの外出は、小学校襲撃のためのものとは思えなかったと。町内を歩いている女性を、その動向を確認しながら見守っているような、そんな行動しかとっていなかったと」

「はい、それは既に申し上げたとおり、全くの事実です。警察官として証言します」

「しかも、昨晩鉄雄くんとドア越しに会話したとき。鉄雄くんの機嫌はどうだった？」

「ここ数年でも初めてと言えるほどの上機嫌でした。これは嘘偽りなくそうでした」

「それが口調から分かったと」

「そのとおりです、警務部長。だからこそ油断してしまったのですが……」

「ふーむ……」松崎警視が首を傾げた。「……ちょっと、よく解らん話だなあ。運動会前日の夜は、極めて上機嫌だった。騒音苦情の通報も止めると断言した。それでいて事実、現実に、いきなり型・拡大自殺型の通り魔を淡々《たんたん》と実行している。よく解らん話だ」

「ところで伊勢次席」由香里は訊いた。「その、鉄雄くんが尾行していた——ように見えた——当該《とうがい》女性なのだけれど、人着《ニンチャク》はとれた？」

「それが、まったくといってよいほど普通の女性です。携行品はナシ。年の頃、二十歳代後半か三十歳代前半。白シャツにデニムとラフな格好で、全体として生気のない、どこか所在なげにふらふらした、化粧っ気も洒落《しゃれ》っ気もない、まさに普通の女性でした。

鉄雄は眼鏡を掛けていますから、距離を置いてもよかったのでしょうが……私は裸眼で、しかも視力が衰えておりますので、詳細はとても」

「確かに、よく解らない話ね。

そもそも鉄雄くんは、父親である伊勢次席に対して、『小学校の騒音』の問題をがなり立てていた。それを止めさせるとも言っていた。まして『拡大自殺』なる言葉まで用いていた。ところが、成程《なるほど》外出先は五日市小学校といえなくもないけど——主たる目的は小学校でも騒音でも何でもなく、特定の女性の尾行……

昼夜逆転の生活が改まった経緯は解ったけれど、その原因はよく解らないわね。

それが純然たる恋物語であれば、関係者一同、どれだけ救われたことか……」

「しかし警務部長」松崎警視が確乎《しっか》といった。「現に発生しているのは、純然たる恋物語などではなく、まさに拡大自殺の方ですよ」

——そのとき。
それまでも無数の通話を流していた警察無線機が、ひときわ大きな声を響かせた。
［Ａ県本部から各局。Ａ県本部から各局。現時点における判明事項を一方的に送る。
まず。被疑者『伊勢鉄雄』は強取した拳銃を使用して自殺。
なお。該《ガイ》拳銃は現場《ゲンジョウ》にて確保。よって。拳銃による被害拡大の虞《おそれ》はない。
次に。該拳銃を強取された受傷《ジュショウ》警察官であるが。意識不明の重体。これ救急搬送済み。
更に。現時点における被害の状況であるが。本件マル害にあっては——］
最も重要な情報の前に置かれた、通信指令室の微妙なタメ。警務部長室の空気が凍る。
［——第一に。教師三名。これ男一名女二名であるが。いずれも現場《ゲンジョウ》にて死亡を確認。
第二に。保護者一名。これ壮年男性であるが。死亡を確認。
第三に。三年生児童五名。これ男児二名女児三名であるが。いずれも死亡を確認。
第四に。三年生児童九名。これ性別等詳細不明なるも。いずれも重軽傷を負っている。
第五に。既報《キホウ》のとおり受傷警察官一名。
よって現時点において。本件通り魔事件の被害者は。一九名。
死亡九名。重軽傷一〇名。繰り返す。死亡九名。重軽傷一〇名——］
——由香里はいよいよ血の気が引くのを感じた。
彼女のこれまでの武者震いが、恐怖による身震いに変わる。
（まさか、これほどとは……

この平均的な田舎のA県で、死者九名、重軽傷者一〇名……無論、前代未聞だろう）

しかも、被疑者の実父は現職警察官。

ましてその現職警察官はといえば、被疑者の問題行動・問題発言を『犯行前に』認知してしまっている……

（この時代、まさか隠そうとは思わないが……仮に隠蔽《いんぺい》しようとしたところで、たちまちネットとメディアに暴かれる。そして被疑者が死亡した以上、ネットとメディアの苛《か》烈《れつ》な糾弾は、この伊勢次席に……そしてA県警察そのものに向く。激烈に。轟々《ごうごう》とだ）

由香里は思わず天井を仰ぎ、しばし現実の、眼前にいる伊勢警部の存在をも忘れた。

秘書官役の松崎警視も、通信指令室が流した恐るべき凶報にしばし呆然《ぼうぜん》としている。

だから——

ふたりはふたりとも、いつしか伊勢警部が静かに立ち上がっていたことに気付けなかった。その伊勢警部は、蒼白極まる悲痛な顔でまず松崎警視を見、そして最終的に由香里を見た。そのまま、やはり静かにいった。

「直ちに退職願を提出いたします、警務部長」

「退職願……」呆《ほう》けていた由香里は、しかしここで意識を取り戻した。「いいえ、それは認められません。そもそも伊勢次席、あなたは被疑者ではない」

「いいえ被疑者そのものです。

私は自分の息子を壊し……自分の家庭を壊して、とうとう警察一家も壊した。

息子の罪は、私の罪そのものなのです。どうかお許しを、警務部長」

「なりません。そのような退職願は受理できません。

このようなことは言いたくないけれど、私にはそれを拒む権限がある。

それにあなたが辞職して誰が救われますか。被害者の方とて――」

「被害者の方こそ、私の贖罪《しょくざい》を望むでしょう……むろん、退職願以上のです。

私は数多《あまた》の命を奪い、やはり、無数の家族を壊してしまった。その罪は万死《ばんし》に値《あたい》……」

「そのようなことは‼」

由香里は、四十二歳の青二才《あおにさい》ぶりをあからさまに露呈しながら叫んだ。

……そうだ。

由香里がもう少し老獪《ろうかい》ならば、激情を充分抑えられたかも知れない。

しかし由香里は、役人としてはまだ若かった。それゆえ、物事をストレートに考える癖《へき》があった。だから最初からこれを読んではいた。伊勢警部が退職願を提出すること。

いやそれだけではない。伊勢警部が、そう警察一家の汚名をひっかぶって……ひっかぶって……

議論の展開が予想どおりだったからこそ、由香里はいよいよ事態が最悪のルートをたどっていることを実感した。そしてそれをどうしても矯正《きょうせい》しなければならないと気負った。矯正する理屈なら幾らでも用意していた――事件の全容解明には生きた伊勢警部が必要である。警務部の人事管理の適正を検証するためにもそうである。伊勢警部独りが辞めたとて市民の激昂《げっこう》は収まりなどしない。伊勢警部独りが……身を処してもそうである。部門の最上位警察官として、部下職員の名誉を守らねばならない。もはやこの世の人ではない、伊勢鉄雄の名誉を守れるのは……少なくとも弁護ができるのは伊勢警部だけである。

そう、理屈なら、伊勢警部がこの警務部長室に入ってくる以前に幾らでも用意してある。

けれど。

眼前の、どこまでも静かな、しかしそれでいて激しく疲れ切った老警察官を見ると。実の息子がいよいよ、一九名を殺傷した悪魔に堕《だ》してしまった老警察官を見ると。そう、家庭において虐待され、立身出世を諦め、妻とも絶縁し、そして社会から完全に孤立していた五十九歳の老警察官を見ると――

四十二歳の由香里に、掛けるべき理屈も言葉もなかった。あるわけがない。

その意味で、今、この警務部長室の空気の支配者は変わっていた。

「警務部長」伊勢警部の言葉は、確実に由香里を圧倒した。「武士の情けを、どうか」

「……松崎次席!!」由香里は松崎と、まだ部下である伊勢に命じた。「伊勢警部の時間給の手続を。それから共済の宿の手配――いえ共済の宿程度では守り切れないわね――そう全日空ホテルの、できるだけよい室を確保して頂戴。確実にプライヴァシーが守れる、よい室を。

そして、伊勢次席。

申し訳ないけれど、警務部長として命じます。

私の別命あるまで、当該ホテルの室で待機。あなたとはまだ話し合わなければならないことがある。警務部長として、そして同じ警察官として。よって私が認めるまで、退職願の提出はおろか……その身を害するあらゆる試みを禁じます。よいですね⁉」

「ですが、警務部長‼」

「……くどい‼」

「違います。私は最後に——私の真実を申し上げたいのです。

それが、警務部長の御判断に影響を与えると、信じて」

「……すなわち？」

「私は今、この二十年で最も……いえこの人生で最も安堵しています。

とうとう結論が出た。

それはおぞましい結論ですが、これでようやく荷を下ろせる——

——正直になれる。

そう、正直に申し上げます。

私は……私は安堵《あんど》している。やっと鉄雄が死んでくれたことに。

やっと私も、鉄雄が為《な》すであろう恐ろしいことに、脅《おび》える夜を過ごさずに済む。

……私は鉄雄を愛していた。

あれが生まれたとき、あれが私似《わたしに》だと分かったとき。あれが幼稚園に、そして小学校に行き始めたとき。私がどれだけ嬉しかったか……あれがどれだけ可愛かったか……

子供は自分の半身です。いえ自分自身です。少なくともその鏡です。私は……私は自分にできることなら何でもしようと。私に与えられるものなら何でもくれてやろうと。そして私の下へ生まれてくれた鉄雄に、私以上のしあわせが感じられる人生を送ってほしいと。ただそれだけを願って、さほど豊かでもない生活のすべてをあの子に捧げてきた。あの子が苦しみ始めたときは、どうにかしてその苦しみを一緒に背負いたいと思った。どうにかして、私はお前を愛していると、お前が何をどう失敗しようと、どこでどう道を誤ろうと、私だけはお前の味方だと、この家こそがお前の居場所だと、そう伝えたかった。

しかし。

道を誤ったのは私だった。

――『親よりも、人様よりも優れた人生を』。それが無理なら、『親並みの、人様並みの人生を』。

私はそこに基準を置いた。そのために鉄雄を変え、導くべきだと信じた。

……世間体《せけんてい》。見栄《みえ》。近所の視線。社会のコースから逸脱することへの、恐怖。

誰よりも病んでいたのは私です。そんなものに……今にして考えれば本当にどうでもよいそんなものに囚《とら》われて。あの子がイジメに、そして病気に苦しんでいるとき、私はあの子を叱咤《しった》激励した。頑張れと。ここで挫《くじ》けたら負けだと。お父さんみたいな奴にもできることが、何故できないと。ここで踏ん張りさえすれば、キチンとした大学に行け、キチンとした勤め先に就職でき、キチンとした奥さんをもらえ、そして……詰まる所は『人生を踏み外さずに済む』と。そう、私の基準はどこまでも息子そのものでなく、世間だった。

それは結局、あの子を絶望に追い遣ることだった。

唯一の味方であるべき親が、社会から自分を守ってはくれない。

唯一の居場所であるべき家が、自分を社会へ追い出そうとする。

……最後の味方に裏切られ、最後の居場所が針の筵《むしろ》となる。

この世界に、自分が座るべき椅子はどこにもない。

少年時代にそんな烙印《らくいん》を押されたあの子が、むしろ狂気に走らないわけがない。

だから、いよいよ悪魔にまで堕《だ》したあの子を、絶望に追い遣ったのは私で……

……その報いとして、あの子から、無数の、無限の絶望を贈られることとなった。

しかも私は、今日の今日まで、その報《むく》いを、あいつからの絶望を理不尽だと思っていた。

だから。

断言します、警務部長。今日の今日まで、私はあいつの死を願っていた。

実際に凶器を準備したことも、実際にそれを用いようとしたことも無数にあります。

私は――ほんのさっきまで、あいつに死んでほしいと。いや、もう殺してしまおうと。だから今、全てに安堵している自分がいます。

あいつを殺すことだけが、人様と社会に迷惑をかける前に殺してしまうことだけが、あいつを生んだ自分の責任だと思っていたから。最後の責任だと思っていたから。だから今日の今日まで、ついさっきまで、この事件のことを知るまでは、頭の中は心中のことで一杯でした。息子の死。自分の死。死。死。死。ついさっきまで、私はそれに取り憑《つ》かれていた」

「……伊勢次席」由香里は訊いた。「なら今は?」

「バカですね……バカげている……

全てが終わった今、あいつが死んだ今、あいつが生む苦しみから解放された今、私は確実に安堵しているのに……卑怯にも、警察官でありながら、被害者への哀悼《あいとう》すら忘れ『これで自分が殺さずに済んだ』『これで絶望の日々は終わった』とまで思っているのに……」

「思っているのに」

「会いたいです」伊勢警部は号泣していた。「もう一度鉄雄と、話がしたい、もう一度」

「解るわ」それはどうしようもない矛盾で、だから親そのものだった。「解ります」

「……し、失礼しました、警務部長」伊勢警部はしゃくり上げながらいう。「私の懺悔《ざんげ》など、警察組織からすれば、実にどうでもよい、くだらないことです。

事件が起きた。そこには犯人がいて被害者がいる。そう、大事なのはそれだけです」

「そんなことはない」

「そして私は、自分の罪と、受けるべき罰とを理解しています……

鉄雄にも会いに行きたいですし」

「――松崎次席」

「はい警務部長」

「誰か係長を付けて……いえ悪いけど松崎次席自身で、伊勢次席を全日空ホテルへ。

あまり時間はない。被疑者の家族などこの時代、すぐに割れる」

「了解しました。

……さあ伊勢サン、とりあえず退室させていただこう。あんたは警務部門の幹部だから、あんたのことは私らが絶対に守る。それは警務部長のお話からも解ったでしょう」

伊勢警部は泣きながら頷《うなず》くと――

由香里に対し、どうにか直立して、ベテラン警察官らしい室内の敬礼をした。

答礼する由香里。退室する松崎警視と伊勢警部。

(今の敬礼)由香里は嘆息《ためいき》とともに思った。(いまだ警察官のものだ。警察一家のもの。そして、確乎《かっこ》たる決意すら感じられるもの……)

由香里はその決意を、まだ生きてゆく決意、生きて責任をとる決意だと確信した。

少なくとも、何かを実行しようとする、前向きな決意だと確信した。

しかもその判断は、おそらく間違ってはいなかった。

というのも、後刻確認したところでは、老練な松崎警視もまた、伊勢警部から前向きな決意を感じていたからだ。よってふたりは、伊勢警部を警察本部にほど近い全日空ホテルに『保護』したが、同室する監視者を付けようとも、廊下等に監視者を置こうとも思わなかった。

ゆえに――

伊勢警部は、チェックインしたその二〇分後、バスルームで縊死《いし》することに成功した。


全日空ホテル一四〇四号室・ライティングデスク上

一命を以《もっ》て、五日市小学校で非命《ひめい》に倒れられた被害者の方・被害者遺族の方にお詫び致します。大恩のため、組織のため、このような手段に出ることをお許しください。

地獄にて愚息に再会しましたらば、必ずや厳しく指導する所存です。

A県警察本部警務部給与厚生課次席　警部　伊勢鉄造

第3章　老警の偽計

警務部長室・応接卓卓上

児童ら刺される　9人死亡　10人重軽傷
両手に包丁　運動会を襲撃
五日市　男、自ら拳銃で自殺

＊日午前11時05分ころ、五日市市連雀町の五日市小学校校庭で、男が運動会中の小学生らを刃物で次々と襲った。県警などによると、教師で3年生学年主任の千賀敦さん（46）、3年生担任の山崎貴子さん（33）と小川寛子さん（28）、システムエンジニアの中畑勇さん（37）が首などを刺され病院に搬送されたが、それぞれ死亡が確認された。他に3年生の児童5人が殺害されたほか、3年生児童9人と県警の警察官（59）が重軽傷を負った。

捜査1課によると、男は無職、伊勢鉄雄容疑者(33)。運動会中の教師・児童らを襲撃後まもなく、現場に到着した警察官から拳銃を奪取し、拳銃で警察官を銃撃。その後近くで自ら拳銃をくわえ発射。男は即死した。襲撃現場は小学校の奥、競技に参加する児童が待機するスペースで、男は3年生児童が集合するのを見計らって犯行に及んだものとみられる。現場には血の付いた包丁が2本落ちていたほか、男のリュックからは包丁がもう2本発見された。捜査1課は殺人や殺人未遂の疑いで捜査しており、容疑が固まり次第、容疑者死亡のまま書類送検する方針。

伊勢容疑者は両手に包丁を持ち、いきなり千賀さんの喉を斬り裂いた。現場は、3年生児童が集合していた、校舎と体育館の間の狭いスペース。伊勢容疑者は千賀さんを殺害した後、数十秒のうちに山崎さんら五日市小学校の教師2人と観客の保護者1人、そして3年生児童14人を襲撃。山崎さんは胸部を、小川さんは頸動脈を斬りつけられて即死。中畑さんも太腿と肩を刺され、心肺停止の状態で救急搬送されたが、搬送先の病院で死亡した。伊勢容疑者を制止しようとした五日市署地域課の津村茂警部補は、伊勢容疑者の反撃を受け、拳銃を奪われ胸部を撃たれて意識不明の重体。

伊勢容疑者に殺害された児童はすべて3年生で、男児2人、女児3人。それぞれ胸や首などを斬りつけられて、即死したものとみられる。死亡した児童5人のほか、他に9人の児童が腹部や顔、首などを斬られたり刺されたりして、それぞれ重軽傷を負った。

凶器とみられるのは刃渡り36㎝の柳刃包丁2本で、さらに、現場に残された伊勢容疑者のものとみられる黒色リュックの中から、同種の包丁2本が発見されている。捜査1課は、伊勢容疑者が大勢の人を襲撃する目的で事前に準備をしていた可能性があるとみて、動機や現場の詳しい状況について捜査を進める。

五日市市教育委員会によると、五日市小学校の児童数は585人、教師は41人。運動会当日は正門脇に設置された受付テントで観客を受け容れており、保護者証のない人物の訪問は認めていなかった。

児童ら19人刺され9人死亡
自殺の33歳男、計画的犯行か
五日市小学校襲撃事件

＊日午前11時05分ごろ、五日市市連雀町の五日市小学校校庭で、運動会中の児童の列を男が襲い、児童14人と大人5人の計19人が包丁で刺されるなどした。3年生の男子児童2人と女子児童3人、教師3人と保護者1人が死亡し、男は犯行後に自殺。男は五日市市の伊勢鉄雄容疑者（33）とみられる。県警は五日市署に捜査本部を設置。計画的な襲撃だった可能性が高いとみて、殺人容疑などで捜査している。

捜査1課によると、死亡したのは同小学校3年生学年主任の千賀敦さん（46）、山崎貴子さん（33）、小川寛子さん（28）、観客だった保護者の中畑勇さん（37）、そして同小3年生の児童5人の計9人。このほか同小3年生の児童9人が重軽傷、現場にいた59歳の警察官も重傷を負った。

現場は、同小体育館と同小校舎に挟まれた、比較的狭いスペース。ここは運動会の次の種目に参加する児童の待機場所となっており、保護者や観客は立入禁止だった。男はここに無断で侵入、両手に包丁を持って、居合わせた教師や3年生児童を次々と襲った。駆けつけた警察官が制止しようとすると、逆にその拳銃を奪取。この拳銃で同警察官の胸部を撃った後、やにわに拳銃を自分の口に入れて発射。男は即死した。

現場には血の付いた包丁2本が落ちており、男のものとみられる黒いリュックサックからは、さらに刃物2本が発見された。搬送先の病院や五日市消防署などによると、死亡した9人にはいずれも首、胸、腹部などに深い傷があり、強い殺意で襲われたものとみられる。

五日市市教育委員会によると、五日市小は児童の安全確保のため、運動会のための学校訪問には保護者証を要することとしており、男は何らかの手段で保護者証を手に入れたか、受付をくぐり抜けた可能性がある。

五日市小学校の児童数は585人、教師は41人。地元の歴史ある市立小学校で、運動会にも多数の来客がある。当日も、300人以上の保護者などが訪れていたという。

五日市通り魔の容疑者　犯行前に市役所に相談
障がい者福祉課を自ら訪問　運動会の騒音苦情で
情報共有なし　市役所と警察署の連携ミスか

五日市市連雀町の五日市小学校で＊日、運動会中の児童らが襲われ19人が死傷した事件で、包丁で通り魔を行ったとされる伊勢鉄雄容疑者（33）＝直後に拳銃自殺＝が、犯行の前日に、五日市市役所を自ら訪問して、「小学校がうるさい」「運動会がうるさい」「音がうるさくて仕事にならない」などと直接苦情を申し入れていたことが＊日、関係者への取材で分かった。

関係者によれば、伊勢容疑者が訪問したのは市役所の障がい者福祉課。対応した係員に対し、五日市小学校が行っていた運動会の練習の音がうるさいと、強い口調で苦情を申し入れたという。

伊勢容疑者がこの際、運動会の騒音は「自分への電波攻撃」「小学校と市役所と警察と自衛隊が、妨害電波を送っている」「このままでは出版社に新作を納めることができない」「校長や市長や教育委員会に直談判して、力尽くでも止めさせる」などと発言したため、問題を感じた市役所係員は、五日市署の生活安全課と、五日市小学校を管轄する五日市駐在所に連絡。情報共有と今後の連携について相談しようとしたが、警察からの明確な返答や対応はなかった。

市役所係員が五日市署の生活安全課に電話をすると、同課は「暴力団事件でバタバタしているから対応できる者が誰もいない」「五日市駐在所の判断で、生安課の力が必要となったらすぐに対応する」と回答、管轄の五日市駐在所に連絡をとるよう指示した。市役所係員が五日市駐在所に電話をすると、駐在所長が「そうした騒音苦情は（警察でも）受理している」「どの通報も適正に処理を終えている」「すべて了解した。この件はこちらで引き取る」などと回答したという。

関係者によれば、伊勢容疑者が障がい者福祉課を訪問したのは初。ただそれ以前に、同課に対して4回の電話相談を求め、同課はこれに応じていた。これらの相談で、伊勢容疑者は自分のことを『作家』『億を稼ぐ作家』と自称し、運動会の音で執筆活動が妨害されていると強く訴えていた。なお、伊勢容疑者が市役所に説明していた取引出版社によれば、「新人編集者が原稿の持ち込みを受けたが、出版に至るレベルのものではなく、特に連絡も取り合ってはいない」「当社としては、お付き合いのある著者さんとは認識していない」「容疑者が他社でデビューしたという話も聞かない」とのことで、伊勢容疑者の自称とは食い違いがある。捜査本部は伊勢容疑者の生活実態と動機の解明を進める方針。

市役所が計5回の相談を受け、問題を感じて警察に通報をしたのに、警察がこれに適切に対処しなかった可能性があり、今後議論を呼びそうだ。

五日市市役所・障がい者福祉課長の話　児童の安全確保が行政の最重要課題の1つとなっている今日、当課としては、伊勢容疑者の発言などに危機感を覚え、直ちに警察に通報した。しかも騒音苦情は5回である。緊急の対応が必要だと感じた。運動会は翌日に迫っており、しかも騒音苦情は5回である。緊急の対応が必要だと感じた。ただ、五日市警察署は駐在所に報告しろといい、駐在所は具体的な対策を何も語らなかった。市役所としては、容疑者への迅速な対応、警察との十分な連携を含め、適正に職務を果たしたものと考えている。19人の被害者の方のことを思うと、どうにかならなかったのかと疑問に思う。

五日市警察署・生活安全課長の話　このような重大な通り魔事件が防げなかったことについて、大変遺憾に思う。19人の被害者の方・被害者遺族の方には深くお詫びしたい。市役所から、被疑者に関する事前情報の提供があった件については、その当日、課内に課長の私しか存在しないほど事件対応に追われており、やむなく五日市小学校を所管する駐在所に対応を求めた。事件対応が一段落つき、駐在所から応援の要請があれば、直ちに対応する予定だったが、結局、駐在所からは何の報告もなく、それ以上の対処ができなかった。警察内の連携の在り方については、十分検証してゆく。それと同時に、被疑者を犯行前に医療につなげる観点から、市役所の方も、医師の受診を勧める、居宅を訪問するなどの対応をしていただけていればと悔やまれる。

駐在所の警部補　不適正勤務か

五日市通り魔　110番通報に対処せず
運動会本番の警戒　まったくなし

五日市市の五日市小学校で＊日、運動会中の児童らが襲われ19人が死傷した事件で、同小を管轄する五日市駐在所の警部補（59）が、伊勢容疑者に対して適切な対処を怠っていた可能性があることが＊日、分かった。

関係者によれば、「小学校がうるさい」「運動会がうるさい」「今すぐ黙らせろ」という110番通報が、犯行の前の週に7件入電していたほか、駐在所の加入電話にも3件入電していたという。これに対応した五日市駐在所の警部補は、通報者である伊勢容疑者と接触もせず、すべて解決ずみとして「打ち切り対応」をしていた。これらの通報において、伊勢容疑者は運動会の音が「電波」「攻撃電波」であると主張していたとみられる。計10件の通報を無視した同警部補の判断と、詳細な調査を求めなかった警察本部の判断が、適正でなかった可能性がある。

同警部補は、五日市市役所障がい者福祉課から、伊勢容疑者の危険な言動について通報を受けた際にも、「そうした騒音苦情は（警察でも）受理している」「どの通報も適正に処理を終えている」「すべて了解した。この件はこちらで引き取る」と回答していることから、市と警察の連携が問題視されている。同様に、110番通報などを無視していることからも、同警部補が適正な対応をとっていれば、死傷者19人の通り魔事件を未然に防げた可能性もある。

また、犯行の目撃者によれば、同警部補は「朝の9時くらいから学校にやってきて、来賓テントでお茶を飲んでいた」「ぶらぶら動いてはいたが、不審者の警戒をしているようには見えなかった」「犯行まで2時間ほど、遊んでいるようにも見受けられた」とのこと。市役所の通報や110番通報を無視している経緯から、運動会に来たのは警察活動のためでなく、勤務を怠る目的があった可能性もある。

なお、同警部補は犯行現場に居合わせ、伊勢容疑者によって拳銃を強奪された上、その拳銃で胸部を撃たれ、いまだ意識不明の重体。その拳銃は伊勢容疑者の自殺に使用されたが、銃口が児童や教師、保護者に向けられていた可能性も捨て切れない。同警部補の現場対応にも批判が集まりそうだ。

五日市警察署・地域課長の話　被疑者を現場で封圧できなかったことについて、被害者の方・被害者遺族の方に深くお詫びする。１１０番通報への対応、市役所との連携の実態については、警察無線や警察電話の記録などから鋭意調査中であり、また、駐在所長がどのように運動会を警戒していたのかについても、鋭意検証を進めている。ただ本人が受傷しいまだ意識不明であるため、公正な調査には時間を要することを御理解いただきたい。勤務の不適正・勤務からの逸脱があれば、厳正に対処する。

警務部長執務卓

〈五日市小学校通り魔事件〉の翌日。

時刻は、午前八時三五分。

由香里が沈鬱《ちんうつ》な表情で朝刊各紙をチェックしていると、執務卓上の巨大な警電が鳴った。

「はい警務部長佐々木です」

『法円坂です』

る。

由香里は長身痩躯《ちょうしんそうく》、鋭く光る銀眼鏡そして禿頭《とくとう》が印象的な、ふたまわりも歳上の、地元役員の姿を思い浮かべた。声だけで、あの触れれば切れるようなオーラすら感じられる。

「おはようございます、刑事部長」

「徹夜ですか？」

『捜本《ソウホン》がお祭り騒ぎなものでね。

警察庁で捜一の理事官をやっておられた警務部長なら、容易《たやす》く想像できると思いますが』

確かに由香里は刑事局育ち。地方勤務も捜査二課長ばかり。刑事の文化は身に染みている。捜査本部が立ったときあるいは立っているときは、担当課長はおろか担当部長もおいそれと退勤できはしない。役員までが実戦に出る。それが警察という役所の特殊性だ。

「お疲れ様です」由香里は微妙に身構えた。「それで、御用件は」

『爾後《じご》の対応について協議したい……事実上の社長は、あなたなのだから』

「県警察の事実上の社長は、地元トップの刑事部長ですよ」

『今は虚礼を交換している場合ではない。

キャリアとノンキャリアの間には、絶対に越えられん壁がある。

あなたはその責任から逃げはしないだろうし……何せ、最高指揮官があのザマだ』

「……増田本部長が、何か御迷惑を？」

『御迷惑か。むしろ御乱心だろうな。捜本に御臨場遊《ごりんじょう》ばしては、訓示もせずに、捜査員たちに根掘り葉掘り現場のことを訊《き》き回っている。もちろんこの通り魔事件のことも。あと通信指令室にも乗り込んで、一一〇番システムのことを熱心に御質問しようとしたとか――そっちはすぐ丁重にお引き取り願ったので、被害は三分程度で済んだらしいがね。まるで新聞記者か、庁舎見学に来た小学生だ。

……警視未満の警察官にとって、警察本部長など殿上人《てんじょうびと》。その任期の内、一度も口を利かなければ顔すら拝まない。まして誰もが知ってのとおり、今の最高指揮官は、実は警察一家の人間でも何でもない……現場の捜査員が混乱する気持ちは、いや正直に言って辟易《へきえき》する気持ちは、刑事上がりの、警察一家のあなたなら理解できるだろう』

「解りました。本部長秘書官に釘《くぎ》を刺して、できるだけ五階宮殿に幽閉しておきましょう」

『――幸か不幸か、事件発生は六月県議会開会前。今は議会対応も最小限で済む。だがもし県議会が始まれば、本会議でも警察委員会でも、〈五日市小学校通り魔事件〉〈子供の安全対策〉について徹底的に質問されるだろう。議員個々へのレク要求もバカにならない。それに県議会のことを措《お》くとしても、公安委員会がある。警察署協議会がある。駐在所の対応が問題視されているから、駐在所連絡協議会も開かれ得る。むろん、市役所・消防・ボランティアといった関係各位とも、無数の会議を開かねばならんだろう。そうしたときこそ、参院議員会長様の義弟《ぎてい》で、妙な政治力をお持ちの増田さんにお出まし願いたいし、そもそもそうした総警務《ソウケイム》マターは――』

「成程《なるほど》」由香里は瞬時に理解した。「そうしたお役所仕事は、こちらで持てと」

『あなたに命令をする権限などないが、有《あ》り体《てい》に言えばそうなる。いや、命令どころか哀願ととってもらいたい。何せ捜本は、盆と正月とクリスマスとハロウィーンが一緒に来たような為体《ていたらく》。捜査以外の諸問題について、手も口も人も出す余裕がない。まるでない』

「裏から言えば。

〈五日市小学校通り魔事件〉の捜査については、刑事部長が全責任を持たれると」

『当然です。私は捜査本部長だし、そもそも殺人等の担当役員ですから』

「増田本部長対応はどうします？　最終的な捜査指揮には、警察本部長の印が要りますが」

『それこそ送致の段階で、頭紙《アタマガミ》にだけ御印《ぎょいん》を押してもらえばよい、秒単位で』

「ちなみに送致は何時《いつ》とお考えですか？」

『御案内のとおり、被疑者死亡ゆえ、タイムリミットは存在しない。

そして鑑識活動、死体の検証・解剖、現場の検証、凶器の検証、目撃者からの聴取、遺族からの聴取、学校関係者からの聴取、生存被害者の取調べ、被疑者宅その他のガサ、押収品の解析……宿題は腐るほどある。

ゆえに本音を言えば二箇月、いや一箇月は欲しいが……世論とメディアがそれを許してはくれまい。ただでさえ社会を沸騰《ふっとう》させるセンセーショナルな事件である上に、遺憾極まる事態だが、本件は警察不祥事としての側面を有するに至っていますからな』

（市役所からの情報の握り潰《つぶ》し。一一〇番通報等の揉《も》み消し。現場で遊んでいた担当警察官そして……）由香里の瞳は憂《うれ》いに染まった。（……現職警察官である被疑者の実父を、みすみす自殺させてしまったこと。今は陰謀論が流行《はや》りだから、『警察による体《てい》のいい口封じ』『永遠の証拠隠滅』などと叩かれかねない。いや、既に一部ワイドショーでは非難囂々《ひなんごうごう》だ。週刊誌も直ちに追い討ちをかけるだろう）

『ゆえに、逮捕事案と同一のスケジューリングで、約三週間後の送致を考えています。むろん、捜査状況によっては前倒しも想定していますし、それが私の希望でもあるが』

「その三週間のあいだ、増田本部長には……

最高指揮官としての指揮を諦《あきら》めていただくと」

『どのみちどのような捜査書類の意味も御理解いただけない。ならば敢《あ》えて御覧《ごらん》に入れて、御心労のタネにどっぷりと肥料をくれてやる必要もないでしょう。

……既に御心労のタネは山ほどある。錯乱でもされたらそれこそ椿事《ちんじ》だ』

（また、そうすることによって『捜査情報の漏洩《ろうえい》』を防ぐ……法円坂刑事部長は、増田本部長のことを信用していないどころか、危険分子ととらえているのだ）

最高指揮官がアクセスできる書類・情報が、いわば裁判員以下とは。いや零《ゼロ》とは。

『そして警務部長。実はさらに哀願すべき事項があるのです』

「……すなわち？」

『指揮系統からして明白なことですが。

警務部長もまた、本件捜査への御指導をお控《ひか》え願いたいのです』

「歯に衣《きぬ》着せず翻訳すれば――私もその三週間のあいだ、捜本にも捜査書類にも捜査情報にもタッチするなと、そういう御助言ですね？」

『そのとおり』

「いちおう副社長として申し上げれば、また警察不祥事担当役員として申し上げれば、捜本とは適切な連携を保っておかなければ諸事《しょじ》不具合なのですが？」

『通常の関係が維持されていれば、もとより私もそうしたい。

しかし今、捜本と刑事部門には――そう、警務部長と警務部に対する怒りと怨嗟《えんさ》が充ち満ちている。その理由は当然、御理解いただけると思いますが？』

（……それはそうだ。

被疑者の父親を勝手に確保し、勝手に保護し、しかもむざむざ自殺させてしまった。

被疑者本人が死亡している以上、伊勢警部は本件最大の証拠のひとつなのに。事件の全容を解明する上で、まさに不可欠なピースだったのに。

その伊勢警部を――刑事部門との連携なしに――勝手に動かした私に対し、現場捜査員の非難が生じるのは当然だ。それこそ『警務部の恥部《ちぶ》を隠すため自殺を強いたの

だ!!』などと糾弾《きゅうだん》されても、何ら反論できた身分ではない）

……由香里は状況を整理し、そして諦《あきら》めた。

「了解しました刑事部長。私は捜本にも捜査書類にも捜査情報にもタッチしません」

『重畳《ちょうじょう》』

「ただし、御指摘のとおり本件は警察不祥事である可能性があります。それについては、担当役員の私が全責任をもって対処しなければなりません。警察庁対応、記者対応、公安委員会対応、関係行政機関対応等々、課題は山積しています。六月県議会も間近——ゆえに、警察不祥事であるかどうかを調査するプロセスにおいて、どうしても必要が生じたなら、捜査書類等へのアクセスを臨機《りんき》にお認めいただけますか？」

『本件を警察不祥事として見たとき、必要なのは、①五日市警察署生活安全課の対応が適正であったかの調査、②五日市駐在所の対応が適切であったかどうかの調査——の二点のみでしょう。それらは、時系列からして通り魔事件発生以前に生じていた問題。それらの調査に、通り魔事件の捜査情報が必要だとは全く思えませんが？』

（……不思議だ）由香里は訝《いぶか》しんだ。（法円坂刑事部長は、傑物《けつぶつ》だ。バカでないどころか、警察庁でも管理職が務まるであろうほどの明晰《めいせき》な警察官。この十箇月のつきあいで、私はそれを痛感している。少なくとも、小役人めいた内ゲバだの権限争いだのには、露《つゆ》ほども興味が無いひとだ。それが）

それが何故、たかが由香里の介入をこれほどまでに牽制《けんせい》し、これほどまでに妨害するずに出ているのか？

（本件通り魔事件は、事件としては実にシンプルだ。警察として、何を隠すこともなければ何を警戒することもない。そもそも被疑者は死んでいる。残るは敗戦処理のみのはず）


……それにしては、法円坂の態度は、いつになく強硬で、いつになく傲慢《ごうまん》である。

増田を外すというのはまだ理解できるが、由香里を外す理由など思い付かない。


しかし、だ。


由香里は刑事局育ちとして、独特の嗅覚《きゅうかく》を脳内に育て上げていた。すなわち――

（すべて不可解なことには、理由がある。

そして、理由のあることを隠蔽《いんぺい》する者には偽りがある）

……由香里は、今朝二度目となる強い違和感を覚えた。

ゆえに、今朝一度目に感じた違和感をも確認すべく、法円坂との警電を続けた――

「警察不祥事としての調査は、刑事部長御指摘のとおりです。

ただし、その①②を調査するためには、五日市警察署の生活安全課長から詳細を聴取しなければなりませんし、市役所の担当係員から事情を聴かなければなりません。また、被疑者が架けていたという一一〇番等について、架電記録と音声記録とを調査しなければなりません。そして――これが最も重要なのですが――現在意識不明の重体である、五日市駐在所の津村警部補、彼から詳細を聴取しなければなりません。

とりわけ津村警部補は、現場に臨場した警察官、犯人と格闘した警察官ですから――捜本としても捜査をすることが多々おありでしょうが――私としても調査をすべきことが多々あります。

したがって、取り敢えず――

一、五日市警察署生活安全課長から詳細を聴取すること。

二、もし津村警部補が意識を回復すれば、同警部補から詳細を聴取すること。

この二点は是非《ぜひ》お認めいただきたいのですが、どうでしょう？」

『ふむ。まず五日市ＰＳの生安課長については、そもそも私の指揮系統にはいない。部門が違いますから。また管理職だから、まさか捜本では勤務していないでしょう――なら、五日市ＰＳの生安課長については、警務部長の御判断で、如何様《いかよう》にでも為《な》されればよい。

他方で、津村警部補については――意識が戻っておらん以上、今のところ議論の実益がないが――まさに目撃者・臨場者・格闘者・被害者なのだから、意識が戻り次第、我々刑事部が真っ先に取調べを行う予定だ。むろん、送致までじっくりとね』

「そのお邪魔にならない範囲で、かつ、法円坂刑事部長の個別の許可を得て――という条件ではどうでしょう？　津村警部補は、警務・刑事両部門にとって等しくキーパーソンなので」

『あっは、あなたは言い出したら聴かないからな――』法円坂はようやく大人《たいじん》らしい苦笑をした。『――必ず私の許可を得ること。その条件でなら、呑《の》みましょう』

「ありがとうございます、刑事部長」

会話が和んだところで、由香里は今朝一度目に感じた疑問の確認をした。すぐさました。

「ところで刑事部長。むろん捜査情報でないことについて、ふたつ、御教示《ごきょうじ》願いたいことがあるのですが？」

『ハテ、というと？』

「今朝の朝刊に出ている、本件被害者。それらの氏名、年齢、職業といった人定事項《ジンテイ》に誤りはありませんか？　また、被害者の人数は正確ですか？」

『それはまさに捜査情報でしょうに――』法円坂は大きく笑った。『――だが公然情報でもある。何も隠すことはない。報道発表もした。ゆえに申し上げれば、それらについての誤報はひとつもありませんよ。私も確認している。これだけの事件です、あるはずがない』

「了解しました。あとひとつ、すみません。『市役所の対応』と、『駐在所の対応』について、詳細な記事が出てしまっているのですが――これ、私が会見した内容でも記者レクした内容でもありません。ひょっとして、捜本あるいは刑事部からこのような発表をなさったのですか？」

『まさかです。

　捜査本部長である私自身、それらの内容は知らなかった。捜査会議でも一切話題にならなかったし、そもそも事件発生からまだ二十四時間と過ぎてはおらん。捜査員も、『市役所の対応』だの『駐在所の対応』だのまで把握できてはいなかった。全くね。そして重ねて、当事者である津村警部補は口が利けん状態――

　そう、捜本としても刑事部としても、それらは寝耳に水でした』

「津村警部補が市役所からの通報を握ったらしいことも、また、被疑者による騒音苦情の一一〇番通報等が複数、あったことも？」

『まさしく、いずれも』

「となるとこれ、何処《どこ》からのリークでしょう？」

『あっは、あなたなら先刻想定済みとは思うが――市役所絡《がら》みの記事は、まさに当事者の一方である、市役所の障がい者福祉課が広報したのでしょう。リークどころか、積極的にレクしたはずです。というのも、早急に事実を公表しておかなければ、『悪いのはサボタージュをした警察であって市役所ではない!!』『市役所の対応は適切だった!!』ということがアピールできませんからな。まあ現在のところ、それは真実のようですが……』

　他方で。

　駐在所の対応についての記事は――要は津村警部補が学校で漫然《まんぜん》と遊んでおった云々《うんぬん》

の記事ですが——それについては、一般人の目撃者が、まあ腐るほどおりますからなあ。昨日の校庭には、三〇〇人もの人出があったわけですから。ネタ元はそこでしょう』

「それは確かにそうですが、『被疑者からの一一〇番通報等を無視していた』ことなどは、警察部内の者しか知り得ないでしょう。それについての部外目撃者など想定できません。というのも、一一〇番を受理するのは警察本部庁舎内の通信指令室、その無線指令を受けるのはこの場合駐在所内——しかも、通り魔など予想だにされていなかった時点のことなのですから。

なら、まさか部外目撃者などいようはずもない」

『さて、そうなると出所は警察の華《はな》、記者にお小遣いを頂戴《ちょうだい》している、記者のオトモダチ警察官のリークですかな……

ただし、如何《いか》に口の軽い刑事部門といえど、一一〇番通報だの通信指令室だのの話など喋《しゃべ》りませんよ。理由は単純、知らないし興味がないから。刑事部門とは御縁《ごえん》がないから。

いずれにせよ、警務部長には何か深刻な御疑問でもおありですか？』

「いいえ」由香里は嘘を吐いた。「状況は理解できました」

『それでは、副社長たるあなたに申し上げるのも心苦しいが——

現場捜査員の士気のため、また本件通り魔の迅速的確な全容解明のため、恐縮ながら身を謹《つつし》んでいただきたい』

「了解しました」由香里は嘘を吐いた。「当県警察の御為《おため》にならぬことは、いたしません」

『重畳《ちょうじょう》。それでは失礼します』

「それでは。五日市PSの生安課長の件、お認めいただき有難うございました――」

由香里は警電をいったん置くと、すぐに秘書官役の、松崎警務課次席を呼び出した。次席はむろん、三〇秒未満でやってくる。ノッシ、ノッシとしたユーモラスな歩き方が、今は由香里のこころを和ませる。

「警務部長、お呼びですか？

伊勢警部の通夜《つや》及び葬儀の件でしたら、昨日お伝えしましたとおり――」

「松崎さん」由香里は申し渡した。「響子《キヨウコ》のところへ行ってくるわ。さいわい、今《いま》し方《がた》刑事部長の言質《げんち》、いえ了解もとれたことだし」

「えっ」松崎警視は唖然《あぜん》とした。「響子とおっしゃいますと、あの響子ですか？」

「そう、あの響子よ」

「五日市警察署の？」

「というか先月、私たちが送り込んだはずよね？」

「……今を時めく有名人になりつつありますねえ」

「それ洒落《しやれ》になってないわ次席。一線署《イッセンショ》は大変よ」

「そうすると、不適正事案の調査というかたちで」

「そうなるわ。もっとも私は、響子が市役所からの通報を握り潰しただなんて、露《つゆ》ほども信じてはいないけどね」

「しかし、役員たる警務部長が御自《おんみずか》ら、というのも……警察文化としては異例というか」

「解っているわ。本来だったら、監察官の誰かにやってもらうのだけど――相手が響子だったのは、この悲劇中最大のさいわいよ。なんといっても響子は、あなたが次代の後継者として長いこと警務課で育ててきた、当県のエース女警なんだしね。『現場指揮官の経験を積ませるため、警務課から異動させる』のにも、あなた散々抵抗したし」

「まあ、女警初の筆頭署長・女警初の刑事部長になるとしたら、アイツしかおらんでしょう。それだけの逸材ですわ。春異動で一線署に出したのは、ああ、あれは実に勿体《もったい》なかった……」

そして、私と一緒に警務部長にお仕えしていた以上、どの監察官よりも、いやどの警察本部警察官よりも警務部長との御縁《ごえん》が深い」

「そのとおり」

「御決断は、もう終わっておられるのですな。そして私、この十箇月で、佐々木警務部長の御性格は理解できておるつもりです。私が止めろと諫言《かんげん》しても、まさかお聴き容《い》れにはならないでしょう。まして私自身、アイツの苦境を救ってやりたい。それもホンネ。

――さてそうすると。

正面突破は不可能ですぞ。副社長が公用車で五日市警察署に乗り付けるなど、署長副署長を卒倒させかねません。あそこ中規模署で、署長といってもただの警視ですからな――まして今は、署長副署長どちらも〈五日市小学校通り魔事件〉で大童《おおわらわ》。まさか警務部長の接遇《せつぐう》などできる状態ではありません。それに、五日市PSにはメディアがウジャウジャ。そんなところへ副社長車が入ってゆくなど、根も葉もないフェイクニュースをバラ撒《ま》きにゆくようなもんです。『今度は署長のクビを獲《と》りにきた』とか『今度は署長に切腹を迫った』とか……」

「ねえ松崎さん。

警務課に自転車、あったわよね？　何の変哲《へんてつ》もないあのママチャリ」

「け、警務部長がママチャリでPSに、ですか⁉

しかもその脚本だと、署長副署長にも完全にダマテンで⁉」

「私これでも若く見える方だから――実際若いけど――免許更新に来たOLで通用するでしょう。記者も、まさか副社長が独り自転車で動くとは思わないだろうし。

それに、免許更新に来たOLなら、署長室で珈琲《コーヒー》何杯も飲みながら御歓談――だなんて虚礼を体験せずに済むしね、でしょう？」

「……あの署長はまだまだ上を狙っている小役人タイプですから、バレたらさぞや気不味《きまず》いでしょうね」

「そこは、うまくやる」

「いつもそう言う……」

「心残りは、増田本部長のお守り業務ができないことね。刑事部長からも釘、刺されたところだし——もし増田さんから何か御下命《ごかめい》があるようだったら、すぐ公用スマホの方に一報を入れて頂戴」

「松崎警視了解です、警務部長——ですが」

「ん？」

「……また何かよからぬことを謀《たくら》んでいますね、その顔は？　隠しても私には分かります」

「失礼ね!!」由香里はバツが悪そうに顔を背《そむ》けた。「謀んでいるのは私じゃないわ。まだ正体の見えない——だから目的も動機も解らない——誰かよ。私は響子とそれを捜《さぐ》る」

「詳しくは後刻お教えいただけるのを待ちますが、よいですか、くれぐれも御自重を」

……実際、松崎警視は由香里の御転婆《おてんば》さに手を焼いていた。

それでもしかし、刑事部門育ちの由香里の一種独特な嗅覚に、一目も二目も置いていた。

そしてこの十箇月のつきあいで、由香里が最後には『よからぬ謀み』の全てを語ってくれることも確信していた。だから多くを尋ねず、必要な確認だけをした。あまりにも必要な確認——

「今は刑事ではないのです、警務部長なんですよ、よろしいですね？」

「佐々木警視正了解です」

――一五分後。

由香里は当該ママチャリで、警察本部庁舎を離れた。

目指すは五日市警察署。

その生活安全課長を務めるかつての部下、八橋《やつはし》響子警部に会うのが目的である――

五日市警察署・生活安全課内

「久しぶりね、響子《キョウコ》」

「あっは、そうですね佐々木部長」八橋警部は敢えて快活に笑った。「春の異動から、まだ二箇月と経ってはいませんが」

「どう、久々の一線署《イッセンショ》は？」

「やり甲斐《がい》はあります――とりわけ、何でも屋の生安《セイアン》なんで」

――五日市警察署内、生活安全課。

八橋響子警部が課長を務める、そのオフィスである。

といって、大部屋だ。警察署の、とりわけ警部課長に個室はない。

そして今、生活安全課の大部屋内には、八橋警部と由香里以外、誰もいない。

由香里は課長卓脇のソファに座り、八橋警部はその眼前で直立している——

「課員は全員、出払っているの？」

「はい部長、極《ごく》一部は一昨日《おととい》検挙したＪＫビジネスの関係で。

他の全員は、〈五日市小学校通り魔事件〉の捜査本部に吸い上げられました。といって、私自身もつい先刻までそうだったんですけど……」

「生安課長のあなたまで？」

「五日市署は中規模署で、しかも小さい方ですから、事案があればもう総動員です」

「つい先刻まで云々《うんぬん》っていうと、今は？」

「……私自身、正確な理由は承知していないんですが、どうやら警察本部の方から——恐らくは刑事部長直々《じきじき》の御下命らしいんですけど——私は捜本からは外れるようにと。思うに、運動会前日の、被疑者への対応をめぐって、あんな新聞記事まで出てしまった以上、捜本よりもそちらへの対処の方が優先だ——という御判断ではないかと思います」

「例の、市役所の、ええと障がい者福祉課からの連絡を盥回《たらい》しにした云々《うんぬん》ね？」

「……警務部長が単身、お忍びでいらしたのも、私からその件を聴取するためではと」

「まあ職務上、それを聴いておかない訳にはゆかないけどね……」

由香里は眼前に立つ八橋警部を見た。

八橋警部は四十歳ジャスト。由香里より二歳若い。主たる専門は、今いよいよ一線署の課長を務めているように、生活安全部門だ。二十歳代半ばの頃から、生安の捜査員としてキャリアを積んできた。ゆえに、生安ならではの柔軟な賢さと、ここ一番での事件への強さが、八橋警部の売りである。法令・行政といったお役所仕事と、事件・執行といった捜査員としての仕事、その両方に秀でているのが生安部門の特徴であり、またその申し子である八橋警部の特徴でもあった。

警部昇任も、三十七歳と非常に若い。

そして警部昇任以来――由香里が着任する以前から――管理部門の要《かなめ》である警務課に引き抜かれ、人事・企画といった仕事を担当してきた。警務部長の由香里と八橋警部が出会ったのは、むろん、警察本部のその警務課である。そしてその出会いから十箇月、由香里はあの松崎警視に寄せるのと同様の信頼を、八橋警部に寄せていた。一線署で課長としての経験を積ませる――という将来への布石がなければ、由香里とて松崎警視同様、八橋警部を警察本部から手放そうなどとは思わなかったろう。

「――といって、私自身」由香里は八橋警部の瞳を見た。「あなたの対応にミスがあったとは思っていないのよね」

「いずれにしましても」八橋警部は初級管理職らしいボブを深々と垂れた。「これだけの重大事案を未然防止できなかった責任は、市役所からの連絡を甘く見た私にあります。この御時世《ごじせい》、警察がその権限を適切に行使しなかったことそれ自体が不祥事ですから。厳重にお調べいただき、しかるべき処分をと考えております」

「――確か、障がい者福祉課から電話が入ったときは、ここ生活安全課にあなたしかいなかったのよね？」

「はい、それは事実です」

「それは確か──暴力団が絡《から》んだ違法性風俗の摘発事案が入っていたから」

「それも事実です」

「いちおう当該《とうがい》事案の概要、聴かせてくれる？」

「はい、佐々木部長。

私が着任してすぐ内偵捜査を始めた、いわゆるＪＫビジネス──ＪＫ見学店とか、ＪＫ見学クラブとか呼ばれるタイプのあの店舗型ですけど、その討ち入りがあったんです」

「ああ、あの、マジックミラー越しに女子高生あるいは自称女子高生の姿態なり痴態《ちたい》なりを『見学』させるアレね？」

「はい、あと下着を売るだの卑わいなポーズでの写真を売るだの、まあ諸々《もろもろ》のサービスを提供するアレです。もろ有害役務《えきむ》の。しかもそれ、ここ五日市署管内では初めて確認された店舗だったので、すぐさま芽を叩いて増殖を防ごうと、さっそく青少年保護育成条例その他でガサを掛けるべく内偵を開始しました。

さいわい、辞めたばかりの女の子が協力者として確保できたのが大きく──

彼女の供述に基づいて、店舗の稼動《かどう》実態とサービスの実態を視察で詰めて、ようやく充分な疎明資料が獲《え》られたので、ガサ札を獲《と》って関連二店舗に討ち入りました。それが、そうですね──〈五日市小学校通り魔事件〉の前々日、午後八時頃のことです」

「といって――私刑事上がりだから生安には疎《うと》いけど――普通、即《そく》身柄事件にはしないんじゃないかしら？　というのも、帳簿だのハードディスクだのを解析して、経営実態を解明する必要があるから。そうしたブツの解析だけでも、五日市警察署の体制だと、そうね――一箇月を要しても不思議じゃないわ」

「まさしく佐々木部長のおっしゃるとおりなんですけど」八橋警部は軽く舌を出した。「店舗のガサに立ち会った経営者、これマル暴なんですけど、マヌケにもウチの若い女の子に唾《つば》を吐きかけましたんで――」

「ああ、成程《なるほど》」

「――事件の組立て上微妙に迷ったんですけど、即、公妨《コウボウ》で身柄を獲《と》ることに決めました。どのみち経営者の自宅もガサする予定でしたし、刑事課の古株課長からは『暴力団事件としても伸ばしたい』っていう希望があったもんですから、このまま他の関連箇所の波状ガサに移るつもりで、身柄を獲りつつ新たな令状請求準備をと――それで徹夜になりました。

　いえ徹夜どころか、問題の、五日市市役所からの電話があったときも、もう課員全員が出払っているような在り様《さま》で。残っていたのは、指揮官の私だけ」

「成程ね――結局、そっちの違法性風俗事件っていうか、マル暴事件の方は今どうなの？」

「警察本部の保安課の方で人出しをしてくれて、ぶっちゃけ今しばらくは――署として、は恥ずかしいんですけど——警察本部にお任せ状態です。

というのも、言うまでもないですが、当署に〈五日市小学校通り魔事件〉の捜本が立ってしまったので。となれば、警察署のどの課にも最大動員がかかります」

「それで、あなた自身も——つい先刻まで——捜本の方に召し上げられていたと」

「そういうことです、佐々木部長」

「それにしても」由香里は笑った。「着任早々違法風俗にカチコミ掛けようとか、現場ですぐさまマル暴を身柄にするとか、相変わらず我武者羅《がむしゃら》な仕事っぷりね？」

「正直、管理部門でお役人やっているよりは、一線署で暴れている方が警察官らしいですから——元刑事の血が騒ぎがちな佐々木部長には、ホント申し訳ないんですけど」

「話を聴くかぎり、あなたの対応に問題はなかったと思えるけど……

　唯一、問題があるとすれば」

「直接、所管の駐在所なんかに絡《ラク》を入れてしまったことですね。徹夜明けで、頭がボケていたのかも知れません。せめて、同格の地域課長に伝えたり、上官の副署長にお伝えしたりしていれば、組織としての判断も違ってきた可能性があります」

「あなたは、五日市駐在所の津村警部補のこと、知っていたの？」

「いえ全然。お恥ずかしいことですが、着任してまだ二箇月弱ですから。

新聞でこの問題が爆《は》ぜてから、署内で諸々《もろもろ》話を聞くに、『ああ、知っていたら絶対に任せはしなかったのに……』と反省することしきりですが、それこそ後の祭りです」

「それほど評判の悪い人？」

「私の責任逃れに聞こえては女が廃《すた》りますが、とにかく、名うての不良《ゴンゾウ》とか。

　警部補なんだから大丈夫だろう、と思った私の判断ミスです」

「我が社では警部補はホント、ピンキリだものね……」由香里はこの話題を切り上げようとした。「……大体のところは解ったわ、響子。いずれにせよ、津村警部補が意識を回復しないことには、『市役所からの連絡を握り潰《つぶ》した』なる警察不祥事の解明はできないし、しかも、どうやら意識が回復するまでにはまだ暇《いとま》があるよう。

　そして実は、私がお忍びで五日市署に――響子のところに来たのは、その警察不祥事への対処なんかが目的じゃないし」

「えっ、そうなんですか？

　けれどそれ以外に、監察業務をお持ちの警務部長が、いったい何をしに……」

「それこそ元刑事の血が騒ぐのよ――

　響子、私のモットーを覚えている？」

「……すべて不可解なことには、理由がある」

「そのとおり。

　そしてこの〈五日市小学校通り魔事件〉には、特大級に不可解なことがある」

「……私には、そうまさに先刻まで捜本にいた私にも、いったい何の事やら全然解りませんが――ひょっとして佐々木部長は、御自《おんみずか》らその『特大級に不可解なこと』を捜査するおつもりですか？」

「まさしく。

というのも、私の知る限り、誰もそれを突き詰めて考えようとはしていないから――

それが故意か過失かは、まだ解らないと言うべきだけどね」

「刑事部長を長とする捜本が立っている今現在、警務部長が捜査に干渉なさるのは、その……それこそ特大級の不祥事というか、縄張り荒らしというか。刑事部長はもちろん、捜査一課の面々もまさか黙ってはいませんよ？」

「だから響子、あなたといろいろ検討しようと思って。

その許可なら刑事部長から頂戴しているし、あなたはちょうど捜本を外されたところよね？」

「ははあ。

梯子《はしご》を外された私を梃子《てこ》に、またよからぬことを謀《たくら》まれたんですね？」

「さすがに五日市署に協力者がいないと、どんな内偵捜査も進められないものね。

さてこれから時間ある？」

「幸か不幸か、あります。

捜本からは外されましたし、違法性風俗の事件も一朝一夕《いっちょういっせき》を争いません」

「車出せる？」

「ウチの課のミニパトが使えます」

「じゃあ早速、現場を踏みにゆきましょう」

「……佐々木部長。ひとつお願いがあるのですが」

「何？」

「私の出動服に、着換えていただけませんか？

幾ら何でも、そのスーツ姿にマスクひとつ無しでは、誰が気付くとも限りませんから」

「それもそっか」由香里はさっそく上着を脱ぎ始めた。「出動服なんて、年頭査閲《さえつ》以来ね」

五日市小学校・校庭

五日市小学校の正門前には、メディアが腐るほどいた。

また、正門のたもとには、ささやかな献花台が置かれ、花束その他が山盛りになっている。八橋警部の運転するミニパトは、もちろん正門前のコースを避け、教職員用の通用門へ向かった。それはそうだ。新聞で叩かれている問題の生安課長と、監察担当の部下殺し警務部長。堂々と正門から入っていったら、それこそ被疑者として揉《も》みくちゃにされかねない……

もちろん、ふたりのミニパトは、目指す通用門でも、制服警察官に誰何《すいか》された。

「すみません、どちらの所属の……あっ生安課長」

「お疲れ様」八橋警部は窓を開け、制服警察官に答礼した。「特命で。通るわ」

「お疲れ様です」

──八橋警部は教職員用の駐車場にミニパトを駐《と》めた。

といって、今日は臨時休校日。駐車されているほとんどの車は、捜査車両だ。

ふたりはミニパトを降りると、むしろ由香里のイニシアティヴで、通り魔事件の現場へと向かった。メディア対策か、規制線が何箇所も、また何重にも張られている。由香里独りだったなら、最初の一本すら通過させてはもらえなかったろう……キャリアは珍獣だ。由香里の顔など識別できる実働警察官は、幸か不幸か、まずいない。

由香里はそのまま小学校のグラウンドに出た。またそのまま、問題の『待機場所』に向かう。そう、体育館と校舎に挟まれた狭隘《きょうあい》な『待機場所』──事件当時、小学三年生の児童たちが出番待ちをしていた犯行現場だ。ここは依然、厳重な規制線とブルーシートで蔽《おお》われているほか、二日目となる検証を行っている捜査員であふれている。むろん、東京からの渡り鳥である由香里がこの小学校に来るのも、だから実際に現場を踏むのも初めてだ。

（……機動隊の出動服姿に着換えた捜査員たち。そして鑑識の作業服姿。懐かしいわ）

ブルーシートを越えた由香里たちを誰何《すいか》する者はいない。誰もが自分の仕事に没頭している。由香里はむしろそれに安堵《あんど》して、八橋警部に質問を始めた。

「ねえ響子。現場の状況とか、説明できる？」

「はい佐々木部長、ある程度は」八橋警部は確乎《しっか》と頷《うなず》いた。「重ねて、つい先刻までは捜本に召し上げられていましたから」

「ならまず――通り魔の現場となったこの待機場所だけど、防犯カメラの設置は？」

「残念ながら、ありません」

「一台も？」

「一台もです。

　もちろん昨今の緊急課題――『子供の安全対策』のため、校舎の内外を問わず多数の防犯カメラが設置されてはいるのですが、如何《いかん》せん、ここは。

　児童が頻繁《ひんぱん》に通る場所でも、まさか授業で使う場所でもありませんので」

「とすると、犯行そのものを録画した防犯カメラは無い？」

「ありません、佐々木部長」

「だけどイベントは『運動会《かいむ》』よね？

　たとえ防犯カメラが皆無だとしても、保護者があちこち撮影していたということは、だから偶然ここが撮影されていたということは、ナチュラルに想定できるんだけど？」

「結論から申し上げると、ここを、当該時刻、撮影していた保護者はいません。正確に言えば、ここを、当該時刻、撮影していたビデオカメラ、スマホ等はありません」

「……また断言するわね？」

「それはもう。

というのも、その動画こそ、捜本垂涎《すいぜん》の的《まと》ですから……被疑者が死んでしまった以上、その行動を客観的に証明できるのは、防カメ映像の類《たぐい》しかありませんものね。もちろんこの場合は、保護者が撮影していた動画の類を含みますが、しかし……」

「しかし？」

「捜本は全ての保護者・来賓に呼びかけて、当日撮影していた動画の提出を求めました。といって、まさか全てを差し押さえる訳にもゆきませんでしたから、提出してもらったその場その場において、もろ人海戦術で確認をしたのです。もちろん徹底的に、鵜《う》の目《め》鷹《たか》の目《め》で。そして執拗《しつよう》に確認したその結果――

そもそも当該時刻、この場所を撮影していた者は零人《ゼロ》だったんです」

「えっ、ただのひとりも？」

「いえ警務部長、無理もありませんよ。

ここはいわば舞台裏・舞台袖《そで》。関係者以外立入禁止の措置さえ講じてありました。そもそも児童・教師以外が出入《しゅつにゅう》できるエリアではないんです。それに保護者からすれば、ここからグラウンドの入場門に駆けてくる子供が撮れればよいわけで、何も舞台袖に侵入して、何もしていない子供を撮影する理由がありません。もちろん、ズームアップでここを撮影した機器はないかどうかも執拗《しつよう》に確認されました。そして結局、それすらも無い……というかそれすら不可能だったことが判明したんです」

「何故、『拡大』とか『望遠』とかで撮影するのが不可能だったの？」

「保護者が立ち入れる場所からだと、どうしても撮影するとき、来賓テントに妨害されてしまうんです。言い換えれば、来賓テントに妨害されることなしに、犯行現場を撮影できた機器はありません——物理的に、位置的に、角度的に。それは何度も何度も検討・確認されました」

「成程《なるほど》」由香里は頷いた。「犯行現場を撮影していた機器は、それが防カメであろうと保護者のビデオ・スマホであろうと、一切存在しないと」

「残念ながら、そういうことになります。

　ちなみに私、署の生安課長なんで、学校における『子供の安全対策』の主管課長になります。ですので、この五日市小学校の防犯診断もしました。もちろん事件発生前ですけど。そのとき、ウチの署で活躍してもらっている〈少年警察ボランティア〉の方と、その……『確かにここは穴場になるなあ』なんて話もしたんですが……何分《なにぶん》学校のいちばん奥ですし、普段児童が使う場所でもありませんし、そもそも不審者を学校に入れないことが先決ですし。そんなこんなで、ここに防カメが必要だなんて、冬木さんも私も口《くち》の端《は》にすら出しませんでした」

「ええと、その『冬木さん』というのが——」

「——ああ失礼しました佐々木部長。五日市署の〈少年警察ボランティア〉の方です。六十二歳でリタイアされてから三年間ずっと、我が署のボラとして御活躍いただいています」

「……そして響子とその冬木さんが見るに、穴場は穴場だったと。

なら被疑者は、伊勢鉄雄は、ここが防カメの死角だと知っていたのかしら？」

「うーん……それは無いと思います。

というのも、被疑者、自分の犯行を隠す意図が全く無かったそうですから。実際、自ら市役所の障がい者福祉課にもアクセスしていますし、自ら一一〇番通報さえ入れていますし……そして、極め付きは」

「そう、最後には自決。要は、何も隠し立てする気はなかった」

「そういうことになります」

「なら、犯行現場も犯行状況も撮影されていなかったのは――」

「――偶然でしょう。

そもそもここの事前調査はできません。調査する気もなかったはず」

「といって、被疑者が学校に入ってくる様子は撮影されているのよね？」

「はい佐々木部長、それは当然です。当日、学校に入ってくることのできる動線は一本のみ。正門から入って、受付テントに行くルートだけ。そして正門なりその周囲なりとなれば、当然、防犯カメラの射程内です。実際、午前八時二〇分頃、伊勢鉄雄が正門をくぐって受付テントに入る状況が撮影されています。その後、保護者の人波に紛《まぎ》れていく状況も」

「その後の足取り――犯行前のいわゆる前足《マエアシ》は？」

「学校の防カメと、保護者多数から任意提出を受けたビデオ等で現在、鋭意確認中です。時間が時間、量が量なので、確認にはもう少し時間が掛かると思います」

「あと、伊勢鉄雄が受付テントに入る状況が撮影されていた——という話だけど、その後の行動からして、当然そこで追い返されるなんてことにはなっていない。

　ということは、身分証の呈示なり受付手続なりはスムーズに進んだということ？」

「そうなります。

　被疑者は偽の保護者証と、なんといいますか——それを入れるパスケース及び紐《ひも》を用意していました。といっても、地域住民なら見慣れているものですから、それらしいものを準備することは、全然難しくはなかったでしょう」

「どんなデザインなの？」

「保護者証は若草色の紙。パスケースの紐《ひも》はオレンジ」

「何故、それらしいものを準備するのが難しくないの？」

「似たようなデザインのものを、民間のボランティアの方々が、登下校時の見守り等で使っておられますから。それに、当日朝は学校へ押し掛ける保護者の人波が道々にわんさか。『だいたいこんなようなデザインだな』と理解するのに、数秒を要しないでしょう——

　もし、伊勢鉄雄が犯行前にも学校周辺を下見をしていたとするなら、なおさらです」

「結果として、受付テントでの審査にもパスしているしね。

聞くところだと、クラスごとの名簿の、自分の子供欄に名前を書き入れなければならなかったそうだけど？　当然、伊勢鉄雄に子供はいないわよね？」

「任意提出されたその名簿を調べたら、全く他人の親の隣に、その親と姓だけ合わせて、被疑者の名が記載されていたそうです」

「年齢的にいって、親戚を偽装したと——受付テントの人は怪しまなかったのかしら？」

「受付に当たったPTAの主婦によれば、とてもそこまで確認する余裕はなかったと。午前八時二〇分といえば、運動会が始まる直前。来校する人波もひときわ大きかった頃合い。正直、ひとりひとりしっかりチェックをしている暇《いとま》がなかったと」

「伊勢鉄雄は、いちばん混雑しているタイミングを狙って学校に入ったのかもね」

「その可能性は大きいですね」

「で、その後の足取りの問題は、動画精査班の努力に期待するとして——

問題の、午前一一時〇五分。

伊勢鉄雄は犯行を開始した。現場の録画は無い。

すると、私の疑問は——

現場で何が起こったか。要は、誰がどのように襲われてどのようにお亡くなりになったか。あるいは、そうしたことが何故判明したか——なんだけど？」

「犯行状況が、どう立証されたかということですね。

その根拠のひとつには、三年生児童たちの供述があります」

「……うーん、充分に録取《ろくしゅ》できたとは思えないわ」

「それは御指摘のとおりです。いきなりの襲撃、いきなりの凶行で、ひたすら逃げ惑っていましたから……

ただ、どうにか録取できた供述によれば……最初に刺されたのは千賀という男性教師、これには間違いがありません。混乱の中でも、三年生児童たちはそれを見ています。これは混乱が始まる前、少なくとも混乱が始まった瞬間のことですから、証言の信用性は高い」

「成程《なるほど》」由香里はわずかに瞑目《めいもく》し、考えを整理した。「それから？」

「次に刺されたのは山崎という女性教師、その次に刺されたのは小川という女性教師。これも証言の大多数が一致するところです。とはいえ、既に『二番目は誰だったのか？』というあたりから、児童の証言が乱れ始めるのは事実――もう逃げ惑っていましたから」

「それもそうね」

「ですので、どうにか現場に駆けつけることができた冬木さんの証言がなければ、防カメもないことですし、犯行の全容解明は難しかったでしょう」

「冬木さん……ああ確かさっきの、五日市署の〈少年警察ボランティア〉の人ね？」

「はい警務部長。

その冬木さんは、もちろん学校の重要行事の日ですから、事件当日も五日市小にいました。そして午前一一時〇五分頃――要は騒ぎが始まった頃――急いで現場に駆けつけようとしたのです。ところが現場の周囲は、逃げ惑う児童とパニックに陥った保護者とで混乱の極みといいますか――人の濁流《だくりゅう》ができてしまっていた。冬木さんはその濁流に叛《さか》らって、現場へ現場へ、人波を掻《か》き分けて行かなければならなかった。

だからとうとう、犯行が終わるまで……被疑者が拳銃自殺をするまで現場へは近寄れなかったのですが、現場の様子を、人の濁流越しに垣間《かいま》見ることはできた。問題の、津村警部補が銃撃される状況も、被疑者が拳銃を口に咥《くわ》える状況もしっかり目撃できた。

いいえ、そればかりか、かなりの距離を置いてではありますが、『犯行の一部始終』を目撃することとさえできた――『もし雑踏が激しく動いていなかったなら、犯行を止めることとさえできたかも知れないのに』と激しく悔やんでおられましたが……」

「へえ……要は、三年生児童を除けば、唯一、その冬木さんだけが『犯行の一部始終』を目撃した」

「そうなります」

「やはり、最初に襲撃されたのは千賀という男性教師？」

「冬木さんの供述調書によれば、そうです。以下同じ前提で、次に襲撃されたのは山崎という女性教師、その次に襲撃されたのは小川という女性教師――」

「それは児童たちの目撃証言と一緒ね」

「そうなります。ゆえに、冬木さんの目撃証言の信用性もまた高いかと」

「了解。続けて」

「──その次に襲撃されたのが中畑という保護者、これいわゆるSEさんなんですが、新聞にも載っていたとおり三十七歳の男性。これで現場にいた大人は──津村警部補を除いて──無力化されてしまったので、被疑者の凶刃《きょうじん》は、いよいよ児童たちに向きました。

　このあたりになると、トータル二〇秒未満での犯行ということもあり、児童それぞれの識別が付きにくいこともあり、また、かなりの距離があることもあって、冬木さんの目撃証言も曖昧《あいまい》になってゆきますが……いずれにせよ、逃げ損ねた児童十数人が襲撃され、遠目にも事切《ことき》れてしまった子が何人かいるのが見えたそうです。

　そして、犯行現場で動く者がいなくなると、いよいよ津村警部補の喉《のど》に包丁を当て、あの無線演説をぶちかましてから」由香里は首を傾げた。「拳銃を使用したと」

「そうなります」

「……駄目押しの確認だけど、児童たちと冬木さん以外に、犯行現場を目撃した者は？」

「皆無《かいむ》です」

「それもそうね。でないと面妖《おか》しいわ。道理に合わない……」

　そして捜本による全ての記者発表は、児童たちと冬木さんの目撃証言に基づいている

「そうです。それが今朝の、朝刊の記事にもなりました。まあＴＶも大騒ぎですが」

「……響子、私の疑問の一部は解消されたわ。あと」

由香里は脳内のメモをめくるように頷いた。そしていった。

「現場における遺留物《いりゅうぶつ》は？」

「被疑者についていえば、柳刃包丁二本」

「所持品は？」

「黒色リュックサックに、両手に構えていた柳刃包丁がやはり二本。ですので合計四本、準備していたことになりますね。あと、眼鏡。これは、襲撃当初は所持品というより着衣……我々でいう装備品だったんですが、児童たちと冬木さんの目撃証言によれば、最初の犠牲者である千賀先生の抵抗を受け、ぎゅっと摑《つか》まれて地面に墜《お》とされたそうなんです」

「というと、こう――鷲摑《わしづか》みのような感じで？」

「はい、千賀先生がガシッと握って、バッと奪った感じで。といって、その段階では瀕《ひん》死《し》だったとのことですから、ほとんど無意識の行動だったと思われますが」

「該《ガイ》眼鏡は領置《りょうち》されているの？」

「はい既に。捜本で鑑識作業をしていたはずです」

「伊勢鉄雄の眼鏡を？」

「はい」

「……引き続き遺留物についてだけど、他の凶器は？」

「存在しません。柳刃包丁二本で全てです。少なくとも、現場には存在しませんでした」

「該《ガイ》包丁の出所、もう割れている？」

「捜本が徹夜で記録《ジャーナル》を洗っています。そして、伊勢鉄雄に犯行を隠す気も逃走する気もなかったことを考えれば、そろそろ購入履歴が割れてもよい頃かと」

「確かに。あと現場の足跡《そくせき》関係は？」

「御覧のとおり、夜を徹して検証を進めていますが……

　地面も乾いていましたし、三年生一学年分の児童が逃げ回った後ですから、有意な足《ゲ》跡《コン》が採れるとは思えません。といって、被疑者は判明していますし、その行動《ゲツコン》はほぼ解明されていますし、まして被疑者は死んでいますから、あまり本人の足跡に執拗《こだわ》る必要はないかと思いますが……」

　由香里は何かを言い掛けるように唇をむずむずさせたが、自制した感じで唇を閉じた。そしてそれを誤魔化《ごまか》すように訊いた。

「柳刃包丁の出所、そして眼鏡の鑑識結果には興味があるわ」

「……どのようなお考えがあるのか私には解りませんが、それでしたら署に帰り、捜本に顔を出してみるのがよいでしょう。そのときはもちろん、そうですね……『隣接警察署からの応援巡査部長』あたりの役所《やくどころ》で演技していただけると、とても嬉しいんですけど」

「そうするとこれ、出動服の階級章《ワッペン》も変えないといけないわね」

「それは御心配なく。今お召しの出動服の胸ポケットの中に、私の古い奴があります、お着けください――ああ、そういえば」

「ん？」

「胸ポケットの中で思い出したんですけど、側溝《そっこう》の中に、遺留物と思《おぼ》しきものがひとつ」

「側溝？　側溝っていうと、まさにこの、体育館の脇を流れる側溝？」

「はいそうです。といって、ここ何日も晴れているんで、水気は全く無いですけど。

そこに、文庫本が一冊、落ちていたというか入り込んでいたんです。

雑踏に蹴《け》り入れられたのか、側溝の上の銀の柵《さく》、その狭間《はざま》から中に落ちていました」

「もちろん、この現場付近の側溝よね？」

「はい。現場にいた誰が落としたと考えても矛盾無いくらい、現場付近です」

「といって、三年生児童は運動会の最中。しかもここは次の競技待ちのスペース。三年生児童が落としたとは考え難《にく》いわね。まさか競技前に、文庫本なんて持ち出さないでしょう？」

「それをいったら、鉢巻きに体操着姿の教師もそうなんですけどね」

「とすると、憶測にはなるけど……」

「……伊勢鉄雄が落とした、のかも」

「それっていったい、どんな文庫本なの？」

「それはですね、もう捜本が現物を引き上げてしまっているんで、正確なところはちょっと……

ええと、確か……そうだ、『高村光太郎詩集』です。何度か言いましたが、その文庫本です。捜本に行けば、きっと現物を見られますよ」

「それじゃあPSに転進しましょう。他にも包丁、眼鏡と、気懸《きが》かりな物件はあるから」

五日市警察署・プレハブ脇

由香里と八橋警部は、五日市警察署の正門から、その駐車場に乗り付けた。

八橋警部が、一線署の新鋭管理職らしいキビキビした動きで降車する。由香里はそれを微笑ましく思いながら彼女に続き、PS裏手の駐車場の地を踏んだ。

そのまま警察署本庁舎へ入ろうとする八橋警部。しかし――

「あっ楡《にれ》さん」

「……響子か」

五日市警察署の、本庁舎とプレハブ庁舎の狭間《はざま》。工事現場のように、適当に建てられたプレハブ庁舎のその片隅に、ある種の社交場があった。改正健康増進法の施行に伴い、七月には絶滅することが確定している社交場――いわゆる喫煙所である。ただ『喫煙所』とはいっても、プレハブ庁舎の陰にポツンと、うらぶれた直方体の灰皿がひとつ立っているだけ。実にうら寂しいスペースだ。

そこに、どちらかといえば小柄な、白髪《しらが》もかなり薄くなり始めている老人がひとり立っていた。

スーツ姿……というより『背広姿』だ。八橋警部の言葉からして、楡《にれ》、という警察官らしい。ただ由香里は、その、一見街頭に溶け込んでしまいそうな平凡な様子の老人から、剃刀《かみそり》のようなプレッシャーを……言葉を選ばなければ極道の親分のような圧《アツ》を感じていた。相手が牧歌的に紫煙《しえん》を燻《くゆ》らせているのに、である。

「ちょうどよかった。楡刑事課長、今ちょっとだけお時間、よいでしょうか？」

「時間も何も、見てのとおりだ、俺は構わねえよ……そちらのお嬢さんは？」

「隣接署から応援に来ている私の教え子で、佐々木といいます」

「佐々木です」出動服姿の由香里はビシッと頭を下げた。「よろしくお願いします」

ここで、楡、と呼ばれた老警察官は煙草を吸う手を止め、何かを思い出すような仕草をしながら由香里を見た。その猟犬のような瞳が、獲物をスキャンするように光る。

——ただそれは数瞬、いや一瞬のことだった。

すぐに楡は由香里などに興味をなくした風情《ふぜい》で、ピースをゆっくり吹かし始める——

「佐々木」八橋警部は先輩女警めかした演技でいった。「こちらは当署の楡刑事課長。というより、私が某《ぼう》署の捜査員になったとき、長いこと指導部長を務めていただいた方」

「昔々の話だな」楡は態度だけで苦笑した。「もう十年以上も前の、黴《かび》だらけの昔話だ」

「まさか、また一緒の署で働けるとは」

「俺の娘みたいな歳した奴が、もう警部で課長とはな……俺も老け込むわけだ」

（響子は、この署の生活安全課長）由香里は思った。（この楡さんは、同じく刑事課長。職制上は同格だが……警察文化としてまさか対等ではあり得ない。教官と生徒の関係性。指導巡査部長と巡査の関係性。警察では、それらは一生モノだから）

由香里は若き日のことを思い出した。まだまだ若いつもりだが、考えてみればもう二十年も昔になる。由香里はひとりの刑事として、ある警察署の刑事課に——刑事部屋に勤めていた。指導係長も恐かったが、刑事課長はもっともっと恐かった。そもそも署の刑事課というのは、新任巡査だろうが他課の警部だろうが、入らないですむなら絶対に入りたくはない暴力団事務所のようなもの。由香里は楡警部の飄々《ひょうひょう》とした恐ろしさに、ひとりの見習い刑事に戻ったような錯覚すら覚えた。

「それで響子」楡警部がポツリという。「俺に何の用だ？」

「実は、他に訊ける方もいないんで訊いちゃうんですけど……

〈五日市小学校通り魔事件〉の、見分《ケンブン》というか検証。楡さんのところで持ってますよね？」

「……お前、他人の仕事にかかずらってる余裕あるのか。例のホラ、何だ、まあその、アレで大変だっていうじゃねえか。ホラ、市役所からの通報が云々《うんぬん》って奴」

「お耳が早いですね。でも、お気遣い有難うございます……

ちょっと優しくなりました？」

「バカ言え。伊達《だて》にこの規模の署で刑事課長やってねえからな。くだらん噂《うわさ》はすぐ耳に入ってくる——それだけだ。

ただな、八橋。

お前は三十七歳で警部になった、この県のエースだろうが。俺はもうすぐ上がりだが、俺の教え子が筆頭署長になった、刑事部長になったってえのは老後の自慢話にならあな。それが、こんなチンケな署の課長時代にミソを付けて、刑事部長にまで睨《にら》まれるってえのはよくねえぜ。俺はお前が刑事部長になったとき、お前の刑事部長室で茶と茶菓子と、できるなら焼酎《しょうちゅう》をせびるのを楽しみにしているんだからよ。あんまり老人を寂しがらせてくれるな」

「……申し訳ありません楡さん。そこまで御心配いただいて」

「警察ってなあ妬《ねた》み嫉《そね》みで動いているような役所だからな。とりわけお前みたいな若手警部の足を引っ張ろうって手合いはウジャウジャいる。ま、お前のことだから、あの駐在所の津村先輩のこと、よく知らずに地雷を踏んじまっただけだろうが……実態把握は警察の基本のキの字。手前んとこのおまわりさんよく知らねえで、真っ当な仕事はできねえよ」

「御言葉、肝《きも》に銘じて」

「バカそんなに畏《かしこ》まるな。所詮《しょせん》は茶飲み話……いや煙草話だ。あと五分もすれば霞《かすみ》と消える。老人の説教なんてそんなもんだし、そんなもんでいいんだ。匂いさえ残ればな。

——それで何だったたっけ？　通り魔の見分《ケンブン》？」

「そうです楡さん。確かマル被の着衣とかの実況見分、刑事課の方でやっていたと思うんですが」

「ああ、それなら今俺が片付けてきた」

「えっ、課長御自身がですか⁉　でも巡査長《カンドリ》の仕事ですよね⁉」

「防カメ捜査に、マル被宅のガサに、縁故。刑事課は空っぽ。人手がねえんだよ……といって、捜本の仕切りで、『マル害関係は警察本部の方があらかた片付けてくれる』とまで言うんだから、まさか文句も言えねえやな」

「――す、すみませんお話に割り込んで」由香里はあわてていった。「被害者関係の捜査は、警察本部の方が全て引き受けると、警察本部はそう言っているんですか？」

「ああそうだよ嬢ちゃん。

マル被は今んとこ一本。しかも死んでいる。他方で、マル害は今んとこ十九人。やることは腐るほどある――そう考えれば、大して規模の大きくない五日市署への、警察本部の恩情だろうよ」

（しかし、どう考えても役割分担がおかしい）由香里は訝《いぶか》しんだ。（捜査本部とは、発生警察署の責任で立てるものだ。その発生警察署に、死亡した被疑者の捜査しか委《ゆだ》ねないとは……確かに被害者関係の方こそ『やることは腐るほどある』のに……著しく疑問が残る）

警察署の刑事らに、被害者関係にはタッチさせたくない理由があるのか？

その疑問は、由香里が今朝から抱いている疑問を、更に深めることになったが――

(いずれにせよ、そのような強引な捜査指揮ができるのは、刑事部長だけだ)

――思わず考え込んでしまった由香里をフォローしながら、八橋警部が会話を続ける。

「ええと、それで楡さん。

そのマル被の着衣とかの見分で、ちょっと教えて頂きたいことがあるんですが――」

「そりゃ構わねえが、その分煙草を吸い貯めしておくから、俺がサボってたなんて副署長に告げ口してくれるなよ?」

「それはもちろん――ええと、それでっと」

「――まず、マル被が使った『保護者証』なんですが」由香里が訊いた。「若草色の紙に、パスケースに、オレンジの紐。これは間違いないでしょうか?」

「ああ間違いねえ。といって、オレンジの紐は返り血でどす黒くなってはいたけどな」

「でも、全部がどす黒かった訳ではないですよね?」

「当然だ。蛍光色っぽいオレンジの部分は残っている。そのオレンジと、黒の斑《まだら》だ」

「あとマル被の靴は、どんな感じの――」

「――黒いスニーカーだ」

「汚れはどうでしたか?」

「やっぱり返り血がドロドロ付いていたな。あとはそれに、運動会らしい土埃《つちぼこり》がくっついていた――まあ、マル被派手に暴れたからだろうなあ、黒いスニーカーは全体的に

『黄の灰を被《かぶ》せたような』感じになっていたっけ。要は、細かい砂で黒色が薄く見えるほどだった」

「それ以外の汚れは？」

「……っていうと？」

「血と土埃以外の、特異な附着物はあったのでしょうか？」

「無え。

嬢ちゃんが俺の見分を信頼してくれるってんなら、断言する——そんなものは無かった」

「ありがとうございます、楡課長。

引き続き根掘り葉掘りで申し訳ありませんが……」

「……いやそれは刑事にとって大事な資質だ。あんたが刑事なら、だがな」

「マル被は、柳刃包丁を合計四本所持していましたね？」

「ああ。そしてうち二本を、二刀流で使っていた。それは柳刃包丁を見れば一目瞭然《いちもくりょうぜん》だ。合計四本の柳刃包丁、そのうち二本に血が附着していたし、そのいずれにも新しい刃毀《はこぼ》れがあったからな」

「その柳刃包丁で、例えば、最初のマル害——千賀敦さんを襲撃した」

「おっと、それは俺には断言できねえよ。

というのも、マル害関係の捜査は、それが実況見分であろうと検証であろうと解剖であろうと、さっきいったように全部警察本部が引き上げちまっているからな。本来なら、ウチで死体の検証と解剖をやって創傷《ソウショウ》の様子と突き合わせるんだが……死体は警察本部が持っていっちまった。だから、その千賀さんにしろ誰にしろ、凶器がどう入って何を傷つけて何故死んだか——そういったことは俺には断言できねえ。できるとしたら警察本部だ」

「成程《なるほど》」由香里は質問を続ける。「その柳刃包丁の出所は、もう——」

「——ああ解明した。

合計四本のうち、二本は元々自宅にあった奴。というのも、同じメーカーの同じブランドの包丁が並んでいるうち、その二本だけが自宅から消えているからだ。またその二本の使用感からして、少なくともここ十年は、実際の用途に用いられていたと考えて全く矛盾が無い。これはガチだ」

「すると残りの二本は？」

「そっちは新品っぽかったし、自宅から持ち出された痕跡《こんせき》もなかったから、防カメ捜査でマル被のここ二週間の立ち回り先を洗った。ビンゴだ。五日市駅前商店街のホームセンターで、運動会の二日前の月曜昼——正確には午後一時二〇分に購入されている」

「購入したのは、もちろん」

「マル被本人だ。その防カメ動画も記録《ジャーナル》もある」

「他に購入した凶器はありましたか？」

「無え。柳刃包丁二本のみ、しかも自宅にあった奴と同メーカー、同ブランドの奴のみだ」

「マル被が他の店舗で他の凶器を購入したということは――」

「――ここ二週間についていえば、無えな。

それ以前については断言しかねるが……といって、他の凶器なんて実際には使用されていないんだし、マル被はそもそも十年以上の引きこもりだ。いちおう交通系ICカード等も洗ったが、そんなもの、野郎さんそもそも作成・所持していないときた。念為《ねんため》で五日市駅と主要バス停の防カメも洗ったが――マル被が五日市警察署管内から外に出た形跡は無え。クレジットカード等の使用歴も無え。通り魔をやらかしたとき奴が持っていた現金は、『二つ折り財布の中の五千円札一枚のみ』で小銭は一切無え。もちろんレシートの類《たぐい》も入ってねえ。これらを要するに」

「マル被が用意した凶器は柳刃包丁四本で、かつ、柳刃包丁四本のみ」

「だろうな。そもそも二刀流をやろうと思えばそうなるだろうしな。

あるいは、もう二本買い足して六本にするか。どのみち偶数倍にするだろう――

いずれにせよ、現実には、マル被が柳刃包丁以外の凶器を準備した形跡は全く無えよ」

「ありがとうございます、検課長」由香里はしかし執拗《しつよう》に訊く。「あと、そのマル被の顔ですが――いえ髪でもいいんですが、概略どんな感じだったんでしょう？　余所《よそ》行きの感じでしたか？　それとも、何と言うか引きこもりらしく、こう、ボサボサというか

「……」

「いや、マル被の検証には俺も加わったが、ボサボサなんて感じじゃなかったな。というより、こざっぱりしていたよ。頰《ほお》も顎《あご》も口元も、一世一代の舞台のつもりだったのかなあ、剃刀《かみそり》をキチンと当てていたし、だからみっともない無精髭《ぶしょうひげ》なんてものはなかった。髪や襟足《えりあし》は若干ボサついてはいたが――ある程度自分で切ったんだろうか――遠目にはかなり普通に見えたな。また近目に見ても、そりゃ素人感あふれるものだったが、それほど違和感はなかった。よほど丁寧に切ったんだろうな」

「と、いうことは」由香里は言葉を継いだ。「他人の目を気にしていた――ということでしょうか？」

「内心のことまでは解らんが……」楡警部は紫煙を吐いた。「……俺の、刑事人生三十ウン年からくる勘、としていえば」

「勘としていえば？」

「ありゃ、おめかしだな。まさかデートじゃなかろうが、『大事な相手との約束がある』『大事な相手とのイベントがある』――そんな感じの身嗜《みだしな》みだ。といって、十年来の引きこもりだから、そりゃ見映えの限界はあるが。ただ裏から言えば、そんな生活の中でようやく見つけた『張り合い』『生き甲斐《がい》』を感じさせる、そんな身嗜みだったよ

……

それが、『九人殺しの通り魔のため』だったとしたら。

まあ、その、なんだ……もう少しマル被も世ん中もどうにかならんかったもんかなあ、と絶望させられるがな」

「あと、マル被は眼鏡《ガンキヨウ》使用とのことですが――」

「――ああそのとおりだ」

「眼鏡《めがね》に何か異常はありませんでしたか？」

「異常……？

いや特段の異常はない。そりゃ血飛沫《ちしぶき》を染《あ》びていたし、だからそれを拭《ぬぐ》った痕跡もあったが……血はべっとり付いた訳じゃねえ。霧吹きみたいに飛んだんだ。だからマル被も、それをサッと拭って犯行を着々と続けた。こうなる。もちろん割れても欠けてもいない。

――何だか見てきた様なことを喋って悪いが、それくらいのことは鑑識作業の初歩の初歩だからな。だから、マル被がいよいよ自分の脳味噌《のうみそ》を拳銃で吹っ飛ばしたとき、まだマル被は自分の眼鏡を掛けていた。それがとうとう外れたのは、俺たちがマル被の死体の検証を始めたそのときだ。もちろん眼鏡そのものの見分もした。付着していたのは血飛沫と、マル被の指紋そして掌紋の一部でそれだけだ」

「それ以外には？」

「眼鏡にか？　あとは……土埃《つちぼこり》くらいのもんだ」

「マル被は予備の眼鏡を所持していましたか？」

話《ばなし》、一度も聞いたことが無ぇ」

「あと檢課長申し訳ありません、これはマル被のことではなく、マル害のことなんですが、だから檢課長に訊くのは筋違いかも知れませんが――

マル害のひとりに、そう成年マル害のひとりに『中畑勇さん』という方がおられるのですが、檢課長は御記憶でしょうか？」

「新手《あらて》の昇任試験か何かかい？」檢警部はハッ、と紫煙《しえん》を勢いよく吐いた。「悪いが、俺はまだ嬢ちゃんみたいな駆け出しに面接試験されるほど耄碌《もうろく》しちゃいねえぜ――中畑勇三十七歳、なんちゃらエンジニア、教師以外で殺害された唯一の成年マル害だ」

「――試すようなことを申し上げて失礼しました。

ひょっとしてなんですが、檢課長は、その中畑さんの着衣について何か御存知ですか？　端的《たんてき》には、運動会当日、中畑さんがいったいどんな服装をしておられたのかですが」

「ああ、それなら警察本部のトラックが現場から搬送してゆくとき見たな。重ねて、教師以外だと唯一の成年マル害だったから覚えている――

薄手のジャケットに、小洒落《こじゃれ》たTシャツ。下衣《かい》はチノパン、革靴だ。

本件では教師のマル害が多かったから、もし中畑さんが先生だったら、あまり注目しなかったかも知れんな。いずれにせよマル害の内では少数派だったから、警察本部に死体を掻《か》っ攫《さら》われる直前、それなりに観察した。だから覚えている。こんなもんでいいかい？」

「大変助かりました楡課長、有難うございます。勉強させていただきました」

「警務部ちょ……いえ、佐々木」八橋警部があわてていった。「あとあなた、『文庫本』のこと気にしていたじゃない。犯行現場に遺留されていた、あの文庫本のこと」

「そうだった――じゃない、そうでした八橋課長」

由香里は刑事上がりの、刑事部門で育った警察官だ。自然、職人に対するあこがれと畏怖《いふ》がある。どうやら、由香里自身も気付かない内に、楡警部の醸《かも》し出す職人気質《かたぎ》に気《け》圧《お》されていたようだ。その由香里もあわてて続ける。

「楡課長、最後に一件、御教示《ごきょうじ》ください。

先刻、八橋課長から伺《うかが》ったのですが――

犯行現場の、体育館脇の側溝に、文庫本が一冊落ちていたとか」

「文庫本……ああ、現場付近の側溝に入り込んでいた奴だな？」

「それはこちらの警察署に領置《りょうち》されていますか？」

「いちおうな。今んとこ警察本部が興味持ってねえし、マル害関係のブツじゃねえだろうから。ならマル被関係だろうってことで、警察署で調べている。

とはいえ、血が付いている訳でもねえし、何時《いつ》から其処《そこ》に落ちていたのかも分からねえし、そもそも犯行に関連した物件なのかも定かじゃねえし……むろん鑑識作業はさせたが、カバーからもマル被の指紋は全く出なかった。念の為に言えば、掌紋《しょうもん》もだ。あと何て言ったっけか、あの、本をめくるときに、こう」

「ああ、小口《こぐち》ですね」

「そうそう小口。捜査参考図がねえと分からねえな……とにかく本をめくるときに親指とかが触れる、あの黒くなる部分。そこからもやはり、マル被の指紋は出なかった。あと適当に二〇頁ほどランダムサンプリングして紋《モン》を出そうとしたが、結果は右に同じだ。

これが特異な本で、マル被の紋も出たとなりゃ、動機の解明に役立ったかもだが……」

「結論として、当該文庫本は、特異でもなければ、マル被の所持していたブツでもないと」

「そうだな。野郎、犯行当時手袋はしていなかったからな。所持品にも手袋なんぞ無えし――

そういう意味では、こりゃむしろ、会計課長の仕事じゃねえかと俺は思うんだが」

「成程《なるほど》、遺失物ですか」

「といって、小学校に落ちていたんだから、警察署が取り扱うより、小学校に預けるのが筋だろうよ。

――まあ警察文化として、犯行現場にあるブツは洗いざらい押収してくるから、今は上の刑事課にあるはずだ。若い巡査が保管している。出所も、できるだけ捜していたはずだ」

「榆課長」由香里はいった。「もしその文庫本が刑事部屋にあるのなら、それをちょっとだけ確認させていただけないでしょうか？」

「その文庫本をかい？」

「はい」

「重ねて言うが、血が付いている訳じゃねえし、マル被の指掌紋は一切出なかったんだぜ？」

「だからこそ不思議に思うんです――すべて不可解なことには、理由がある」

「それ最近、警察本部の偉い人が何処《どこ》かで喋ってたっけ。俺に言わせればキザに過ぎるが、なるほど刑事にとっては金言《きんげん》だ――刑事の力量ってのは、疑問の発想力が九割だからな。

　よし解った、嬢ちゃん、今借りてくるからここで待ってな」

「えっ榆さん」八橋警部がすぐに駆け足前へ進めの姿勢になる。「上の刑事課ですよね。いや榆さんはここで待っていてください、私借りてきますから――強行係の金子《かねこ》巡査ですか？」

「いやいや、ちょうど煙草が切れたんだよ、それだけだ。

　それにお前、いくらお前が生安課長だからって、刑事部屋からすれば巡査未満だしな。まして、刑事部長の嫌がらせで『捜本への出入禁止』を喰らっているお前が、あからさまに俺たちと接点を持つのも不味《まず》いぜ。取り敢えず今は、あんまり目立つことをするな」

「……はい、楡課長、八橋警部お言葉に甘えます!!」

——楡警部は飄々《ひょうひょう》と喫煙所を離れ。

ものの五分未満でまたプレハブ脇に帰ってきた。成程、由香里はもちろん八橋警部でもこうスムーズにはゆかなかったろう。由香里は自分を差別無くガンガン鍛えてくれた、刑事部屋のあの雰囲気をまざまざと思い出した。

「ほい、嬢ちゃん」

楡警部が鑑識用のビニール袋を差し出す。中身はもちろん、話題に出ている文庫本だ。

そしてそれは既に八橋警部が説明したとおり——『高村光太郎詩集』だった。それはビニール越しにも分かった。なるほど、およそ特異ではない……

「楡課長」由香里は常備している白手袋《シロテ》を嵌《は》める。「拝見してもよろしいですか?」

「ハッ、何を今更——」楡は元々持っていたパケから新しい煙草を抜いた。「——すべて嗅《か》ぎ付けたことには解答が必要だ。そうだろ?」

「ありがとうございます」

「ま、俺にはこの文庫本が何を意味するのか、サッパリ解らんが」

——由香里は慎重に当該《とうがい》文庫本を取り出した。

むろん、他に入っているブツはない。

そしてこれはまさに『文庫本』だ。サイズといい、装丁といい、規格外なところはない。鑑識作業ずみという安心感もあって、由香里は大胆に当該本を持ち、矯《た》めつ眇《すが》めつ

し、四方から確認した後、やはり大胆にページを開いてゆく──

(『高村光太郎詩集』、角川文庫。カバーと中身が違うということもない)

そして奥付《おくづけ》の記載によれば、初版は二〇〇〇年一月。だがロングセラーらしく、七刷もしている。そして全体の雰囲気から──使用感やヤケ、カバーのキズ等々から──考えるに、これは新品だ。少なくとも、購入してからまさか月単位は経過してはいない。週単位すら怪しい。というのも、仮にこれを書店の書架にこのまま並べたとして、由香里としては全く違和感がないからだ。その由香里は訊いた。

「検課長、挟んであるブツや栞《しおり》の状態は、発見された時のままですか?」

「……そりゃ愚問《ぐもん》だぜ」

「し、失礼しました」

「ただし──」検警部は由香里から一瞬本を奪うと、本から小さなビニール片を取り出した。「──この、小指の頭ほどもないビニール屑《くず》だけは別だ。これはな、表紙の角っていうか、表紙カバーの尖《とが》った所に引っ掛かっていたんだ。運動会のビニールテープに引っ掛かったりしたのかも知れんな。その割には透明過ぎる気もするが。

いずれにせよ、このビニール屑だけは、『発見された時』の初期状態とは違う。吹けば飛ぶようなブツだから、しっかり挟んでおいてくれ」

「佐々木警視せ、じゃなかったええと──」由香里は今自分が付けている階級章を思い出した。「──佐々木巡査部長了解です」

由香里は、当該《とうがい》とても小さなビニール片をオモテ表紙《びょうし》側にしっかり挟み入れると、当該文庫本に挟まれていた他のブツを確認した。それらはすべて、奥付のところにまとめて入っていた。といって、これまた特異なブツではない。まず出版社が挟み込む、読者アンケート用のハガキが一葉。新品らしい雰囲気どおり、何も記載されてはいない。あとは、本を買ったとき書店で抜かれるあのタンザク——伝票だか売上カードだかの、確か『スリップ』とかいう紙タンザクが一本。これまた新品らしい雰囲気どおり、何の使用感もない。

（……ん？）

由香里は白手袋《シロテ》のまま、そのスリップを文庫本から取り出した。

山折りになった、両面に事務的なコードなり注意書きなりが記載されているタンザク。

もちろん書名と定価もある。前者はむろん『高村光太郎詩集』、後者は五一六円だ。

しかし、由香里に興味を抱かせたのはそうした記載ではなく——

（何だろう、このバーコードは？）

……由香里はスリップを凝視した。

スリップ自体にも、ISBNコードと一緒に、バーコードが印刷されている。

しかし、それ以外に——スリップの余白部分に、また別のバーコードがある。

そしてそれをよく見れば、実はその『別のバーコード』は、シールである。

——要は、紙のタンザクであるスリップの上に、『シール』あるいは『ラベル』のバーコードが一枚、貼られているのである。一瞥《いちべつ》しただけではスルーしてしまいそうだったが、よくよく見詰めれば、スリップとの『段差』は明白だし、スリップの上に貼られているのだから、スリップの一部表記を蔽《おお》い隠してもいる。蔽い隠されているのが罫線《けい》と白紙の部分だったので、パッと見る分には違和感がない。だが一度違和感を覚えてしまえば、その新たに貼られたシール部分なりラベル部分なりがタンザク本体から『浮いて見える』。

（私の読書経験上、スリップに、シールなりラベルなりが貼られていたことはない）

……由香里はいよいよそのラベルを凝視した。

印刷されているのは、まず、バーコード。一瞥しただけで、スリップそのものにある、恐らくは本そのものを意味しているバーコードとは全然違うもの。そしてそれを証明するかのように、バーコード下部に印刷されている『文字列』も、スリップに印刷されているものとは全然違っている。スリップそのものにある文字列は、数字だけで構成されているが、貼られたラベルにある文字列には、かなりのアルファベットが混じっているからだ。

しかも、特異なのはそれだけではない。

貼られたラベルには、特殊な注意書きが記載されているのだ――『このラベルはきれいにはがせます』と。

由香里は微妙に迷った。

（『きれいにはがせます』というからには、商品そのものに貼られていたラベルだろう。書店で文庫を買うとき、私自身は、そんなラベルに遭遇したことがないが……ただ、商品そのものに貼られていたラベルと考えれば、いろいろと辻褄《つじつま》は合ってくる）

商品たる本に、このラベルが貼られていた。

読み手としては、そんなもの邪魔である。

なら捨てるか、あるいは、手近なものに貼ってしまおうとするだろう。自分なら捨てるが、近場にゴミ箱がないという状況も考えられるから。だからこの文庫本の『落とし主』は、ちょうど文庫に挟まれていたスリップに、ラベルをぺたりと貼り付けてしまった……

……筋は通る。

ただ、新品の本にこんなラベルが貼られるなど、俄《にわか》には解《げ》せない。だから由香里は検警部に訊いた。

「検課長、先刻課長は、この本の出所についても捜したとおっしゃいましたが――」

「ああ。マル被のブツでない以上、あまり真剣に捜査をする意味がないんだが……実習を兼ねて、ウチの課の最若手に調べさせた。

ただの遺失物ということで、会計課長をよろこばせるだけかも知れんがな」

「結果は出ましたか？」

「一部出た。

すなわち、この文庫本は、当県内で購入された本じゃない」

「それは何故ですか？」

「まずこの五日市市――五日市警察署の管轄区域だと、実は書店はたったのひとつしかない。五日市駅前の、大型書店だ。この大型書店は、ウチの県だと圧倒的に店舗数が多い。というかウチの県だと、他には煙草屋程度の、昔ながらの婆ちゃん独りがやっている本屋が何軒か生き残っているくらいだ。そこで、まず五日市駅前の店舗に、この本を売った実績があるかどうかを訊いた。むろん訊いたのは最若手巡査クンだが――

――結論を言うと、『そんな実績はない』。おまけにだが、記録を見るに、この文庫本の在庫があった例《ためし》もなければ、取り寄せて売った例もない。もちろん防カメ捜査もしたが、ここ二週間に限って言えば、マル被が当該店舗に入店した事実もない。絶対にない――まあマル被に限らず、在庫がない以上、誰も購入できなかった訳なんだが」

「その『在庫がない』というのは、ひょっとして――」

「――ああそうだ。『県内のどの店舗にも在庫がない』という意味だ。最近の書店は、どの店舗にどの本の在庫があるか調べられるからな」

「なら、そこではない他の書店で買った――という線は残りますか？」

「ところがどうして。残らねえよ」

「それは何故です？」

「そもそも問屋だか取次だかに発注を掛けて、まあ二週間程度を要するような、そんな状況だったからさ。問屋に無いものは、どの本屋が注文しても手に入らないだろう？　ちなみに問屋複数にも照会を掛けてみたが、当県のどんな本屋からも、この文庫本の発注を受けた事実は無いそうだ」

「それは、いつからいつまでの期間において？」

「俺が聞いているところでは、データが残っている全ての期間において、だ」

「そうなると、県内の書店でこの文庫本を買うのはまず無理ですね」

「交通費を抜きにすれば、東京に出た方がよっぽど早いんじゃねえのか。といって──俺は最近の商売事情には疎《うと》いが──本の通信販売が盛況だってことくらいは知っている。ネット環境とクレジットカードがあれば、リアルな店舗に執拗《こだわ》ることはねえだろうよ」

「そうすると、この文庫本に係る捜査結果としては──」

「執拗《くど》いようだが、まず、これはマル被のブツじゃない。ここまで徹底して指掌紋を消す理由がないし、そもそも文庫本の紙に残った指掌紋を消すのは実際上、無理だからだ。そして店舗から遺失者を捜す取組は頓挫《とんざ》した。これが現在の結果だ。

あとは、警察本部のお許しがあればマル害……生存マル害に直当《じかあ》たりして確認するか、それが無理ならいよいよ遺失物として小学校に預けるしかあるめえよ。確かに『運動会での遺失物』としては特異だが、犯行当日に落とされたとも限らんし、マル被の通り魔物語とは、何処《どこ》をどうしても結び付かんからな」

「そうですね……」

由香里は最後に、文庫本の栞紐《しおりひも》が挟まれていたページを開いた。
その見開きは、ページでいえば一八二頁と一八三頁で、ふたつの詩から成っていた。
といって、前半の詩は途中からだ。後半の詩も、途中までだ。
由香里は前半の、すなわち右頁に印字された活字を瞳で追ってゆく――

いちばんさきに破れるだらう。
どんなことになつてゆくか、
自分にもわからない。
良風美俗にはづれるだけは確である。
――あんな顔してねてるよ。――
母は私の枕もとで小さくささやく。
かういふ恩愛を私はこれからどうしよう。

右頁は引き続き、次の詩を載せていた。こちらは冒頭から途中までだから、タイトルが載っている。そのタイトルは、『デカダン』。

彫刻油画詩歌文章、
やればやるほど臑《すね》をかじる。
銅像運動もおことわり。
学校教師もおことわり。

(――右頁はこれで終わりね。なら、最初の詩のタイトルは何だろう?)

それは純然たる興味だった。まさか仕事上の嗅覚《きゅうかく》の働きではなかった。由香里は単なる確認として一八二頁をめくり、一八一頁を開く——

(————!!)

詩のタイトルを読んだその瞬間、由香里の瞳は鋭い閃光《せんこう》を放った。

ともに仕事をしていた八橋警部はそれに気付いた。いやそれにまして——

「いいネタ拾えたかい、警務部長?」

「はいとても……えっ!?」

由香里は思わず、巡査部長の階級章を付けた出動服姿のまま、老練な刑事課長を見た。老いてますます峻厳《しゅんげん》な刑事課長は今、『教え子の教え子に稽古《けいこ》を付けてやる』演技を止めてしまっている。そしてしれっという。

「そりゃよかった……いやよかったです、警務部長」

「……何時《いつ》からお分かりに?」

「そりゃ最初からさ。

刑事なんてのは、人の顔覚えるのが仕事みたいなもんで。実態把握は基本のキの字。ましてあんたの、いえ警務部長の初訓示。回覧で回ってきたんで、鼻ほじりながら読み始めたが——いい刑事魂だった。途中で正座し直して、鼻糞《ハナクソ》の始末に困ったほどだ。俺は世辞は嫌いだから、いっそ堂々と言えるが、偉い人のオハナシで感じ入ったのは久々だ。

だから。

俺には俺が何の役に立てたのか全然解らんし、あんたがどんないいネタを拾ったのかも解らんが、しかし……マル害を俺たちから隔離して何かを謀《たくら》んでやがる、刑事部長その他の鼻が明かせるなら最高だろう？　だから知っていることは全部喋った」

「なら、私が今考えていることを御説明します――これから楡刑事課長も、私と一緒に」

「……そりゃ駄目だ。いきなり落第だ。鼻糞を飛ばしたくなるくらいに駄目だ。

何故と言って、其奴《そいつ》はあんたが拾ったネタだから。

最後までケツを割らずにまとめきる――それが単騎《たんき》駆《が》けする刑事の特権で、鎖《くさり》だろ？」

「しかし、私が警察本部側の――刑事部長側の人間とは思わなかったんですか？」

「刑事部長から睨《にら》まれている響子独りを連れて、お忍び・ミニパトでうろちょろ――偉い人としては腰が軽すぎて嫌味だが、ま、悪人じゃないことだけは確かだ。それに」

「それに？」

「……ここからはお願いです、警務部長」楡警部は深々と頭を下げた。「響子は警務部長も知ってのとおり、二十年後の当県警察を背負って立つ身の上《しょ》。こんなショボい中規模署で、それも現場指揮官を始めて二箇月で、市役所からの通報を握り潰した警察不祥事だなんて、ド派手なキズを付ける訳にはゆきません。そりゃ響子が警察官として許されん破廉恥《はれんち》を働いたんなら話は別です。ただ私が知るかぎり、そして警務部長も御存知のとおり、響子はそういう警察官じゃない。それはかつての指導部長として、何時《いつ》でも何処《どこ》でも証言します。何卒《なにとぞ》、真実を公平にお調べあって、その真実に即した処分を願います」

「……響子がかつての指導部長にそこまで愛されていると知り、感無量です。

私は私に課せられた任務を適正に果たします――今の御言葉を充分に踏まえて。

それに。

私が今考えていること――考えつつあることが正しければ、そもそもその警察不祥事は、大きく意味合いを変えてくると思います。だから私は響子のためにも、この〈五日市小学校通り魔事件〉の真実を、そう、ケツを割らずに追い掛けてみたいと思っています」

「ありがとう、ございます。

お強請《ねだ》りついでに、あと、津村係長の件ですが……」

「五日市駐在所の、津村警部補ですか？」

「ありゃ私の先輩でして。まあ、今では階級も立場も入れ換わっちまいましたが……ありゃ確かに不良《ゴンゾウ》です。煮ても焼いても食えん。どうしようもないタダ飯喰らいですわ。

ただ……

……いくらその報《むく》いとはいえ、公務において意識不明の重傷を負うとなると、そこまでの悪人じゃあなかった。まして、職務執行が適正を欠いたと、あるいは勤務実態が適正を欠いたと、ゆえに懲戒処分だとこうなれば、退職金にも再任用にも影響が出ます。そしてこの警察署では、署長副署長を始めどの警察官も、津村係長を擁《かば》おうとはせんでしょう。だからせめて、この署にたったひとりは、津村係長のために証言をする警察官がいるということを、弁護を買って出る幹部がいるということを、どうかお含み置きください。


一介の警部が、警視正に命令がましい真似をして、大変申し訳ありませんでした」

「頭をお上げください、榆刑事課長。


私は確かに監察の仕事を担っていますが、何より大切なのは事案の真実を知ることだと考えています。だからこうして単騎駆けもしています。そして実際、今、刑事課長から津村警部補のお話が出たことで、大事な捜査を忘れていたことに気付けました。むしろありがとうございました——


というわけで響子、さっそく転進するわ」

「了解です、いきなり四階級特進した佐々木部長。今度はどちらに？」

「五日市駐在所。もちろん津村警部補は病院だけど、駐在所で確認したいことがある」

「了解しました。ミニパトを回してきます。


誰か代わりのＰＭが、駐在所の守りに就いているとは思いますが、今すぐ地域課に確認を——」

「——いや、今日は交番相談員の江藤《えとう》さんが出ている」榆警部が淡々《たんたん》といった。「俺から警電を入れておくよ。変わったお客さんが行くから、腰を抜かさんようになと」「これ、しばしお預かりしても？」

「楡刑事課長」由香里はビニール袋ごと文庫本を掲げた。「署長の決裁が必要ですが──」「──話すと大事《おおごと》になるから、私が代決《ダイケツ》しときましょう。ま、無くさんといてください」楡警部は鼻で嘲《わら》った。

由香里と八橋警部は敬礼以上のお辞儀をすると、さっそく五日市駐在所に向かった。

五日市駐在所・執務室

ミニパトが、五日市駐在所のささやかな駐車場に乗り付ける。

ここはもちろん、五日市小学校を所管する駐在所だ。

そしてもちろん、あの津村茂警部補が一人勤務をしていた駐在所でもある。

──引き続き出動服姿の由香里がミニパトを降りようとすると、彼女の、公用の警電スマホがぶるぶると震えた。由香里は車内にとどまったまま、受話ボタンをスライドさせる。通知されている発信者の警電番号は、見慣れたものだった。すなわち。

「ああもしもし松崎次席、私です」

『お疲れ様です警務部長』それは由香里の秘書官的な役割を担う、警察本部警務課の松崎警視だった。『今お時間よろしいですか？』

「大丈夫よ」

『……メールにしようかと思いましたが、ちょっと剣呑《けんのん》な案件でして。すぐに口頭で御報告した方がよいかと考えました。御多用中《ごたようちゅう》すみません』

「めずらしく迂遠《うえん》ね次席。いったいどんな案件？」

『ふたつあります。第一に、吉報と言えなくもないもの――すなわち、津村警部補が意識を回復しました』

「なんですって」

『昨日救急搬送された五日市赤十字病院から、たった今連絡があったところです』

「胸部を銃撃されたにしては、驚異的な快復力だわ。その意味では吉報ね。御家族等は？」

『既に御説明したとおり、離婚して長く、嫁さんや娘さんとは縁が切れていますし――』

（そうだったかしら。バタバタ動き過ぎていて忘れていたのかも）

『――本人の側の縁者もいないので、残る家族といえば、まあ警察一家だけですね。ただ』

「その警察一家にも、まあ、いろいろいるわね……」

『そこが、この第一の案件の剣呑なところでして』

「刑事部長なり捜本なりは、もうこのニュースを知っているの？」

『……幸か不幸か、まだ知りません。

というか私が止めています。病院との窓口は、私がやっていますんで』

「捜本に伝えたら、すぐにでも取り調べたがるでしょうね」

『言ってみれば、最重要の目撃者ですからね』

「もちろん病床での取調べになるけど、体力的には耐えられるの？」

『それも幸か不幸か、担当医の見立てでは、一時間程度ならば耐えられると』

「今日の今日で？」

『今日の今日で、です』

「……情報を止めてくれているということは、次席。

あなた、刑事部長より私を選んでくれたということね？」

『骨は拾ってくださいよ』松崎警視は軽口めかしていった。『佐々木部長の任期も、平均的にはあと一年ありますからね。すなわち、刑事部長の御勇退の方が先になる』

「なら引き続き、そうね……私が津村警部補を取り調べるまでは、刑事部長にも捜本にも黙っていてくれる？」

『そのつもりです』

「有難う、松崎次席」

『ただ警務部長。私はこういう小細工は嫌いですし、こういう話はどうせ抜けます。それでも私が地元トップを裏切るのは、伊勢警部の――給与厚生課の伊勢次席の件があるから』

（そうだ。まさしくそうだ。

我々は……私と松崎さんは、被疑者の父親をむざむざ殺してしまっている。警務部門の仲間の、伊勢警部を自殺させてしまっている。それは取り返しのつくことではない。我々は我々のミスで、事件の全容解明はおろか、『父親が息子の最期の物語を知る』ことすら邪魔立てしてしてしまった……）

それは、決して取り返しのつくことではないが。

せめてもの供養は、伊勢警部の墓前に、事案の真実をすべて報告することだ。伊勢警部にはそれを知る権利があった。その最期の権利を守るために、由香里は役員の身でありながら、自らバタバタと動いている。

まして、刑事部長と捜本が不可解な動きをし、事案の真実を独占しようとしている以上――少なくとも副社長の由香里すら蚊帳《かや》の外に置こうと牽制《けんせい》を重ねてきた以上、それらの妨害を排し、一刻も早く津村警部補を取り調べる必要がある。

いったん刑事部長と捜本に津村警部補の身柄を押さえられれば、由香里だろうが誰だろうが、この最重要の目撃者と接触することは不可能になるだろう。それは、刑事部長自身が既に警告をしてきていることだ。

――そして今重要なことは、実はそれだけではない。

（まさか、物理的に津村警部補をどうこうしようとまで試みるとは思えないが……

我々は、伊勢警部の悲劇を繰り返すわけにはゆかない。どのようなかたちであれ、誰

の差し金であれ、津村警部補の口封じをされるわけにはゆかない)

……考え過ぎだろうか。法円坂刑事部長は、怜悧《れいり》で合理的な役員だ。安手のミステリや陰謀論ではあるまいし、まさか物理的に津村警部補を消去してしまうとまでは考え難《がた》い。

(しかし、津村警部補はいわば天涯孤独の身。

警察という家族の中でも、他から疎外された世捨て人だ。それがどうなろうと、異議中立てをしてくる関係者は皆無《かいむ》)

そして津村警部補が生きてあるかぎり、そう最重要の目撃者が口を利けるかぎり、警察という家族に不具合な真実は腐るほど出てくるだろう。まだ詳細は分からないにしろ、〈五日市小学校通り魔事件〉当日における津村警部補の勤務は、どう考えても適正を欠いている。まして事件は十九人死傷の、日本犯罪史上に残る重大事案だ。なら津村警部補の懲戒処分は免《まぬか》れないし、監督責任を問われる上級幹部もごろごろ出てくるだろうし、非難囂々《ひなんごうごう》のメディアスクラムはA県警察を燃やし尽くすだろう。とすれば。

(懲戒処分を受け、十九人死傷の責任を痛感した津村警部補が、慚愧《ざんき》の念に堪《た》えず身を処した――なる脚本も、あながち荒唐無稽《こうとうむけい》ではない。

もちろん、聞き及ぶかぎり本人はそんな殊勝《しゅしょう》なタマではないから、『身を処させる』には、圧力又は物理力が必要となる……)

『――警務部長、ですので』松崎次席は通話を続けた。『我々が事案の真実を解明するためには、警務部長が先に津村警部補と接触しなければなりません。いえ、今日の限られた一時間で、必要な取調べを終えてしまわなければなりません――明日以降は、もう機会はない』

「なるほど剣呑な話だわ。

それで、その津村警部補の方は何時《いつ》から話を聴けそうなの？　お医者先生は何と？」

『これからまだ検査等々があるとかで、もし病院に来るなら一時間後を目安に、とのこと』

「佐々木警視正了解。ちょうどいいわ。出先でまだやることがある。それを終えてから五日市赤十字病院に出向します」

『ちなみに今、どちらです？』

「ちょうど五日市駐在所に着いたところだけど？」

『なら警電が使えますね』

「警電なら、この公用スマホでも大丈夫よ？」

『いやこの際、固定警電の方がよいでしょう。固定警電を使われた方がいいです。すなわち、報告すべき案件の第二なんですが……こっちの方がある意味、より剣呑で……』

（そういえば次席、案件はふたつあるって言っていたわね）

『……実は警察庁から、佐々木部長の卓上に警電がありました。私が受けました』

「警察庁から？　誰？」

『それが、官房長です』

「か、官房長ですって？」

——由香里はA県警察の副社長だが、その本籍地は警察庁である。そして警察庁の官房長といえば、A県警察どころか日本警察のナンバー・スリー。実際、四十二歳と官僚としてはまだ少壮《しょうそう》の由香里からすれば、優に十五期ほども先輩になる。官僚は一期違えば主人と奴隷だから、十五期違えば何と何になるのだろうか。

（……確かに官房長は全国の警務部門の元締めだが、だからA県警務部長の私に架電があっても不思議ではないが……私のここ十箇月の任期で、官房長から直電《チョクデン》が入るなど初めてだ）

　だから由香里は訊いた。

「伝言・伝達とかでなく、官房長御本人から？」

『はい、間違いなく官房長御本人からです』松崎警視が答える。『私もまあ、警視監の階級にある方と口を利くのは久々でした』

「成程《なるほど》それは剣呑ね——で、その官房長は何と？」

『すぐに折り返しを入れるようにと』

「それもそうか。愚問だった」

『御存知でしょうが、そちらの駐在所の警電からもリンクできます。番号要りますか？』

「幸か不幸か、要らないわ。偉い人の警電番号はシンプルだから」

『……差出口《さしでぐち》ですが、まあ、吉報とは言いかねる御口調でした。

私には用件が解りかねますが、御愁傷様《ごしゅうしょうさま》です』

「階級章の星の数は、怒鳴られる回数の多さに比例すべきものよ。人生の先輩に今更だけどね」

『それでは、またすぐに警察本部で』

「有難う次席、それじゃあ」

――由香里は警電スマホを収めた。運転席から、八橋警部が不安げな顔を見せている。

「け、警務部長。盗み聴きしたようで大変申し訳ないのですが……

何だかすっごいお名前が出ていましたね？」

「官房長は、警務部門の元締め。そしてこの〈五日市小学校通り魔事件〉は警察不祥事としての要素を含む――あっゴメン響子、これ全然あなたへの嫌味じゃないわ――とすれば、何かのお叱りか、ケツ叩きかしらね。かなりエキセントリックなことで定評のある方だし」

「ならすぐに警電を使われますか？」

そのとき、眼前の五日市駐在所の中から、賓客《ひんきゃく》を待ちかねた感じで、警察官とはちょっと違った制服を着た老人が出てきた。胸の標章《ひょうしょう》には『交番相談員』とある――

その老人は、ミニパトの扉を開けながらいった。

「さ、佐々木警務部長、どうもお疲れ様です!!」

「お疲れ様――」由香里は懸命に記憶を捜《さぐ》った。「――江藤さん」

江藤相談員は、自分の名前が副社長に認識されているとは思わなかったか、望外のよろこびとともに由香里を、そして八橋警部を駐在所内に誘《いざな》う。由香里は剣呑な警電を後回しにすることを決め、江藤相談員に導かれるまま、初めて五日市駐在所内に入った。といって、由香里はこの県の副社長でもあれば、他の都道府県警察での勤務経験もある。自ら交番勤務をしたことさえある。その由香里からすれば、ここはどこまでも『平均的な』駐在所だった。すなわち警察施設の常として、執務スペースはぎゅっと詰まっており広くはない。禿頭《とくとう》の、どちらかといえば小太りな江藤相談員が入ると、もう定員です、という感じさえする――

「改めまして」江藤相談員が室内の敬礼をした。「五日市警察署交番相談員の、江藤です!!」

「佐々木部長」八橋警部が橋渡しをするようにいう。「江藤さんは元々生安《セイアン》の御出身なんです。その職歴のほとんどを、少年警察に捧げてこられました」

「じゃあ定年後に、交番相談員として再任用を?」

「はい警務部長。まだまだ楽隠居《らくいんきょ》には早過ぎますし、ちょうど五日市駅前交番の相談員ポストが空いたものですから」

「少年の江藤係長といえば」八橋警部が続ける。「県下でも知られたベテランだったんですよ。とりわけ五日市署勤務が長くて。地元の悪ガキで江藤さんを知らない奴はいません」

「少年警察……」由香里は話題展開を考えた。「……あんな事件があった以上、また大変になりますね？」

「まさしくです、警務部長。

ちょうど〈登下校時の見守り活動〉がお国の大事な政策にまでなっているときに、まさかこの五日市署管内であんな非道《ひど》いことが……私自身は繁華街の、五日市駅前交番に配置されていますので、小学校とかとはあまり御縁がないのですが……これからは、こちらの駐在所に本配置されるかも知れません」

「というと、この駐在所の所管区《ショカンク》については、そんなにお詳しくはないですか？

その、地域住民との触れ合いというか、地域実態把握というか」

「ええと、ここにはもちろん、警察官の配置がありますから……」人の好《よ》さそうな江藤相談員は、あからさまに口ごもった。「……再任用の、非常勤の交番相談員としては、それを邪魔立てするようなことは、なかなか。今のところは、津村係長の復帰まで、ここをどうにか預かるだけです。

あと私、実は県外者で、元々このあたりに詳しいといったこともなく」

……由香里は微妙に残念に思ったが、仕方がないとも思った。あわよくば、江藤相談員からこのあたりの町内について望む情報を引き出すつもりだったが——しかし江藤相談員は駅前交番の職員。しかも県外出身。由香里はすぐさま作戦を練り直した。しばし黙考する由香里。そんな由香里の物思いに配慮したか、引き続き八橋警部が明るくいった。

「警務部長、江藤係長は——いえ江藤さんは少年警察の大ベテランですから、ボランティアの方々との関係づくりとか、とてもお上手なんですよ。

大先輩に『お上手』だなんて、かえって失礼な物言いになっちゃいますけど」

「いやそりゃ全然褒《ほ》められることじゃないよ、八橋課長。

少年補導員に少年指導委員。少年警察協助員。言い方はまあそれぞれだけど、少年警察の分野はそうした〈少年警察ボランティア〉なくしては成立しないから。さっきいった〈登下校時の見守り活動〉ひとつとっても、とても警察職員だけじゃ手が回らないんだし」

「で、やっぱりこの地域の〈少年警察ボランティア〉の要《かなめ》といったら——」

「——ああ、そりゃもちろん冬木サンだろうな。ボラ歴は三年と短いけど、あの癖《くせ》のある片倉のおじいちゃんや、あとベテランの本間サンたちを、まあ、手懐《てなず》けちゃっているから」

「仕事、できそうな方ですもんね。

というか冬木サンは確か、東京の一流企業を定年まで勤め上げて、それから」

「そうそう。元々親の代からの家がある、ここA県に帰ってきたんだ、この地域に」

「私自身は、防犯診断の機会に一、二度お会いしたきりで、あとは皆さんから噂《うわさ》を聞くだけなんですけど——

何だか、社長さんだか役員さんだか……とにかくすごい人だったんですよね、東京では」

「無茶苦茶《むちゃくちゃ》偉い人だったらしいよ。そんな素振りは全然見せない、ホント丸い人だけどね。

もっとも、六十二歳で帰郷してから三年の田舎暮らし。太陽の下でおじいちゃん連中とボラ——そんな生活が性格を丸くしたのかも知れないな。とにかく気さくな、好い人だ」

「江藤さんだったら、もう御自宅にお邪魔したりも？」

「冬木サンの御自宅？

いや、誘われたことあるんだけど……ちょっと様子見かなあ」

「また何故？　人誑《ひとたら》しの江藤さんらしくもない」

「そりゃお前——いや課長——御家族が病気で、静養っていうか療養されているって聞けば、俺だって遠慮するさ。あんまり口には出さないけど、冬木サン本人も奥さんも、たいそう御病状を心配しておられてなあ……」

「というと、介護か何かですか？」

「詳しいことは聞けなかったよ。話しづらそうだったし……

いや、そもそも人間を六十年以上もやっていれば、込み入った事情の一〇や二〇は出てくるもんさ。まだ四十歳と、人生登り坂の八橋課長には解らんかも知れんけど」

「またそうやって若者差別をする～」

「いや決して若者でもないと思うけど……」

あっスミマセン警務部長、生安のいつもの漫才のノリで、愚《ぐ》にも付かないことばかりを。

――本署の楡刑事課長からは、こちらの駐在所でお調べになりたいことがおありになると聞いております。主《あるじ》が不在ですが、留守居の私で役に立つことがありましたら何なりと」

「じゃあ江藤さん、早速で悪いけど、お願いします」由香里は作戦を立て終えた。「まず、この駐在所の〈巡回連絡カード〉を閲覧したいの。といって、まさか全世帯分じゃないわ。ピンポイントで、〈五日市小学校通り魔事件〉のマル被の家の巡連カードを見せてほしい。

確か御住所は『連雀町五丁目』のはず」

「それは警務部長、つまり――」江藤相談員は悲しげに確認した。「――給与厚生課の、伊勢鉄造警部の御自宅のカードが御覧になりたいと、こういう御下命《ごかめい》ですね？」

「まさしく」

「……少々お待ちを」

もちろん警察職員である江藤相談員は、伊勢警部が自殺してしまったことを知っている。そしてそれこそ『込み入った事情の一〇や二〇』を想像しては、言葉に詰まったのだろう。警察一家。警察官たちの団結力はまあ強固だが、それを支える家族の事情となると、誰もが深入りしようとはしない。私生活と寿命を切り売りする稼業《かぎょう》である以上、家族システムに歪《ゆが》みが生じないはずもなく、その深淵《しんえん》を敢えてのぞきこむ御節介《おせっかい》焼きなどそうはいない。借財の具体的額や私物ＰＣの型番まで報告させる組織でありながら、個々の家族の実態把握となると、それこそ身上を監督する署長・課長の裁量次第……

（いや、家族どころか、警察官本人が無免許だったり、警察官本人が性風俗で副業をしているのをスルーしてしまう組織だ。私の立場でいうのも恥だが、警察の身上実態把握なんてそんなもの……まして、個々の家族の有り様《よう》など文字どおりのブラックボックス）

「警務部長」江藤相談員が、剛毅《ごうき》で分厚い金属ファイルを手渡す。「こちらになります」

「すぐに分かりましたか？」

「地番から引くのは簡単ですし、最近、附箋《ふせん》を付けた形跡がありましたので」

由香里は金属ファイルの簿冊《ぼさつ》を受け取り、確かに附箋が適当に貼られた、一枚の〈巡連カード〉を見出《みいだ》した。カード作成年月日を見る。平成四年。二十七年前だ。なるほど社員世帯に、しかも持ち家の一戸建てに、足繁く家庭訪問をする理由などない……

そして、ここで。

由香里は比較的どうでもよいことの確認から始めた。煙幕から、といってもいい。

「カードはかなり経年《けいねん》して焼けているけど、附箋はあからさまに新しいわね？」

「推測ですが」江藤相談員が答える。「新しさからして、津村係長が最近貼ったものかと」

「津村警部補はこのカードを見た形跡があるから、そこに矛盾はない……

ねえ江藤さん、この附箋の近く、カードの右肩に書かれている鉛筆書きだけど――染《にじ》んでしまっているのをどうにか読むに、『本官《ホンカン》世帯　自ら隊　(豊白《とよしろ》分駐所)　巡査部長の自宅』とあるわね？　これは」

「ああ、カードを作成した担当者の覚え書きですよ。ええと、二十七年前のメモですね。要は、①ここは警察官の家庭で、②その警察官は自動車警ら隊の豊白分駐所所属で、③現在は巡査部長で、④家は持ち家だ――ってメモでしょう」

「それは、警察官世帯であることをハッキリさせておくと、後々便利だから――」

「――そうです。極論、張り込みをするとき協力してもらえますし、何かの視察拠点すら設けられるかも知れない。仲間の家ですからね。聞き込みをするときも役立ってくれる。また、そういう風に積極的に考えないとしても……まあその、警察官世帯であれば、まさか犯罪とは御縁がないでしょうから、ぶっちゃけ年一回の巡回連絡もサボれるというか、実施する必要性が少なくなりますから」

「だから、せっかく把握できた警察官の家は、それと分かるように整理しておくと」

「そうですね。この場合はまさに伊勢警部の――当時の伊勢巡査部長の家だったわけですから、『本官』だと書いてありますが、私の経験だと、『一般職』『非常勤』『ボラ』なんてのも注記しますね。『公安委員』なんて突飛な籤《くじ》もありましたけど。

やっぱり――公安委員先生はともかく――何時《いつ》なんどき役立ってくれるか解らない、そう警察一家の仲間ですから、大事です。署によっては、色つきシールで識別できるようにしている所もありますよ。五日市署はそこまでしていないから、こうして鉛筆書きでメモしておくと、そういうことです」

「……巡連カードには『特記事項』を記載する欄《らん》もあるけど、そしてここの主の津村警部補はごく最近このカードに触れた形跡があるけど、この欄まるで白紙ね。何の記載もない」

「せめて、何らかの経緯を書き残しておいてくれていたら……」八橋警部が心底悔やんだ顔をした。「……市役所の障がい者福祉課がどんな電話を架けてきて、それがどんな言葉遣いで、自分はどんな返事をして、結局どんな対処をしたか。箇条書きでも何でもいいから書き残しておいてくれていたら、津村警部補に有利な材料もできた可能性があるのに」

もちろん、同様の問題を抱えている八橋警部は、そうした対処を――想定できるかぎり――万全にしているはずだ。由香里はそれを疑ってもいない。役所仕事とは要は筆記癖《くせ》だ。

(響子はこころから、津村警部補の対応のマズさを、津村警部補のために悔やんでいる)

しかし実は、そのことは今、由香里にとって優先度の低いことだった。だから彼女は淡々《たんたん》といった。

「さいわい、警電での通話内容は録音されている。津村警部補の心情・内心といったものまでは証明できないけど、市役所とどんなやりとりがあったのかは証明できる――響子、警察本部に帰ったら当該録音を聞ける準備をして頂戴。情報通信部に私の名で頼めばすぐ出してくれるはず」

「了解しました警務部長。運動会前日の、この駐在所における警電の録音ですね？」

「そう」

「……あわせて私の、『警察署と市役所とのやりとり』の分も依頼することとします」

「悪いけどそうして。といって、響子の分についてはあまり心配をしていないけどね」

由香里はそういいながら、いよいよ手にした巡連簿冊《ぼさつ》――問題の『連雀町五丁目』の簿冊をぱらぱらと確認していった。それこそが由香里の本来の目的である。

（近所のはずだ。ならこの簿冊内にカードがあるはず。なければおかしい、すべてが）

バインダ形式の金属ファイルを支えながら、綴《と》じられた厚紙を懸命に繰ってゆく彼女。しかしその作業は――幸か不幸か――三〇秒を要しなかった。最初に読んだ、伊勢警部の自宅のカードから一〇枚とめくってはいない。そしてとうとう現れた、彼女が追い求めていたカード……彼女が追い求めていた、その家のカード。

（このカードに記載された、略記地図によれば……

……そう、まさに御近所だ。やっぱりそうだった。

この家は、伊勢警部の自宅から優に徒歩圏内。いや徒歩五分と掛かるまい）

彼女は思わず八橋警部と江藤相談員から身を隠すようにしてその家のカードを見た。

作成年月日は、平成二〇年三月。今から十一年前になる。

世帯構成は、世帯主が1、配偶者が1、子（娘）が1。

核家族だ。世帯主の両親等との同居はない。

しかも、世帯主は単身赴任中で、これまた同居していない。その単身赴任先は、東京。

家を守っていたと思《おぼ》しき配偶者は、無職――主婦。

二十二歳の娘も、ちょうど東京大学を卒業し帰県していてこれまた無職。ただし。

（大学を卒業して、同年四月からやはり東京で就職予定……

その就職先、というのが）

既に予想はしていたが……

（中央省庁。国土交通省。

しかも、この娘《こ》こそが、このときの家庭訪問に対応したんだわ――特記事項欄にその旨の記載があるし、何より筆跡が若い）

――由香里は最後に世帯主の名と、カード右肩に鉛筆書きされたメモを読んだ。

やはり歳月に染《にじ》んだそのメモには『本官《ホンカン》世帯　他県警察官　警視課？』とある。

（平成二〇年にここを巡連してくれた警察官は、職務に極めて忠実な警察官だったようね。

正直、ここまで詰めてくれているとは予想外だった）

由香里の頭の中で、パズルのピースが次々と埋まってゆく。

そしてそれが、いよいよ一枚の絵になろうとした刹那《せつな》。

——五日市駐在所の警電が、どこか寂しいデジタル音を発し始めた。

五日市駐在所・カウンタ

「あっ警務部長、私が出ますよ」

「ううん江藤さん」由香里はある種の予感とともに江藤を制した。「これは、私宛《あ》てよ」

由香里はひと呼吸置いてから、駐在所のカウンタの、汎用《はんよう》タイプの警電を取る——

「もしもしA県警務部長佐々木です」

『ああ、佐々木君!! 駐在所だなんて、また変わった所に御出張だねえ!!』

「……これは官房長」由香里の背筋を冷たい汗が伝《つた》った。「御無沙汰《ごぶさた》をしております」

『あれっ？ 警務課の次席さんにすぐ折り返しをするよう頼んだんだけど……

ひょっとしてもしかして伝わっていない、かな!?』

「いえ官房長私のミスです。用務にかまけて失念しておりました。申し訳ありません」

『君もまた、偉くなったもんだねえ～!!』

「とんでもないことでございます、官房長」

　由香里は警電の相手の顔貌《がんぼう》をまざまざと思い出した。灰汁《アク》の強い黒縁眼鏡に、始終快《かい》笑《しょう》を絶やさない口に頰《ほお》。いや、始終笑っているのに眼が全くカーブを描かないという点で、それは怪笑といえた。突き抜けたようなハイテンションに、異様なまでの人懐《ひとなつ》っこさも、まるで前衛芸術のような不気味さを感じさせる。これまでに数多《あまた》の警察官を――そうキャリア・ノンキャリアの差別なく――唇の震動ひとつで『葬ってきた』超絶技巧のパワハラー。それが現在の警察庁における第三位者、警察庁長官官房長・城村亮《しろむらりょう》警視監であった。

『そんなに御多用なら、さ。僕もこの警電、しばし御遠慮した方がよろしい？』

「いえ、私の方は用務をほぼ終えましたので、どうぞそのようなお気遣いなく」

『ならいきなり用件で申し訳ないんだけど、さ。

　内々示!!　内々示ぃ――――!!

　人事《ひとごと》と書いて人事《じんじ》。いやあ、人事って解らないもんだねえ!!』

「は？」由香里は一瞬、絶句した。「内々示とおっしゃるのは、まさか私の人事ですか？」

『他に誰かいる？　これ三者通話か何か？』

「いえ無論そうではありませんがしかし……

　私の人事とおっしゃるなら、いったい何処《どこ》へ」

『もちろん警察庁長官官房付《ツキ》・異動待機、さ。正式な内示は、そちらの御立派な増田本部長から示達《じたつ》されると思うけど、さ。君を思う親心でついつい漏らしちゃったよ。僕も、さ。まだまだ修行が足りないねえ？』

「私はまだ、当県で十箇月しか勤務をしておりませんが……」

『――このおバカ!! アンポンタンのオタンコナス!! 何たる口を利くか、黙らっしゃい!! 君の人事は警察庁長官の――あっ故意《わざ》と間違えちゃった国家公安委員会の専権事項でしょ!! たかがヒラ警視正が己の人事に異議を唱えようなどと!! 一〇〇年!! 二〇〇年いや永遠に早い!!』

「それでは既に、国家公安委員会まで決裁をお通しに――」

『極めて滞《とどこお》りなく、ね～』

「……い、異動待機とおっしゃるからには、既に次の職も想定しておられると思いますが」

『それは、さ。ちょっと滞りがある……みたいなんだよね!!』

「滞り？」

『君が素直に退職願を自書してくれるか未知数だから、そこが滞りなのさ。でしょ？』

「た、退職願……

と、当県から突然更迭《こうてつ》するのみならず、私に警察官僚そのものを辞めろと⁉」

『端的《たんてき》に言えば、ね〜』

「何故です⁉　何故いきなりそのような事に⁉

私が何か警察庁に叛《さか》らう真似でもしましたか⁉」

『したんだなあ〜これが』

「全く記憶にありません」

『僕らがだよ、警察庁がだよ、君らヒラ警視正を放し飼いにしているとでも思っていたのかい……

まさか、まさかだよ‼

そして僕らの腕《て》は、刑事局純粋培養の君には知る機会が無かったかも知れないけど、ウフッ、君が想像しているよりは遥《はる》かに長いのでね。あんまり悪戯《いたずら》の過ぎる家畜は、僕らの牧場から出ていって頂戴なと、まあそういうことですよ佐々木警視正ドノ……ウフフッ』

由香里は既に考えるのを止めた。

「なら、官房長は御理解なさったのですね――私が理解したと」

『かもね〜』

「私が理解したその真実を、メディアに告発するとそう申し上げたら？」

『いやいやいや、だからこそ、最初っから刑事部長サンに必要な証拠を独占させたんじゃない……もしかして意外に頭悪い？

　それに、もしそんな阿婆擦《あばず》れチャンなことするっていうんなら――僕らにとっては実にどうでもいいんだけど、さ――可愛い可愛い八橋響子警部なり、世話になった松崎警視なりに累《るい》が及ぶかもよ、でしょ？　そうとなれば、正義感の強い佐々木君はお口チャックさ、でしょ？』

「……全てを、隠蔽《いんぺい》するなど、そんな不正義、私には認められません、警察官として」

『探偵ごっこをしてハッピーエンドをブチ壊しにするのが君の正義なの～？』

「事案の真相解明こそ正義の最たるものです!!　罪ある者をこそ罰するのが、警察の!!」

『御託《ごたく》はミニパトで独演していいよ。発令は一週間後ね。引っ越し業者の手配をどうぞ。その一週間のうちに、さ。自書した退職願を出してくれれば、再就職先は考えるから。

　さもなくば』

「さもなくば？」

『最近は我が国も物騒でしょ？

　牧場を出たその足で、さ、通り魔に遭《あ》っちゃうかも知れないじゃない？　ウフッ、ウフフ、ウフフフッ――』

　警電は一方的に切れた。

五日市駐在所・執務室

「け、警務部長」八橋警部が叫ぶ。「内々示とか、人事とか……まさか警務部長御自身の⁉」

「大丈夫、響子」由香里は自分が信じてもいないことを言った。「大丈夫よ。というか取り敢えずそれはどうでもいい。実にどうでもいい。今大事なのは。

私には無事やり遂げなければならない任務があるということ——絶対に、どうしても、何があってもよ」

「し、しかし」

「——江藤さん」

「は、はい警務部長」

「ここでの私の調査は終わりました。最後にお願いがふたつあります」

「……何なりと、警務部長」

「さっき、五日市署の楡刑事課長とも話していたんだけど——

証拠品だと思われていた、とある『文庫本』。通り魔の犯行現場付近に落ちていた『文庫本』。これが今、実は私の手にある」

「はい」

「で、楡課長と響子と私とで検討して、やはりこれは証拠品ではないと——通り魔事件とは無関係だという結論に達した。だから持ち主に、落とし主に返したいと思う」

「なるほど」

「といって、警察署で遺失物として取り扱うのはバカげている。落とし主は児童か教師か保護者か来賓か……いずれにせよ小学校関係者であることが明白だから」

「それは確かにそうですね」

「そこで、子供たちの実情に詳しい、少年警察ボランティアの各位にメールを流すことにしたい。江藤さんは少年警察の大ベテランで、だから少年警察ボランティアの各位とは昵懇《じっこん》だったわね？」

「そのとおりです。連絡をとれとの御下命《ごかめい》であれば、すぐにでも――

ですが警務部長、どのようなメールを起案すればよろしいのでしょう？」

「手数をかけて悪いけど、私が流したい内容を口述するから、メモしてくれる？

内容は次のとおり――『昨日、体育館脇の側溝で、文庫本が一冊拾得されました。警察で調べた結果、事件とは無関係とのことですので、持ち主に返したいと思います。校長先生の了解を得て、小学校の図書室カウンタに置いておくこととなりました。読書好きの児童さんなどに心当たりがあったら、このことを伝えてあげてください』以上」

「……当該《とうがい》文庫本のタイトル等は入れなくてよろしいでしょうか？」

「それはいい。落とした人にはピンと来るだろうし、無関係な人には要らない情報だから」

「了解です。

ただその内容であれば、発信者は警務部長でなく私でよいでしょう」

「そうね、吃驚《びっくり》させてもあれだから……そうしてもらえれば嬉しいわ」

「これから、すぐにでも作成・送信します」

「あと……この巡連カード一枚、絶対に無くさないから、一両日《いちりょうじつ》貸してほしいの」

「持ち出し厳禁ですが、お顔を見るによっぽどの事でしょう。私の責任でお貸しします」

「有難う、江藤さん。

じゃあ響子、最後の転進よ。イカレた警電で、ちょうどよい時間になってくれた」

「了解です、警務部長――

五日市赤十字病院まで、所要一五分」

「……いろいろ物騒だから」由香里はむしろ八橋警部のためにいった。「交通事故防止に万全を期してね、響子」

五日市赤十字病院・外科病棟五階個室

由香里による津村茂警部補の取調べは、当初の予定を越え、二時間に及んだ。

由香里としては、更に倍の時間を費《つい》やしたかったが……

伊勢警部に続き、また警務部が警察官を殺すようなことがあってはならない。

由香里は六度目のドクターストップを受け容れ、そのまま眠り始めた津村警部補のもとを離れた。

しかし。

（必要なことは、全て調べ終えた。

私は今、あの日の津村警部補と同じ視点・同じ感覚を共有できている、そうすべて）

それはすなわち——

この〈五日市小学校通り魔事件〉の全ての真実がこの瞬間、解明できたということだ。

第４章　老警の投了

五日市小学校・図書室

金曜日。

すなわち、〈五日市小学校通り魔事件〉が発生したその翌々日。

由香里は、当の五日市小学校にいた。

正確には、その、何の変哲《へんてつ》もないありふれた図書室にいた。

——時刻は、午後六時三〇分を過ぎたあたり。

今は五月末。もうじき日の入りだ。図書室は強い夕暮れのオレンジに染まり、いや、そのオレンジも誰彼《たそがれ》の闇夜色に染まりつつある。

図書室の明かりは、点けていない。

図書室のカウンタも、書架も、そして廊下も、誰彼の中で陰《かげ》に溶けようとしている。

かたちあるようでかたちなく、色あるようで色がない。

今ここを支配しているのは、何かの終わりのようなオレンジの陰だ。

——由香里はそこで隠れている。

貸し出し用のカウンタに最も近い書架の裏で、身を隠している。
由香里は既に三〇分近くそうしている。
というのも、三〇分前、ここに着いたとき、彼女はすぐさま準備を終えたから。
そしてそれ以降、ただひたすらに誰彼へ溶けながら、正解が来るのを待っていたから
——
(あるいは、検算だろうか)
そう、今の由香里には、この〈五日市小学校通り魔事件〉の正解が理解できていた。
だから、彼女に必要なのは検算であり……
(……最後の証拠だ)
そして彼女の読みが正しければ、その証拠は今夕、彼女の下にやってくる。
ここに。
彼女の指し筋を受け、必ずここに、この図書館に、我《われ》と自《みずか》らやってくる。
何故ならそれが、待ち人にとって必然の一手だからだ。それは、彼女がそうした。
……ただ。
(まだ日の名残りもある。互いの顔が、識別できてしまうほどには——
だから、もう少し時間を要する、かも知れない)
したがって。
彼女は書架の裏で、彼女が立てた方程式とその展開を、確認し始めた。

それはもちろん〈五日市小学校通り魔事件〉の、真実と真犯人に関する方程式だった。

通信指令と『演説』

（この、伊勢鉄雄を犯人とする〈五日市小学校通り魔事件〉。
伊勢鉄雄による、十九人殺傷事件。九人殺し。
私が最初に大きな違和感を感じたのは、警務部長室で聞いた、通信指令の内容だった）
……事件発生の第一報を受けてから、由香里は自分の執務室に備えてある無線機で、警察無線のやりとりを傍受していた。警察無線は大混乱で、有意な情報を聴き取るのに苦労したが――伊勢鉄雄が結局拳銃自殺をとげてから、『本件の被害状況』についての総括がなされた。その内容は当然、記憶している。

　更に。現時点における被害の状況であるが。本件マル害にあっては――

　第一に。教師三名。これ男一名女二名であるが。いずれも現場《ゲンジョウ》にて死亡を確認

　第二に。保護者一名。これ壮年男性であるが。死亡を確認

その後、三年生児童五人の死亡と、同じく三年生児童九人の重軽傷、そして津村警部補の受傷《ジュショウ》が告げられ、本件通り魔事件の被害者は十九人であると確定したのだが――
（――あからさまに矛盾している）
何と矛盾しているか？

犯人たる、伊勢鉄雄が滔々《とうとう》と語った演説と矛盾している。
そう、伊勢鉄雄が津村警部補の無線機を通じてした、犯人としての演説と矛盾してい
すなわち伊勢鉄雄は、何の澱《よど》みもなくこういった――
だから俺、伊勢鉄雄は、この小学校にも運動会にも懲罰《ちょうばつ》を加えることにした
最初にあの男教師を殺し、それから女教師たち、あとそこに転がっている保護
者の女、そしてもちろん児童どもを懲《こ》らしめてやった
当然の報いで、当然の権利だ。俺には微塵《みじん》の後悔もない
（……あとそこに転がっている保護者の女）
確かに伊勢鉄雄はそう演説した。
しかし、実際に警察が現場で確認し、通信指令までしている被害者は――こと『保護者』についていえば、壮年男性である。しかも本件通り魔においては、『保護者たる被害者』は彼で、彼だけだ。むろん、事件はまだ初動の段階だった。とりわけ被疑者が死んでしまっているほか、最重要の目撃者である津村警部補すら意識不明の重体だった。だから、そこに何らかの混乱なり椿事《ちんじ》なりがあったとしても面妖《おか》しくはない。この『演説』と無線指令の段階で、保護者の性別に矛盾があったとしても、それは異様とまではいえない。むしろ無理からぬことかも知れない。だから。
（捜査本部が――刑事部長が記者発表した内容が、確定した正解になる）

すなわち、事件翌日の朝刊に出た内容だ。

それが報じている被害者の数なり属性なりが、確定した正解になる。

もちろん由香里はその内容も記憶している。副社長として当然だし、刑事部長にもそれが正解かどうかわざわざ確認したからだ。その刑事部長が間違いないと請け合った正解は――


『県警などによると、教師で3年生学年主任の千賀敦さん（46）、3年生担任の山崎貴子さん（33）と小川寛子さん（28）、システムエンジニアの中畑勇さん（37）が首などを刺され病院に搬送されたが、それぞれ死亡が確認された』

『捜査1課によると、死亡したのは同小学校3年生学年主任の千賀敦さん（46）、山崎貴子さん（33）、小川寛子さん（28）、観客だった保護者の中畑勇さん（37）、そして同小3年生の児童5人の計9人』


である。念《ねん》の為《ため》に重要な点だけを挙げれば、『本件通り魔事件で死亡した保護者とは、三十七歳男性の中畑勇さん』ということだ。とすると。

（犯人である伊勢鉄雄の演説が、間違っていたことになる）

……あとそこに転がっている保護者の女、というのが、派手な間違いだったことになる。というのも、確定した成年被害者は『四人』だが、うち三人は教師だから。言い換えれば、殺害された教師でない成年被害者は『一人』しかいないから。そしてそれは、通信指令の内容からも、捜査本部その他による記者発表からも、三十七歳男性の中畑勇さんでしかあり得ない。となると、さらっと考えれば、犯人である伊勢鉄雄が、当該中畑さんを女と誤認した——そういうことになる。ところが。

（そんなバカなことは絶対に無い）

何故と言って。

もちろん、現場にいて実際に通り魔をした伊勢鉄雄が刺した相手を間違えるか、という素朴な反論はできるが——もっと論理的な反論すらできる。というのも、服装の問題があるからだ。殺害された教師三人は、運動会に参加していたのだから、いずれも運動着姿に鉢巻き。これについては、最重要目撃者である津村警部補の証言もある。だから伊勢鉄雄は、あの無線演説で苦もなく『最初にあの男教師を殺し、それから女教師たち——』云々《うんぬん》と、教師とそれ以外とを識別できているのだ。言い換えれば、どの成人が教師でどの成人がそうでないか、容易《たやす》く識別できているのだ。すると伊勢鉄雄にとって、残る一人の成年被害者が保護者であることは自明となる。ところがその保護者＝中畑さんは、『薄手のジャケットに、小洒落《こじゃれ》たTシャツ。下衣《かい》はチノパン、革靴』という服装だったのだ。これについては、五日市警察署の楡《にれ》刑事課長の証言がある。すると。

（服装で『教師』を識別できるほど落ち着いていた伊勢鉄雄が、そんな服装をした成年被害者を、『あとそこに転がっている保護者の女』などと表現するか？）

——繰り返すが、そんなバカなことは絶対に無い。男物のジャケットを着、男物の革靴を履いていた成年被害者を『女』と表現することなどあり得ない。ならば。

（女はいた。

伊勢鉄雄が自殺する前、伊勢鉄雄があの演説をしているとき、そこに成年女性がいた）

消えた女

（警察無線にも報道にも全く現れない、未知の女性が）

その女性は、確かに犯行現場にいた。

あの、防犯カメラもない、体育館と校舎とに挟まれた狭隘《きょうあい》な待機場所に。

そして、伊勢鉄雄に襲撃されてしまった。

その最大の根拠は、犯人の自白だ。『最初にあの男教師を殺し、それから女教師たち、あとそこに転がっている保護者の女、そしてもちろん児童どもを懲《こ》らしめてやった』という自白から、未知の女性が襲撃されたことは自明だ。そしてもちろん裏付けも取れる。何故と言って、由香里は既に津村警部補を取り調べ、彼と視点の共有をしているから。そう、津村警部補は伊勢鉄雄による一連の襲撃状況を目撃していた。だから被害者が襲撃された順番をも認識している。その、津村警部補の証言によれば――

（最初に刺されたのは男性教師。次に女性教師。またその次に女性教師。そして）

……四番目に刺されたのは、『成年女性』なのだ。男性教師、女性教師、女性教師、成年女性。ここまでが津村警部補のハッキリ目撃している被害者である。その後はいわば『乱戦』『大混乱』で、多くの児童が死傷させられているが——そしてこのとき、現場に来てしまった中畑勇さんも殺害されたものと考えられるが——それについては、津村警部補の記憶が定かでない。いずれにせよ津村警部補は、三人の教師が刺された直後、『女性教師ふたりを襲った刃物が、今度は、いきなり近くにいた成年女性の太腿《ふともも》を、そして肩をぶすりと刺す』ところまではしっかりと現認《ゲンニン》している。これをもう少し翻訳すれば、『男性教師、女性教師、そして女性教師を襲った伊勢鉄雄の刃物が、その後いきなり、近くにいた成年女性を襲った』ということになろう。

ここから、三点の事実が指摘できる。

第一点。犯行当時、現場には未知の成年女性がいた。

第二点。当該《とうがい》未知の成年女性は、伊勢鉄雄に襲撃された被害者である。

第三点。にもかかわらず捜査本部は、当該女性を被害者としてカウントしていない。

——それはそうだ。確定した被害者十九名のうち、成年女性などいないことになっているのだから。

ここで。

当該未知の女性は、伊勢鉄雄の証言によれば『懲らしめられた』わけだし、津村警部補の証言によれば『太腿と肩をぶすりと刺された』わけだから、いずれにせよ伊勢鉄雄によって怪我を負わされた被害者である。すると常識で考えて、この未知の女性のことを、捜査本部なり刑事部長なりが隠し立てしなければならない理由はない。そしてまさか、通り魔に襲撃されて現場で苦しんでいる——あるいはそれから直ちに救急搬送された——被害者を認知していない／把握していないなどというポカはない。あり得ない。これまた常識で考えて、被害者の側で、被害の事実を隠し立てする理由がないからだ。いや、何の理由があってか解らないが、仮に隠し立てしようとしたところで、救急搬送された病院から警察に情報提供がなされるから意味は無い。ところが。

（天に昇ったか、地に潜《もぐ》ったか。当該未知の女性は、犯行現場から霞《かすみ》と消えている。そしてそのことを、捜査本部も刑事部長も何も疑問に思ってはいない……）

……いや、疑問に思ってはいないフリをしている、というべきだろう。

ストラップと保護者証

当該未知の女性は、『太腿と肩を』伊勢鉄雄に刺されている。

ならば、応急の救護と治療が必要だろう。

まして、〈五日市小学校通り魔事件〉はまさに通り魔事件……無差別殺人である。その被害者がいったい何人で何処《どこ》の誰なのかは、捜査本部として真っ先に詰めておかなければならない基本のキの字だ。さもなくば爾後《じご》の捜査に支障があるほか、報道発表すらままならない。そしてそれを詰めるのは児戯《じぎ》である。現場と病院とを捜査すればそれで済む。仮に搬送先の病院が複数に分散してしまったとしても、どのみち搬送されてくるのは『通り魔事件直後に救急搬送されてきた患者』である。そのタイミングと創傷《ソウショウ》の在り方からして、それが通り魔事件の被害者であると認定するのは誰にでもできる。要は、この場合における被害者の特定など、捜査本部にとって何の困難もない。

（だのに『成年女性の被害者一名』は——その存在を容易《たやす》く認知できたはずなのに——まるでいないものとして取り扱われている。この〈五日市小学校通り魔事件〉の登場人物一覧からは、あざやかに削除されてしまっている）

重ねて、この女性のことが把握できないほど、捜査本部も刑事部長も無能ではない。にもかかわらず、把握されていない外観が作出されているということは——

（当該未知の女性については、隠蔽《いんぺい》する。それが刑事部長の判断だということになる）

そしてそのことは、刑事部長と捜査本部の態度からも裏付けられる。というのも、実に不可解なことだが、『マル害関係の捜査は、すべて警察本部で引き上げる』『マル害関係の捜査は、すべて捜査本部が担当する』『警察署も警務部門も、それには口出しするな』という捜査方針が——というか刑事部長の独断と厳命が——下されているからだ。これは、考えてみれば実に不可解である。というのも、本件は被疑者死亡事件である上（すなわち被疑者は実質的には零人《ゼロ》）、被害者なら死傷合わせて十九人もいる以上、どう考えてもマル害関係の捜査に最も人手がいるはずだから。マル害十九人分もの必要な捜査について、警察署の人出しも他部門の応援も一切不要——などとするのは、よほどのワーカホリックの表れか、はたまた、マル害関係について知られたくない事実関係があるかのいずれかであろう。

（そしてもちろん、当該未知の女性は、伊勢鉄雄に襲撃されたという意味で、本件通り魔事件のマル害そのものだ）

……要は、マル害関係について触れられたくない。

何処《どこ》のどのような誰が何人、どんなかたちで被害に遭《あ》ったか――その情報を独占したい。

警察署や他部門に嘴《くちばし》を突っ込まれて、〈二十番目の被害者〉の存在を知られたくない。報道発表でも嘘を吐き、副社長である由香里すら騙《だま》しているのがその証左だ。

……恐らく、現場から当該女性の身柄を極秘裏に回収した上、刑事部門が協力者として確保している医療機関にでも応急措置をさせたのだろう。犯行直後なら、現場は大混乱。いや小学校そのものが大混乱。雑踏事故さえ懸念《けねん》された人の海の中、しれっと脱出する／させるのは難しくない。雑踏を構成する人波は逃走しようとしているのだから、目撃リスクも低い。またその人波は、小学校の防カメの眼を誤魔化《ごまか》してもくれる。いや、警察組織自身が隠蔽しようと思い立ったなら、その防カメ動画さえ思いのままにできる――捜査し解析するのは自分自身だから（この場合、刑事部長と捜査本部だが）。いずれにせよ、〈二十番目の被害者〉を登場人物一覧表から削除してしまうのは、物理的には実にたやすい。

ならば――

（何故、刑事部長はそうまでして、未知の成年女性――〈二十番目の被害者〉のことを隠すのか？）

するとここで、『当該未知の成年女性とは何者なのか？』という疑問が生じてくる。

――論理的には、『その存在が露見すると刑事部長にとって不利益となる者』という答えが出よう。ただこれだけでは単純な言い換えだ。新しい情報は何も無い。すると。

（何故、当該未知の女性が現場にいると、刑事部長にとって不利益になるのか？当該女性が純然たる被害者ならば、男性教師・女性教師・男性保護者同様、何の不利益にもならないのではないか？）

……そうだ。男性教師・女性教師・男性保護者と、問題の〈二十番目の被害者〉とは、何らかのかたちで属性が異なる。そして事は隠蔽なのだから、どのように属性が異なるかといえば――『純然たる被害者という属性に加え、余計な属性を有している』はずだ。余計が、余剰があるからこそ、それを隠そう、隠蔽しようということになるはずだから。これを言い換えれば、『男性教師・女性教師・男性保護者』は純然たる被害者で、〈二十番目の被害者〉は純然たる被害者とはいえない何かだ。

ではそれは何なのか？

二十番目の被害者だけが持つ余剰な属性とは何なのか？

（そしてそもそも、彼女は犯行現場で何をしていたのか？）

重ねて、犯行現場は狭隘《きょうあい》な待機場所である。児童・教師以外の立入禁止措置がとられてもいる。混乱が始まってから殺害された中畑勇さんはともかく、混乱がまさに始まろうとする——男性教師が襲われ、女性教師ふたりが襲われ、いよいよ児童たちが逃げ惑おうとする——その超初期段階のタイミングで、彼女は何をしていたのか？

ここで、津村警部補の証言によれば、①犯人がまず現場の男性教師を刺してから、②とうとう問題の未知の女性を刺すまで、『実時間にして、五秒前後』しか経過してはいない。この時間的制約を踏まえると、当該《とうがい》未知の女性は、いちばん最初の男性教師が刺された時点で、もう犯行現場に存在していたと考えるべきだ。純然たる被害者三人の『極めて近く』にいたからこそ、①から②まで、実時間にして五秒前後しか経過しなかったのだ。

そして繰り返すと、犯行現場は、一般の立入りが禁じられていた場所である。

また何をどう考えても、当該未知の女性は教師ではない。そんな被害者は隠蔽できない。

（ならば、彼女は……

彼女自身もまた侵入者であると考えざるを得ない）

またここで再び、伊勢鉄雄の無線演説が参考になる。伊勢鉄雄は彼女について、『あとそこに転がっている保護者の女』と明言した。何故そう明言できたか。教師のように鉢巻き等を用いていなかった、という理由もあろうが——ここで更に津村警部補の証言、そして当日の学校の防犯体制が参考になる。すなわち、津村警部補が当該未知の女性を

補は、彼女が伊勢鉄雄に刺されてからも、その様子を現認《ゲンニン》していた。だから、現認したとき、彼女は『保護者証のストラップを首から下げていた』からだ。津村警部

　躯《からだ》の二箇所を刺された新たな被害者は――保護者証のストラップを首から下げていたその成年女性は、当然、肩と太腿から血を流して、苦痛の声とともにしゃがみ込む。こちらは死んではいないが、もはや戦闘不能というか無力化された。彼女の流血は、紐《ひも》の色合いからしてハッキリ見えないが、首からのストラップを伝ったか、保護者証の位置にまで達している。その紙を鉄錆《てつさび》色に染め上げてしまっている

　といったことまで観察できた。そして、ここにいう『保護者証』とは、運動会を観覧にくる保護者が必ず首から下げていなければならないものである。これが無ければ、受付テントでの受付をパスすることができない。それが当日の防犯体制だ。ゆえに、〈二十番目の被害者〉は保護者――少なくとも保護者証を帯びていた者である。むろん、これは伊勢鉄雄の無線演説とも整合性がある。

　ところが。

（彼女が下げていた保護者証は、正規のものではあり得ない）

　何故と言って、ストラップの色が異なるからだ。保護者用のものは、オレンジ――しかも五日市署の楡刑事課長に言わせれば『蛍光色っぽい』オレンジなのだ。そしてこれに例外はない。ところが、津村警部補が現認した彼女のストラップの色は、まさかオレ

ンジではあり得ないのである。もし仮にそれがオレンジだったのなら、『彼女の流血は、紐の色合いからしてハッキリ見えないが、首からのストラップを伝ったか、保護者証の位置にまで達している。その紙を鉄錆《てつさび》色に染め上げてしまっている』云々《うんぬん》という証言になるはずがない。蛍光色っぽいオレンジのストラップを紅の流血が伝わった様《さま》は、それはビビッドに見えるはずだ。現に五日市署の検警部も、血潮に染まった伊勢鉄雄のストラップについて――伊勢鉄雄も当然、偽の保護者証を用いていた――『オレンジと、黒の斑《まだら》』だと表現している。

要は、オレンジの紐が流血を染《あ》びたのなら、むしろ流血の様子は『紐の色合いからしてハッキリ見えた』のでなければ面妖《おか》しい。それが真逆だということは、二十番目の被害者が用いていたストラップは、正規の、蛍光色っぽいオレンジではなかったのだ。蛍光色っぽいオレンジどころか、血の紅と鉄錆色に溶けて識別しにくいような、暗い色だったのだ。

ちなみに考えがここに至ったとき、由香里は副社長としての立場を活用して、オレンジでないストラップを用いている警察関係者がいるかどうか調べた。答えはすぐに出た。〈少年警察ボランティア〉が、正規の貸与品として、紺色のストラップを使用していると。そしてまた由香里は、①他に紺のストラップを使用しているボランティアは存在しないこと、いや、②当県では黒だの紺だの暗い色のストラップを使用しているボランティアが存在しないこと、そして、③五日市小学校の地域を担当する〈少年警察ボランティア〉には女性がひとりもいないことを確認した。なおこれらのことは、当事者なら誰もが知っている周知の事実でもあった。

——するとこの時点で、次の二点の事実が指摘できる。

第一点。二十番目の被害者は〈少年警察ボランティア〉ではあり得ない。

第二点。にもかかわらず、二十番目の被害者は〈少年警察ボランティア〉を装って運動会会場に侵入した。

（と、すれば。

当該未知の女の目的は違法なもの……少なくとも不正なものと解る）

それはそうだ。当該地域を担当する〈少年警察ボランティア〉に女性はいないのだから。当該未知の女は、明らかに身分を偽っている。

そして彼女には『保護者用のストラップはオレンジ』という知識が無かったのだから、彼女と学校・地域社会との縁はとても薄い。少なくとも、五日市小学校に自身の子供を通わせていたり、親類縁者あるいは友人の子供がそこに通っていたりという事実はないと、そう断言できる（そうであればオレンジのストラップを用意したはずだ）。

要は、〈二十番目の被害者〉は、五日市小学校の運動会にも御縁《ごえん》がなければ、それを観覧する目的もありはしない女。にもかかわらず、わざわざ〈少年警察ボランティア〉なるものに身分欺騙《ミブンギヘン》して、小学校への侵入を果たしている女。

（ゆえに、先の結論が補強される——）

児童・教師以外立入禁止の措置がとられた待機場所にいた、という意味においても。

本来は立ち入ることのできない小学校に偽りの手段で入った、という意味においても。

(——当該未知の女は、侵入者だ)

そしてその侵入の目的地は、彼女の行動が証明している。

犯行現場だ。

ならば何故、彼女は犯行現場を目指したか？

(その手にしたナイフで、小学生を襲撃するためだ——

二十番目の被害者、隠蔽された未知の女とは、伊勢鉄雄同様、通り魔だったのだ)

二十番目の被害者は、被疑者でもあった。

伊勢鉄雄が数多《あまた》の児童らを殺害したのは紛《まぎ》れもない事実だから、襲撃者は——被疑者は、実はふたりいたことになる。

ナイフと柳刃包丁

そして彼女は、そう、通り魔としてナイフを用いた。

……あの日。襲撃が始まった時。

最重要目撃者の津村警部補は、破裂音のような蚊弱《かよわ》い悲鳴を聞き、犯行現場に出た。

そして見た。

男性教師の首に、深々とナイフが突き刺さっているのを。
それはもちろん通り魔の仕業《しわざ》だ。津村警部補は現に、通り魔がナイフを手にしている
その様《さま》を現認している。ところが。
次に襲撃された女性教師は、実はナイフでは攻撃されていないのだ。
次に襲撃された、女性教師は——
最初に現れたナイフが、最初の被害者である男性教師の首に『突き刺さったと思った
瞬間』、電光石火《でんこうせっか》、背後から心臓のあたりに刃物を突き刺されてしまっている。また、
その次に襲撃された女性教師も——だから三人目の被害者も、『今女性教師を襲った刃
物』によって、頸動脈《けいどうみゃく》のあたりを斬り裂かれてしまっている。
（そしてとりわけ、最初の被害者が襲われたタイミング、そして第二の被害者が襲われ
たタイミングは、重要な意味を持つ）
何故と言って、そのタイミングの短さあるいは近接度合いからして、凶器は二種類あ
ったと考えざるを得ないからだ。それはそうだ。ある被害者の喉《のど》に『ナイフ』が突き刺
さっているまさにそのとき、他の被害者の心臓近くに『刃物』が突き刺されているのだ
から……
（故に、凶器は二種類。
また合理的に考えて、襲撃者はふたり——）
ある被害者の首にナイフを突き刺しながら、他の被害者の背後に回って背後から心臓

を刺すことはできない。だからこの場合、想定できる襲撃者はふたりだ。ひとりはむろん伊勢鉄雄……そしていまひとりは。

（〈少年警察ボランティア〉を装って五日市小学校に侵入した、ナイフを持った女）

それしかない。

というのも、伊勢鉄雄はナイフなど所持してはいなかったし、ナイフなど準備してはいなかったから。これについても、五日市署の楡刑事課長の証言がある。すなわち――

・伊勢鉄雄が使用した凶器は、四本の柳刃包丁である

・四本のうち、二本は元々自宅にあったもの（裏付け済み）

・四本のうち、他の二本は運動会の二日前、ホームセンターで購入したもの（裏付け済み）

・四本はいずれも同メーカー、同ブランドのもの

・伊勢鉄雄は犯行以前二週間のあいだ、五日市警察署管内から出てはいない

・伊勢鉄雄にはクレジットカード等の使用歴がない

・伊勢鉄雄が当日所持していた財布には、五千円札一枚のみが入っていた

楡警部はこれらのことを断言した。

それを由香里なりに翻訳すれば――①『四本の柳刃包丁がいずれも同メーカー、同ブランドのもの』ということは、それに対する強い執拗《こだわ》りがあったということだし、②引きこもりの身を押して『ホームセンター』にまで出掛けているのに他の凶器には見向き

もしていないし、③伊勢鉄雄は運動会の騒音問題が発生してから五日市警察署管外に出掛けてはいない――だから遠方なり県外なりで凶器を調達したということもないし、④通信販売を利用したということもないし（クレヵ等の使用歴。ちなみに引きこもり生活なので、代引き等なら宅配を受領する父親が察知しているはず）、⑤財布に小銭もレシートも無いということは――消費税の端数を考えれば――そもそも包丁を買って以降、財布を整理し、現金での買い物さえしていなかったということにもなる。だから檎警部は、『マル被が柳刃包丁以外の凶器を準備した形跡は全く無えよ』とまで断言したのだ。

（だから、伊勢鉄雄が事前準備したのは『柳刃包丁四本』で、それだけ。ナイフ、などというものは伊勢鉄雄の念頭に無かったし、実際に用いてもいなかった）

もちろんその『柳刃包丁』というのは、津村警部補が証言するところの『刃物』である。

――ゆえにここまでを整理すると、〈五日市小学校通り魔事件〉の時系列はこうなろう。

一、通り魔はふたり。ひとりは伊勢鉄雄。いまひとりは紺色ストラップの女

二、当該女《とうがい》は、自分が準備したナイフで、いちばん最初に男性教師を殺害した

三、ほとんど同時だがその直後、伊勢鉄雄が柳刃包丁で、女性教師を殺害した

四、その直後、伊勢鉄雄が柳刃包丁で、別の女性教師を殺害した

五、その直後、伊勢鉄雄が柳刃包丁で、現場にいた紺色ストラップの女を襲撃

した
六、その直後、伊勢鉄雄が柳刃包丁で、いよいよ児童の殺戮《さつりく》を開始した（中畑勇さんもこのとき殺害された）

そしてこの流れは、病床で意識を回復した津村警部補の目撃証言からも裏付けられる。あるいは、津村警部補の恐怖からも……津村警部補が犯行状況をただ見ながら『俺ひとりではどうにも!!』『応援が四人、いや五人はいないと!!』などと恐怖したのは、自分の職務執行力に自信がなかったのみならず――それも多分にあろうが――通り魔ふたりが、ひとりはナイフを振り翳《かざ》し、ひとりは柳刃包丁の二刀流で、ただの五秒前後のうちに、やにわに教師三人を即死させてしまったからだ。成程《なるほど》、それを勤務態度に問題のある五十九歳の老兵が封圧するなど、考えるだに恐ろしかったろう。

（しかも突然、柳刃包丁の方はなんと、同志討ちめいたことを始めた……）

津村警部補の主観からすれば、『共犯である通り魔ふたり』がいきなり内紛を起こし、片方が片方の太腿そして肩を斬りつけたと、こういう絵図になる。これでいよいよ津村警部補の混乱は頂点に達し、何の職務執行もできなくなった。

（ただ、伊勢鉄雄が謎の女を斬りつけたというその行為。

私が思うに、それは同志討ちではなく……より深刻で、より悲劇的な行為だったのだが）

……いずれにせよ、右の時系列には追加項目が必要だ。すなわち。

七、太腿と肩に傷を負った謎の女は、何者かの助力によって現場から脱出した
八、謎の女のナイフその他の所持品は、もしそれが現場に落ちたのなら、何者かの助力によってほぼ全て回収された
（そしてその『何者か』が誰なのかについては、もはや数秒の検討すら必要としない）

――被害者であるばかりか、被疑者である女を、凶器その他とともに隠蔽し尽くす。そんな存在は、周辺防カメの動画を自ら確保し処分できる者しかいないからだ。

眼鏡と石灰線

（しかし、どのように証拠が隠滅《いんめつ》されようと、私にはまだ手札がある）

ナイフを持った女がいた――という攻め筋・指し筋を選ばなくとも、『現場には伊勢鉄雄以外の被疑者がいた』という証明はできる。ナイフに執拗《こだわ》れば、由香里は『伊勢鉄雄はナイフなど所持していなかったし、準備もしていなかった』という悪魔の証明を強いられるが、わざわざそのような指し筋を選ばなくとも『もうひとりの被疑者』の存在は立証できるし、そのための証拠は捜査本部にも刑事部長にも回収されていない。

（すなわち、伊勢鉄雄の着衣。

そのうち、眼鏡とスニーカー）

これらは『マル被関係の捜査』に用いられているのだから、警察本部にでも捜査本部

にでもなく、あの検刑事課長がいる五日市署の刑事課にある。そして由香里は検警部に、特にそれらの保管を厳重にするよう、既に依頼をしていた。もし刑事部長なり捜査本部なりが由香里と同じ事に気付けば、まず間違いなく却《キャク》しようとするだろうから……強引な手段をとってでも……

（そうだ。眼鏡の物語と、スニーカーの物語。

これらは雄弁に、犯行現場における〈いまひとりの被疑者〉の存在を語ってくれる）

――まず、伊勢鉄雄の眼鏡。

伊勢鉄雄が普段から眼鏡を使用していたことには数多《あまた》の証言がある。その筆頭は、父親であり使用人であることを強いられた伊勢鉄造警部のものだ――『鉄雄は眼鏡を掛けていますから』。そして、伊勢鉄雄は犯行当日もやはり眼鏡を掛けていた。何故と言って、例の演説のために無線機ジャックをされた津村警部補は、眼前の伊勢鉄雄について『ブリッジを押しながら整え直す眼鏡が、ギラリと光る』のを目撃しているし、そもそも八橋響子警部と由香里は、五日市警察署に伊勢鉄雄の眼鏡そのものが存在するのを確認済みだから。それは現場における遺留物《いりゅうぶつ》として確保されている。実際、その鑑識作業も行われた。そのことを由香里に確認された検刑事課長もまた、『マル被は眼鏡《ガンキョウ》使用』と当然のように断言している。

要は、伊勢鉄雄は普段も当日も、自分の眼鏡を掛けていた。

そして伊勢鉄雄は当日、予備の眼鏡など所持していなかった――検警部の証言。

ならば、伊勢鉄雄は犯行を開始してから拳銃自殺するまでの間、継続して、同じ眼鏡を掛け続けていたことになる。ここで、その継続して掛け続けていた眼鏡とは、眼鏡の鑑識・見分《ケンブン》に当たった楡刑事課長によれば――『もちろん割れても欠けてもいない』し、『それがとうとう外れたのは、俺たちがマル被の死体の検証を始めたそのとき』だし、『付着していたのは血飛沫《ちしぶき》と、マル被の指紋そして掌紋の一部でそれだけ』『あとは土《つち》埃《ぼこり》くらいのもん』なのである。ところが。

（それは、犯行現場における目撃証言とあざやかに矛盾する）

……というのも。

ここでもまた、最重要目撃者である津村警部補の証言があるから。すなわち津村警部補は、まず最初に男性教師が――千賀という教師だが――喉を斬り裂かれて絶命しようとするその刹那《せつな》、まるで最期の足掻《あが》きのように、犯人の眼鏡に触れ、『それを鷲摑《わしづか》みにして地に墜《お》とした』のを現認《ゲンニン》したからである。このとき当該《とうがい》犯人は、眼鏡を奪われ地に墜とされたのに、全くその行動に支障を来してはいない。ゆえに津村警部補は、『それはサングラスだったらしい』なる印象を受けている。

しかもこの『鷲摑み』『叩き墜とし』問題については、津村警部補以外の証言すらある。すなわち、①現場にいた児童たちの証言と、②人波を掻《か》き分けて現場に駆けつけようとした冬木なる〈少年警察ボランティア〉の証言だ。それらの目撃証言によれば、伊勢鉄雄の眼鏡は、『最初の犠牲者である千賀先生の抵抗を受け、ぎゅっと摑《つか》まれて地面に墜とされた』――という。『鷲掴みのような感じで』『千賀先生がガシッと握って、バッと奪った感じで』地面に墜とされた――という。

（しかし、とりわけ②の証言について言えば、そのようなことがあったはずはない）

何故と言って、伊勢鉄雄の眼鏡の鑑識・見分に当たった検警部が断言しているからである――伊勢鉄雄の眼鏡に付着していたのは、血飛沫と、伊勢鉄雄自身の指掌紋《しょうもん》と、あとは精々土埃《つちぼこり》くらいのものだと。言い換えれば、その眼鏡を鷲掴みにして叩き墜としたとされる千賀教諭の指紋なり掌紋なりは、一切検出されていないのである。

まして、伊勢鉄雄の着用していた眼鏡は明らかに度入りだ。というのも、ここでも父親である伊勢鉄造警部の証言があるから――『鉄雄は眼鏡を掛けていますから、距離を置いてもよかったのでしょうが……私は裸眼で、しかも視力が衰えておりますので、詳細はとても』という証言があるから。

この伊勢警部の証言は、『伊勢鉄雄が運動会の練習初日から謎の外出をしていた』という文脈において――すなわち『謎の尾行をしていた』という文脈において述べられた証言であるが、その表現ぶりからして、伊勢鉄雄の眼鏡が『裸眼』『視力の衰え』と逆の効果を有するものであったことに疑いの余地は無い。すなわち、伊勢鉄雄の眼鏡は度入りである。とすると、もし当該度入りの眼鏡を千賀教諭に叩き墜とされ外されたというのなら、伊勢鉄雄の襲撃劇はかなりの、いや少なくともそれなりのスローダウンを強いられたはずだ。まさか二〇秒弱で十九人を……いや今や二十人を……死傷させられるはずもない。ならば。

(伊勢鉄雄自身の眼鏡は、鷲摑みにされてもいなければ、地に叩き墜とされてもいない)

それが、証拠品の客観的な鑑識・見分結果とも合致する。

しかし、現実に『鷲摑みにされ』『叩き墜とされた』眼鏡は存在する。児童らと冬木氏と、そして何より津村警部補の証言があるからだ。ここで、児童らは既に逃げ惑っている段階にあったし、冬木氏はといえば、濁流《だくりゅう》となった雑踏を掻き分けて人壁越しに犯行現場を見た状況にあった。要は、いずれもパニックの影響を受けていた。ならば、それらの目撃証言は、正確さを欠くものだったとして何ら不思議はない。事実、例えば冬木氏は、被害者が殺害された順序について、『①最初に襲撃されたのは千賀という男性教師』『②次に襲撃されたのは山崎という女性教師』『③その次に襲撃されたのは小川という女性教師』『④その次に襲撃されたのが中畑という保護者』『⑤これで現場にいた大人は無力化されてしまったので、被疑者の凶刃《きょうじん》はいよいよ児童たちに向いた』旨《むね》の供述をしている(それを録取《ろくしゅ》した供述調書が作成されている――八橋警部の確認)。これが正確さを欠いているのは今や明らかだ。というのも、③と④のあいだで、〈二十番目の被害者〉にして〈もうひとりの被疑者〉が太腿と肩を刺されているからである。これはもう証明された。このような目撃証言の誤りがある以上、眼鏡に関する児童らと冬木氏の供述は、かなり割り引いて考える必要がある。他方で、津村警部補の供述の信用性については全く割り引く必要がない。津村警部補はまさに犯行現場にいたし、伊勢鉄雄と

〈もうひとりの被疑者〉の存在を、いずれもキチンと視認《しにん》できていたからだ。
と、すれば。
事実だ。(各人の証言から、誰かの眼鏡が千賀教諭によって鷲掴みにされ、地に墜とされたのは
その誰かはまさか伊勢鉄雄ではない。伊勢鉄雄以外の誰かだ。そして現場にいた津村警部補の証言から、また楡警部の鑑識・見分結果から、
ましてや当該誰かは、被害者＝千賀教諭の抵抗を受けている者なのだから、当然、襲撃者となる。シンプルなロジックだ)
――そう、伊勢鉄雄以外の、襲撃者。
眼鏡が物語ってくれる事実から、まず、そのような襲撃者が存在した事実が立証される。
次に、当該者は伊達《だて》眼鏡を使用していた事実が立証される。
また次に、そのような伊達眼鏡は現場から回収されてしまっていることが立証される。『地に墜とされた』はずなのに、〈二十番目の被害者〉が使用していたナイフ同様、現場には遺留されていなかったからだ。
最後に、これは確認だが、当該者＝眼鏡を墜とされた襲撃者は、まさにその〈二十番目の被害者〉本人であることが立証される。何故と言って、〈二十番目の被害者〉とは――既に証明されているとおり――最初に千賀教諭を襲撃した者だからだ。眼鏡を墜とされた襲撃者は、例えば『第三の被疑者』『第四の被疑者』等々の、未登場の人物では

ありえない。

ゆえに、当日、犯行現場において、伊勢鉄雄とは別に、いまひとりだけ被疑者が存在していたことが——ナイフと柳刃包丁の物語を完全に無視するとしても——確定する。

（そして、そればかりではない）

ナイフと柳刃包丁の物語。

眼鏡の物語。

このいずれをも無視したところで、それでもなお、犯行現場には〈二十番目の被害者〉＝〈いまひとりの被疑者〉が存在したことが立証できてしまうのだ。

（すなわち、白い石灰線の物語——）

……犯行現場は、運動会における、次の競技種目に出る児童たちが整列等するための待機場所だった。ゆえにそこには、部外者立入禁止措置が講じられていた。具体的には——①人の動線は張り渡したビニールテープによって遮《さえぎ》られ、②そのビニールテープには『ここから先は通れません』と書かれた画用紙が下げられており、かつ、③地面には通行止めの線として白い石灰線まで引かれていた。

ここで。

〈二十番目の被害者〉は、この白い石灰線を踏んでいる。

何故ならば津村警部補が目撃したからだ——『彼女が太腿をかばう動作をしたとき、その紺のスニーカーの裏というか靴底に、白い石灰線が嘘のごとくあざやかに付着している』のを。ここで、もし千賀その他の教師が死亡していなければ、ひょっとしたら教師もまた、彼女が白い石灰線を踏むのを目撃していたかも知れない。それは言っても詮《せん》なきことだが、犯行現場が立入禁止場所であった以上、そこへいきなり闖入者《ちんにゅうしゃ》が出現すれば、教師としてはまず、その容姿なり挙動《きょどう》なりを確認するだろうから……

（いずれにせよ、津村警部補は現認している。

〈二十番目の被害者〉の靴底には、あざやかな、だから真新しい白線の跡があるのを）

そして、さらに津村警部補が現認したとおり、その〈二十番目の被害者〉とはすなわち、最初に千賀教諭を襲撃した通り魔である。だから、『彼女が白い石灰線を踏んだとき』とは、彼女が千賀教諭の喉をナイフで斬り裂くため、『立入禁止場所に侵入したそのとき』だ。これをもう一度強調すれば、本件通り魔事件の最初の被疑者は、犯行現場に侵入したそのときに、白い石灰線を踏んでしまっているのである。

――ところが。

自分が被疑者であると無線演説した伊勢鉄雄は、絶対にその白い石灰線を踏んではいないのだ。理由はシンプル。伊勢鉄雄が履いていた黒いスニーカーには、『返り血がドロドロ付いていた』『あとはそれに、運動会らしい土埃《つちぼこり》がくっついていた』『細かい砂で黒色が薄く見えるほどだった』けれど、しかし『それ以外の汚れはなかった』『血と土埃以外の、特異な附着物は無かった』からだ。すなわち、伊勢鉄雄の黒色スニーカーを鑑識・見分した検刑事課長はそこに、白い石灰線のしの字も粉のひと粒も見出してはいないからだ。

(ゆえに、犯行現場において、被疑者は少なくともふたりいたと断言できる)

うちひとりは白線を踏み、最初に千賀教諭を殺害した〈二十番目の被害者〉。

いまひとりは白線を踏まず、千賀教諭以外の被害者を殺傷した、伊勢鉄雄。

(そしてこの、白い石灰線の物語――『色の物語』は、さらにもうひとつ、重要な証拠を浮かび上がらせてくれる。あたかもさっきの、保護者証の物語のように)

保護者証の物語では、ストラップの色の違いが重要となった。

伊勢鉄雄のストラップはオレンジ、〈二十番目の被害者〉のストラップは紺である。

そして今、またもや色の違いが重要となる――

(すなわち、伊勢鉄雄のスニーカーは黒。〈二十番目の被害者〉のスニーカーは、紺だ)

このことは、目撃証言や見分結果から幾らでも確認できる。犯行現場において伊勢鉄雄は『下半身黒ずくめ』、すなわち靴も黒だった。ところが最初に千賀教諭を襲撃した者は、『紺のシャツにスニーカー、そして黒デニム』なのである。そして後者は本人ごと現場から回収されてしまったが、前者ならば五日市警察署に残っている。両者の履いていた靴が、まったくの別物であることに疑いは無い。

ゆえに、これまでの議論をまとめれば――

今論じてきた、眼鏡の物語と石灰線の物語。

これらから、ナイフと柳刃包丁の物語を使わずとも、『被疑者はもうひとりいた』ことが立証できる。またその被疑者は『最初に千賀教諭を殺害した者であり』『その他の被害者を殺傷したことはなく』『さかしまに、伊勢鉄雄に太腿と肩を刺されている』ことが立証できる。また、当該もうひとりいた被疑者については、その落とした眼鏡も、その履いていたスニーカーも回収されてしまっているのだから（もちろん既に検討したナイフもだ）、『警察捜査も証拠品の検証も防カメ動画の精査も無視できる何者かに救出された』と結論付けられる。この最後の結論だけでも驚愕《きょうがく》すべきものだが、しかし……（それ以上に驚愕すべき事実が、そして謎がある）

そうだ。

伊勢鉄雄は、何故、当該《とうがい》いまひとりの被疑者を殺さなかったのか？

伊勢鉄雄は、何故、当該いまひとりの被疑者をかばったのか……？

守られるべきもの――伊勢鉄雄の場合

もう一度、整理しよう。

伊勢鉄雄が通り魔であったことに疑いの余地は無い。何故と言って。

運動会の騒音にイラだっていたという動機がある。柳刃包丁四本と保護者証とを用意したという準備がある。犯行前、にわかに五日市小学校近辺を徘徊《はいかい》し始めたという挙動《きょどう》がある。いや、そのようなことよりも、現実に十九人を死傷させている行為がある。そしてその行為について、それが間違いなく自らの犯行であると、そう演説した自白すらある……

　ところが、他方で。

〈二十番目の被害者〉にして〈いまひとりの被疑者〉が通り魔であったことにも、今や疑いの余地は無いのだ。

　その動機は不明なるも、ナイフと身分証とを用意したという準備があるし、現実に千賀教諭の喉を斬り裂いてもいる。ここで、彼女が千賀教諭にだけ殺意を有していたというならまた話は違ってくるが、それなら何も群衆・雑踏が邪魔にもなれば目撃者にもなる運動会の場を選ぶ理由がない。最近は防犯水準が上がっている小学校に敢《あ》えて侵入する理由もない（ストラップだの身分証だの、余計な準備もせずに済む）。まして、五日市小学校の最も奥となる問題の待機場所を選ぶ必要がない。それこそ退勤時その他を狙って、千賀教諭が独りのところを文字どおり『通り魔』すればよい。もしどうしても、どうしても運動会の機会を活用したいというのなら、千賀教諭が独りで手洗いにでも立ったところを『通り魔』すればよい。

　――といって、そのような証明不可能な動機・心情を検討しなくとも、彼女が千賀教諭にだけ殺意を有していたわけではないことは――だから彼女もまた児童なり教師なりを大量殺害する予定であったことは、目撃証言を踏まえれば、議論の前提としてしまってよい。すなわち、彼女はナイフを二本用意していたのだから。既に千賀教諭の喉を裂いたとき、あるいは少なくともその直後、彼女はナイフを二刀流で翳《かざ》していたのだから。

千賀教諭ひとりの『暗殺』が目的ならば、そのような姿が目撃されるはずもない。

と、すると。

やはり彼女もまた、運動会の児童・教師を狙った通り魔であったことが確定する。

ならば。
①五日市小学校の運動会の日、②午前一一時〇五分という全く同一の時刻において、③児童の待機場所という全く同一の現場において、かつ、④同じ目的を持ったふたりの通り魔が、いわば『鉢合わせ』したことになる。物語としてはそうなるが……
(そんなバカなことがあり得るか？)

……あり得ない。

条理《じょうり》と常識からして、そんなバカな偶然は生じ得ない。日程・時刻・場所・動機・対象を全く同一とするふたりの通り魔が『鉢合わせ』するなど、およそ想定しがたい。

そしてそのことは、実は、常識論以外の根拠からも充分に裏付けられるのだ。すなわち。

(伊勢鉄雄は、鉢合わせ現場において、全く混乱していなかった。

そればかりか、明々白々に、空々しい嘘を吐いてまで〈いまひとりの被疑者〉を守っている)

……そうだ。

伊勢鉄雄は知っていたのだ。伊勢鉄雄には解っていた。もうひとりの通り魔が出現することを。いやそれは正確な表現ではない。伊勢鉄雄はそれを解明したのだ。〈いまひとりの被疑者〉が五日市小学校の運動会を襲撃するというそのことを、事前に解明していたのだ。だから、伊勢鉄雄にとって彼女との遭遇は『鉢合わせ』でも何でもなかった。どこまでも予測できていたことだ。というか、伊勢鉄雄は彼女の行動を予測していたからこそ、あの犯行現場に出現することができたのだ。

ゆえに、犯行現場でも一切狼狽《ろうばい》・動揺しなかった。

では何故、伊勢鉄雄が彼女の行動を事前に予測できていたなどと断言できるか……？

（……伊勢鉄雄は、数多《あまた》いた大人のうち、彼女だけは殺さなかったからだ。また、伊勢鉄雄は、彼女の存在を隠蔽《いんぺい》した上、彼女による千賀教諭殺しすら自分の犯行だと嘘を吐いたからだ）

それは、端的《たんてき》には、擁《かば》ったということ。

もし伊勢鉄雄が彼女のことを何も知らなかったのなら、そのようなことはしないし、そもそもできない。ここで、伊勢鉄雄のあの無線演説を引くと、彼の真情がより明確になる――

俺の名は伊勢鉄雄。この町内の伊勢鉄雄だ。この五日市小の卒業生でもある

俺は作家だ。あのKADOKANAからも本を出版できる作家だ

だが、この小学校は、ここの児童と教師は、俺の著述の妨害をした

先週から、常識外れの大音量で運動会の音楽を響き渡らせたほか、その音楽に自衛隊や米軍の妨害電波を混ぜ、俺の脳を破壊しようとした。億を稼げる芸術家である、この俺の貴重な脳を
だからだ
だから俺、伊勢鉄雄は、この小学校にも運動会にも懲罰《ちょうばつ》を加えることにした
最初にあの男教師を殺し、それから女教師たち、あとそこに転がっている保護者の女、そしてもちろん児童どもを懲《こ》らしめてやった
当然の報いで、当然の権利だ。俺には微塵《みじん》の後悔もない
俺独りでやらなければならなかったから、何人殺せたかはリテ分からないが、それができるだけ大勢になることこそ、非人道的大量虐殺妨害電波の被害者たる俺の本懐《ほんかい》なのだ――以上

（改めて思えば、何と故意《わざ》とらしく、そして……悲痛な自白であることか）


この自白は、今や、どう考えても面妖《おか》しい。何故と言って。

『最初にあの男教師を殺し』たのは〈いまひとりの被疑者〉なのだから、そこは大嘘だ。

『俺独りでやらなければならなかったから』もまた大嘘となる。

加えて、執拗《しつよう》に、くどいといえるほど、自分の名前を連呼している。それは大嘘ではないにしろ、それによって〈いまひとりの被疑者〉を塗り潰そうとしているという意味で、やはり嘘といえよう。

しかも、だ。

(自分の自白を、書簡でもメールでもなく、わざわざ警察無線に載せている。そんな必要など微塵《みじん》もないのに。わざわざ警察組織の神経系統に載せ、いわば大々的に広報している)

それはもちろん、自分の自白を警察組織全体に刷り込み、それを真実として確定させるためだ。伊勢鉄雄は、どうしても、彼女の存在と彼女の犯行とを隠蔽したかった。どうしてもだ。そしてそれは、彼女が何を考えた末、どのような行為に及んでしまったか――それを理解していなければ到底できないことである。『彼女が無差別殺人者予備軍である』と知っていなければ、必要十分な嘘を吐くことなどできはしない。

さらに。

(伊勢鉄雄が彼女を守ったその守り方は、実に徹底している。というのも)

第一に、彼女自身による殺人を、最初のひとり――千賀教諭殺しだけに押しとどめた。

第二に、彼女自身による殺人を再開させないため、彼女本人の太腿と肩を刺して無力化した。

第三に、彼女自身による殺人を殺人の海に隠すため、自ら十八人殺傷を買って出た。

(……そして結果として、現在のところ、彼女の犯行も犯行計画も隠蔽できている)

伊勢鉄雄はそうまでして、彼女を守ろうとした。

彼女を戦慄《せんりつ》すべき、唾棄《だき》される小学生大量殺人者に堕《お》とさないよう、何と、自らがその役目を買って出たのだ。

（むろん、無辜《むこ》の児童殺し・教師殺し・保護者殺しなど絶対に許されるものではないが……）

　その決意と覚悟には、悲壮さすら感じる。手段さえ誤らなければ、美しき無私なのに）

　……ここで、伊勢鉄雄の病が果たしてどのようなものであったのかは、もはや永遠に知ることができない。だが少なくとも、無線演説で滔々《とうとう》と語った『自衛隊や米軍の妨害電波』『非人道的大量虐殺妨害電波』なる文言は、むしろ演技なのではないか。

（伊勢鉄雄は、自分が口にしていたほどには……そして父親の伊勢警部に敢えて聞かせていたほどには……精神のバランスを失ってなどいなかったのでは？

　むしろ、冷静な事理弁識《じりべんしき》能力と高度な知能とが維持されていたのではないか？

　少なくとも、冷静な事理弁識能力と高度な知能とが回復する場面もあったのでは？）

　それを前提とすれば、伊勢鉄雄が彼女の犯行計画を――その全貌《ぜんぼう》ではないにしろ――解明し予測していたと考えない方が面妖《おか》しいだろう。

　――では具体的に、伊勢鉄雄は、彼女の犯行計画をどのように解明したのか？

　尾行だ。

　ここで、伊勢鉄雄は、運動会の前の週から――具体的には五日市小学校が運動会の練習を始めたその初日から、昼夜逆転の生活パターンを大きく変えている。『朝食をとったら、出掛ける所がある』『懐かしの小学校へ行く』『止《や》めさせなきゃいけないこともある』等々と言いながら。これについては、父親である伊勢警部の証言がある。しかも伊勢鉄雄は、ここ五年間はやったこともない『早朝にシャワーを浴びる』ことまでしているし、客観的にも例えば犯行当日の容貌《ようぼう》は――五日市署の楡刑事課長の言葉を借りれば――『大事な相手との約束がある』『大事な相手とのイベントがある』『張り合い、生き甲斐《がい》を感じさせる』ような、そんな身嗜《みだしな》みあるいはおめかしをしていた様子であった。父親の伊勢警部によれば、普段は無精髭《ぶしょうひげ》を伸ばし放題、髪をボサボサにし放題だったのに、である。

(止めさせなきゃいけないことも、ある……)

伊勢警部は息子の言葉を、『運動会の騒音を止《や》めさせる』ことだと解釈したが、だがしかし)

そうではない。そうではないのだ。そうであってほしくはない。

というのも、その伊勢警部自身が目撃をしているから――鉄雄は『女性の尻を追い掛けていた』と。『家での暴君ぶりがまるで嘘のような、ビクビク、おどおどした様子で』『誰かに危害を加えるというよりは、誰かの行動に興味があって仕方がないという様子で』そうしていたと。いやもっといえば、伊勢警部は『極めて真剣な――小学生を襲うどころか小学生を見守るような、そんな感じの尾行でした』とまで証言しているのである。ましてそうした尾行は、伊勢警部が確認しただけでも二回、そして昼夜逆転が治っていることから推測するにそれ以上の回数、行われていたという。

(そして伊勢鉄雄の尾行ルートは――だから尻を追い掛けられている女性の移動ルートは)

――伊勢家の近所から、五日市小学校。

そして五日市小学校から、伊勢家の近所。

要は、町内の某所《ぼうしょ》から出発して、五日市小学校へ行き、折り返して町内の某所に戻る。尾行者である伊勢鉄雄は、それを確認して自宅に戻る。そういったルートだ。これすなわち、目的地は五日市小学校しかないと考えるべきだろう。他にこれといった目標物が確認できたのなら、警察官である伊勢警部がそれを由香里に報告しなかったはずはないから。またここで重要な事実が判明する。すなわち、尻を追い掛けられている女性本人も、昼日中《ひるひなか》、勤め人がオフィスに出るそんな時間帯からぶらぶらと町内を闊歩《かっぽ》できる『自由な』立場の者と判明する。むろん犯行当日も水曜日、昼日中だ。

こうなると。

(伊勢鉄雄が当該女性の目的を解明するのに、全く困難はないと言わざるを得ない)

何故と言って……

……同じ種族だからだ。

伊勢鉄雄は、長期にわたる引きこもり生活を送っていた。少なくとも、大学を退学してから十年以上、外界との接触を断っていた。生活は、既に述べたように昼夜逆転。身嗜みも服装もおかしくなってくるだろう。そして、実際の病状がどうであったにせよ、父親である伊勢警部を奴隷のように支配し、億を稼ぐ作家を自任し、自分の城塞《じょうさい》である『書斎』に籠《こ》もっては、意味不明な文字列を乱打している。それが十年以上……ベテランだ。

なら同じ種族は臭いで分かるだろう。

深夜のコンビニ等で、見掛けたことがあるのかも知れない。ひょっとしたら、会話したことも。ひょっとしたら、メールなりチャットなりを交わしたことも。それは一切の証拠が——まだ——獲《え》られてはいない憶測だが。

いずれにせよ、当該女性が同じ種族であるということは、直ちに識別できただろう。その思考パターンも、悲痛なほど理解できたろう——伊勢鉄雄自身、『尾行』を開始したその朝、運動会の練習に激昂《げっこう》しながら『拡大自殺』なる言葉まで発しているほどだから。まして、当該女性が自分と同様の思考パターンを有するのなら、その目的地がいよいよ五日市小学校だと判明したとき、『そこで何をやるのか』想定できない方がおかしい。

いやそもそもその朝、伊勢鉄雄自身が『拡大自殺』を想起してしまっているのだから、それを計画する者がどのように視線をめぐらせ、どのように他人を避け、どのように動線を想定し、どのように現場の実態把握とイメトレをするか——そういったことは直感的に理解できる。まさに自分自身も『やろうとしたこと』、少なくとも『やってみてもいいな』と思ったことなのだから。脳内でシミュレイションはしていたはずのことだから。それに合致した挙動《きょどう》を示す彼女を見出したとき、伊勢鉄雄には彼女の内心・動機が直ちに察知できたろう。喩《たと》えが極めて悪いが、薬物乱用者が薬物乱用者を識別できたり、空き巣が空き巣を識別できたりするのと似たような道理だ。

（ならば。

いよいよ尾行を継続し、あるいは尾行を繰り返し、彼女の『犯行計画』を解明してみようというモチベーションが湧き起こる）

といって、それは全く困難ではない。

目的地と、実行日と、犯行内容が既に分かってしまっているからだ。

なら極論、ナイフ二本だの紺のストラップだのが解明できなくとも、運動会当日もまた彼女を尾行し、小学校内に入ればよい。伊勢鉄雄は既にオレンジのストラップと保護者証を用意できているのだし、それが難しくなかったことについても八橋警部の証言がある――

似たようなデザインのものを、民間のボランティアの方々が、登下校時の見守り等で使っておられますから。それに、当日朝は学校へ押し掛ける保護者の人波が道々にわんさか。『だいたいこんなようなデザインだな』と理解するのに、数秒を要しないでしょう

もし、伊勢鉄雄が犯行前にも学校周辺を下見をしていたとするなら、なおさらです

同様に、小学校の受付テントを突破することが容易だったことについても、八橋警部が既に説明をしてくれている。

(ゆえに伊勢鉄雄はいよいよ、犯行当日、小学校内でも彼女を尾行する。尾行するにつれ、彼女の『犯行計画』が確乎《かっこ》たるものだと確信が持てる……)

……由香里は考えがここに至る都度《つど》、いつも自問する。何度も何度も繰り返して。

その、悲痛な自問。

(伊勢鉄雄の本来の目的は、いったい何だったのか？)

――結果的に彼がしたことなら、嫌と言うほど解明できている。

彼女の身代わりに、忌《い》まわしき大量殺人者になったことだ。

そして彼自身、事前に柳刃包丁四本を準備していた以上、その脚本を受け容れていたのは間違いない。その脚本を演ずる決意があったのは間違いない。だがしかし……

(……できることなら、彼女を止《と》めたかったのではないか？)

止《や》めさせなきゃいけないこともある。これは彼自身の台詞《セリフ》だ。

そしてこれは、彼女の犯罪を止めさせなきゃいけない――という意味ではなかったか？

しかも、伊勢鉄雄の尾行態度は、重要なことを示唆《しさ》している。醸《かも》し出している――

大事な相手。約束。イベント。

張り合い。生き甲斐。

身嗜み。おめかし。

おどおど。真剣。見守る――

(十年の孤独を耐え忍んできた伊勢鉄雄の、それは……恋なのではないか)

ならば、まさか、一緒に小学生を虐殺することなど望んでいなかったのではないか。

『彼女もひっくるめた拡大自殺』が伊勢鉄雄の希望だったとは、由香里にはどうしても思えない。それもまたロジックでなく、憶測になってしまうが……

……ただ、伊勢鉄雄が柳刃包丁を準備し終えたのが、検警部の証言したとおり『運動会当日の二日前』というギリギリのタイミングだったことを考えれば――前日に買い出しに行ったのなら店舗が休みということもあろうし、休みでなくとも望むものが無いということもあろうから、前々日はギリギリのタイミングだ――伊勢鉄雄は最後まで、『彼女を現場近くで制止する』ことを考えており、『自分自身が身代わりになることなど避けたい』と考えていたのではないか。それは、由香里の憶測の弱い根拠になる。

また、弱い根拠でよいなら他にもある。すなわち、伊勢鉄雄が遺言のように告げた言葉だ。伊勢鉄雄は拳銃自殺の直前に、津村警部補にこう言ったのだ。

アンタがしっかりおまわりさんやっていたら、ひょっとしたら……

……誰一人死なない。そんな未来だってあり得たかも知れない。そうだろ？

(すべては私の憶測だが……

伊勢鉄雄は、制服姿の、だから警察官とすぐ分かる津村警部補に対し、『お前がしっかり警戒をして、彼女が男教師を殺すのを制止していたら、誰も死なずに済んだのに』と慨嘆《がいたん》したのではないか？）

そしてよくよく考えてみれば――これも由香里の憶測の弱い根拠になるのだが――伊勢鉄雄は事前に、警察に対し、運動会当日の警戒を強化するよう働き掛けてもいる。わざわざ顔をさらし、声をさらして市役所の障がい者福祉課に乗り込んでいったり、一一〇番や駐在所の加入電話に架電したりして、あることを訴えかけている。それはもちろん、『小学校の騒音がうるさい』などということではなく、『騒音苦情をがなり立てている不審で危険な男が町内にいる』ということを訴えかけていたのだ。

それはそうだ。

このコンプライアンス全盛の御時世《ごじせい》、電話相談なり駐在所の電話なりは、実態がどうあれ、すべて録音されるものだと考えるだろう。一一〇番なら無論録音される。また伊勢鉄雄は警察官の息子だから、興味として、一一〇番は容易《たやす》く発信地表示され逆探知・強制再接続されるということさえ知っていたかも知れない。

いずれにせよ、伊勢鉄雄はあからさまに『自分の身柄を警察に売った』。自分で自分を告発した。しかも、父親の伊勢警部に対して『自分の通報はちゃんと警察に受理されているのか』と確認すらした。そしてもちろんだと、八回とも無視するような真似はしていないとの返事を聞くと、極めて満足した様子を示した――そう、『ここ数年でも初めてと言えるほどの上機嫌』になった。

何故上機嫌になったか？

警察を信頼したからだ。

警察が、町内の、伊勢鉄雄という極めて不審で危険な男を警戒して、運動会の防犯体制をしっかりしてくれるものと信頼したからだ。それはもちろん、彼女が犯罪を実行するのを抑止してくれるだろう。運が良ければ、彼女を先制職質して凶器を発見し、大量殺人前に身柄を確保してくれるかも知れない。そうでなくとも、イザとなれば自分が故《わ》意《ざ》と職質されるなどして大騒ぎして、運動会の警戒レベルを引き上げられるかも知れない（そのためにも柳刃包丁は役に立つし、四本を揃《そろ》えることで『真剣味』が出せる）。

……ここまで考えると、やはり伊勢鉄雄の執拗《しつよう》な騒音苦情は、通り魔事件を未然防止するための、冷静な計算の上になされたものと思えてならない。すると、重ねて憶測にはなるが、伊勢鉄雄は彼女を守りたかったし、彼女を犯罪者にはしたくなかったのだ。

（その気持ちは、やはり、恋と呼ぶべきものに裏打ちされていたのではなかったか……

それは、伊勢警部が語った伊勢鉄雄の少年時代に鑑《かんが》みれば、とても納得のゆく物語だ）

――しかしながら。

五日市駐在所の津村警部補のキャラクタゆえ、そして五日市警察署の八橋警部が風俗事件で身動きがとれなかったゆえ――犯行当日、伊勢鉄雄が希望したような警戒態勢はまったくとられなかった。

加えて、実際にどのような経緯をたどったのかは不明だが——

そう、伊勢鉄雄が彼女を見失ってしまったのか、あまりの雑踏で身動きがとれなくなったのか、あるいはそこまでゆかずとも、ふたりのあいだに必要以上の距離が開いてしまったのか。そうした実際の経緯は全く分からないが、しかし。

……彼女は犯行現場に到着してしまった。単独で先着してしまった。

そしてすぐさま千賀教諭を殺害してしまった。

(……もし、私の憶測が正しいなら。伊勢鉄雄に、無私の恋とでも呼ぶべき強い想いがあったなら。

そのとき彼女と彼女の犯罪を見出した彼の絶望は、いかばかりだったろう)

今、千賀教諭は即死した。

その絶命の様子なら誰にでも分かった。伊勢鉄雄にも分かったろう。

そのとき彼女は殺人者になった。そしてもう時は返らない。彼女を殺人者でなくする術《すべ》はない……伊勢鉄雄が用意した、最悪の事態のためのシナリオを除いては。

だから伊勢鉄雄は、『殺人事件の上書き』『通り魔事件の上書き』を開始した。

そして彼女の『殺人者』という属性に、『被害者』という属性を上書きした。

彼女を殺せばより確実だったが……

……容易にできたのに、彼女だけ生き残らせたことが、由香里の憶測をまた強くする。

(かくて身代わりを……生贄《いけにえ》の役を引き受けた伊勢鉄雄は、警察無線ジャックをして、いよいよあのデタラメな演説を始める。
それは、彼がした『上書き』の総仕上げだ）
――こうして伊勢鉄雄は九人殺し・十九人殺傷の唾棄《だき》すべき通り魔となり。
彼女は伊勢鉄雄の希望どおり、結果として、犯行現場から姿を消した。
これで、犯行現場で実際に何が起こったかは解明できたことになる。ならば。
（伊勢鉄雄がそうまでして守りたかった彼女とは――
〈二十番目の被害者〉にして〈いまひとりの被疑者〉とは誰なのか？）
それは当然、疑問として残る。
そして、ここで整理すると、当該いまひとりの被疑者とは、これまでの議論から当然
　一、五日市小学校で拡大自殺を試みるほど同小学校に縁がある者であり
　二、伊勢鉄雄と同じ町内、少なくとも徒歩圏内に居住している者であり
　三、少年警察ボランティアの用いるストラップを熟知している者であり
　四、日中に勤め人としての時間拘束を受けることのない自由な者であり
　五、警察の保護を受けられるばかりか、犯罪すら隠蔽してもらえる者である
ということになる。無論、由香里は既に一、二、三、四の条件から、彼女が何者か当たりをつけていたし、いやそれ以上に、五日市駐在所において、彼女が何者かを実証すらしていた。そう、八橋警部とともに。また、江藤交番相談員とともに。

ただ……

（伊勢鉄雄の悲壮な物語とあざやかな対《つい》をなす、警察の汚穢《おわい》な陰謀を明らかにしなければならない。伊勢鉄雄は、地獄においても許されざる凶悪犯罪者だが——伊勢鉄雄だけを唾棄すべき背徳者として問罪するわけには絶対にゆかない）

守られるべきもの——警察一家の場合

既に〈五日市小学校通り魔事件〉の犯行実態は解明された。よって、犯行の最終段階もまた明らかである。すなわち。

（何者かが、①太腿と肩を負傷した〈いまひとりの被疑者〉を救助し、②その所持品とともに彼女自身をも回収し、③雑踏に紛《まぎ》れ五日市小学校から脱出した。また当該何者かは、④彼女を極秘裏に治療するとともに、その存在を徹底して隠蔽している）

……そして現在のところ、その陰謀は成功している。

陰謀の当事者は別論として、由香里以外の誰も、彼女の存在と犯罪とを知り得ていない。

ならその陰謀の当事者とは——何者かとは誰なのか？

（これまでのように、ロジックで詰めるまでもない）由香里は苦く嘲《わら》った。（そんな存在は我が社でしか……警察組織そのものでしかあり得ない）

それはそうだ。

既に結論は出した。その何者かとは、『警察捜査も証拠品の検証も防カメ動画の精査も無視できる』何者かでしかあり得ない。本件は日本犯罪史に残るほどの重大事件。いくら被疑者死亡とはいえ、その全容解明は我が社に課せられた重大な責務である。だのに、実際に行われていることは――『現場に遺留されたナイフを隠蔽する』『現場に遺留された眼鏡を隠蔽する』『被害者数の虚偽発表をする』『もうひとりの被疑者をいなかったことにする』『もうひとりの被疑者をメディア等に知られることなく治療する』『本件被害者に関係する捜査を一部の者が独占する』『現場小学校及びその付近の防カメ動画を独占する』等々、その重大な責務に違背《いはい》することばかり。サボタージュともいえるこれらの破廉恥《はれんち》が実行できるのは、そもそも本件捜査を委《ゆだ》ねられた我が社――警察でしかあり得ない。

（とりわけ防カメ動画は適正に処理しなければ、陰謀にとって致命傷になる。また、児童その他生存被害者の目撃証言を適正に誘導しなければそれも致命傷になる。それが実行できるのは、それらの捜査を委ねられた警察で、警察だけだ）

――ここで。

この陰謀を主導している者のひとりは、法円坂刑事部長だ。それは間違いない。刑事部長こそ本件捜査の最高指揮官であり、しかも今、被害者関係の全ての捜査を独占している。なるほど、捜査本部はタテマエどおり事件発生警察署に起《た》ち上がってはいるが、事件発生警察署である五日市警察署に委ねられている捜査は、被疑者——伊勢鉄雄ただ独りに関する捜査のみ。死亡した被害者に関する捜査も、生存被害者に関する捜査も、刑事部長とその直轄部隊である捜査本部員だけが実施している。当県警察の副社長である由香里ですら、刑事部長と捜査本部員による捜査には介入できていないし、真実について何の報告も受けていないほどだ。

いうまでもなく、これは意図的なものである。

言い換えれば、法円坂刑事部長は意図的に本件の捜査をゆがめている。ド派手に。

その意味で、法円坂警視正がこの陰謀の主導者のひとりであることに疑いの余地はない。といって——

(法円坂警視正が、この陰謀の最終の首魁《しゅかい》であるかといえば、実はそうではない)

……何故ならば、あの、城村官房長からの警電があるからだ。

警察庁本庁のナンバー・スリー、城村警視監からの警電。いきなり由香里の人事異動を、いや更迭《こうてつ》を、いや辞職勧告を通告してきたあの警電。あの警電で、城村警視監はいった。由香里は悪戯《いたずら》の過ぎる家畜だと。だから牧場から追放しなければならないと。いやそればかりではない。自分が法円坂刑事部長に命じて関係証拠を独占させた旨《むね》まで、何の恥じらいも罪悪感もなく言ってのけた。これすなわち。

(この陰謀は、当県警察レベルのみで実行されているものではない。

総本山である警察庁主導か、少なくとも、警察庁の了解の下に実行されているもの

だ)

　するとここで。

　由香里が既に、何度も何度も繰り返して検討した疑問がわきおこる。すなわち。

(何故そこまで、陰謀のスケールがインフレしているのか?)

……もはや解明されたとおり、本件陰謀のコアは〈二十番目の被害者〉=〈いまひとりの被疑者〉を守ることにある。伊勢鉄雄が尾行をしていたその女性を。言い換えれば、その女性ひとりを守るためだけに、法円坂刑事部長どころか城村官房長までが尽力している。ここで、刑事部長といえば地元筆頭ポスト、地元筆頭役員、実質的な当県社長。そして官房長といえば国の警察の役員、しかもその超重鎮である。常識的に考えて、どちらにも、通り魔女性たったひとりを擁《かば》い立てする動機などない。陰謀が露見したときの脅威的なリスクを考えれば、そんなことは頼まれても忌避《きひ》するだろう——常識的に考えれば。

(しかし、事実が常識を超越している。

　刑事部長なり官房長なりが当該女性を守っているのは既に事実だ。ならこの場合、常識の方が間違っている。というか、常識を排除するだけの極めて強力な事情がある)

……その事情とは何か?　彼女を守る事情とは?

　これは、伊勢鉄雄についていえば——由香里の憶測が混じるが——恋であり共感だった。

なら、警察組織についていえば――警察一家にとっては何なのだろうか。

警察組織にとって、当該女性は、伊勢鉄雄と同様の熱意をもって守るべき存在なのか？

（だから、最も重要な疑問は――

当該女性はいったい何者なのか、という疑問だ）

彼女は何者か？

それを解明する思考ルートは、実は複数あるのだが――

――由香里が用いたのは、伊勢鉄造警部の遺書から、という思考ルートである。

というのも、由香里はその内容を読み返すうち、大きな違和感を覚えるに至ったからだ。

ここで、当該《とうがい》伊勢鉄造警部の遺書を引くと、それは

一命を以《もっ》て、五日市小学校で非《ひ》命《めい》に倒れられた被害者の方・被害者遺族の方にお詫び致します。大恩のため、組織のため、このような手段に出ることをお許しください

地獄にて愚息に再会しましたらば、必ずや厳しく指導する所存です

というものであった。そして、この極めてシンプルに見える遺書のうち、由香里がどうしても違和感を覚えずにいられなかったのは次の部分である。

……大恩のため、組織のため……

（よくよく考えてみれば、この切り分け方は——この並列関係は、奇妙だ）

何故と言って。

もしこれが『警察組織に対する大恩のため』という意味ならば、『組織への大恩のため』『組織が与えてくれた大恩のため』といった表現になるはずである。すなわち大恩と組織とを切り離し、並列関係に置く必要がない。もっといえば『組織のため』だけでもよい。警察組織に恩義を感じるから自殺する——というのなら、『組織のため』だけで必要にして充分である。おまけに、用語の順序も奇妙だ。重ねて『警察組織に対する大恩のため』ということが言いたかったのなら、せめて『組織のため、大恩のため』になるはずで、もっといえば『組織のため、その大恩のため』とするのが自然であろう。

要は。

（『大恩』と『組織』の関係がおかしい。

これらが並列関係であるのも面妖《おか》しければ、いきなり『大恩』の方が先になるのも変だ）

そして並列関係にしてあるというのなら、それらは基本、別物のはずだ。

すなわち、よくよく読めば、伊勢警部は自死の理由を、①何らかの大恩のため＋②警察組織のためと、切り分けて書いていることが解る。

（果たしてこれは意図的な表記なのか、あるいは無意識の為《な》した業《わざ》なのか？

それはもう、永遠に確かめようのないことだが……）

……いずれにせよ由香里は、これに極めて強い違和感を感じ、伊勢警部の『死に際の伝言』の意味を――重ねてそれが意図的なものだったかは不明だが――考え続けた。大恩とは何か。警察組織に関係なく、あるいは当県警察組織に関係なく、伊勢警部が感じていた大恩とはいったい何なのか。

そして、その思考ルートの中で。

首席監察官の言葉に思い至った。

そう、丸本首席監察官。

この〈五日市小学校通り魔事件〉の発生第一報が警察本部に入電してからすぐ、由香里の警務部長室にやってきて、伊勢鉄造警部の身上《しんじょう》についてレクをしてくれた役員である。というのも、その丸本首席と伊勢鉄造警部は同期だったから。

あのとき丸本首席は、自分と伊勢警部はともに警察庁で勤務したことがあるという説明をしながら、当時特に優秀だったと認められた伊勢警部について、こういった――

伊勢も、警察庁人事課長に可愛がってもらったという恩義を、そうですなあ、言葉を選ばなければ忠犬のごとく感じ入っておりました。それはそうです。出向中は役人仕事を手取り足取り仕込んでもらったばかりか、始終御自宅に御招待を受けておりましたし――単身赴任の身には有難いですな――出向後のポストの心配までしてもらったわけですから。田舎県の警部としては、いわば『幕府のお墨付き』を頂戴したわけで、そりゃ身に余る光栄だったでしょう。実際、帰県して最初のポストはエリートコースの『警務課課長補佐』でしたからなあ。あのときのサッチョウの人事課長は……確か、コタニさん。とうとう警察庁長官まで登り詰められたコタニさんでしたな。警務部長は御存知ですか？

その言葉を受けて、由香里はいった。『お名前だけは、もちろん』と。『何せ長官でいらっしゃったので』と。『ただ個人的にはほとんど存じ上げません。二〇期以上もの大先輩ですから』と。それはもちろん事実だ。現役の、あの城村官房長のことを考えれば解る事実だ。一五期ほど違えば、あれほど地位と権力が隔絶《かくぜつ》するのである。まして二〇期以上もの大先輩など、キャリアの由香里にとってすら殿上人《てんじょうびと》となる。だから由香里は、名前だけ知っていると答えた。しかも――通り魔などという突発重大事案が発生していたから――極めてささいな注釈というか、極めてささいな訂正を由香里は省略した。この際どうでもいいことだと思ったからだ。そう、『お名前だけは』知っているその元警察庁長官についての、あまりにもささいな注釈――

（当該元長官は、コタニではない。フルヤだ。古谷《ふるや》元警察庁長官）

よくあることだ。古館《ふるたち》と古館《こだて》。菅《かん》と菅《すが》。二通りに読める姓など、無数にある。そして地元役員である丸本首席監察官のささいな勘違いをいちいち咎《とが》めるほど、由香里は傲慢《ごうまん》でもなければ暇《ひま》でもなかった。

ところが。

今にして思い返せば、この丸本首席の証言は重大発言である。

　というのも、当該証言から、『伊勢警部にとって大恩ある者が当県警察組織の外にいる』ということが解るからだ。もっといえば、当該者は、①既に警察ＯＢであるという意味で組織の外にいるし、また、②当県警察の人間ではなかったという意味で組織の外にいる。

　その、古谷元《もと》警察庁長官。

　当該者について、丸本首席はこうも言っていた――『コタニさんも、長官をお辞めになった今は無位無官、悠々自適《ゆうゆうじてき》の田舎暮らしの御様子で……私もかくありたいですなあ』と。そして由香里は思い出す。この丸本首席の発言があったとき――やはり通り魔という突発重大事案が発生していたからか――同席していた秘書役の松崎警視が、丸本首席のその世間話をぶった断って中断させてしまったことを。だが今や、当該どうでもいい世間話だと思われていた発言は、極めて重要な意味を帯びてきたと言わざるを得ない。何故と言って。

（長官をお辞めになった今は無位無官、悠々自適の田舎暮らしの御様子……）

……ならその田舎とは何処《どこ》なのか？

　いや。

　当県警察の役員に過ぎない丸本首席が、かつて国の機関の社長を務めた殿上人ＯＢについて、何故『今は無位無官』『悠々自適の田舎暮らしの御様子』だなどと断言できるのか？

警察庁長官といえば、各省庁の事務次官に当たる。

要はキャリア官僚の最終勝者で、位人臣《くらいじんしん》を極めた顕官《けんかん》だ。

そして事務次官ともなれば、様々な規制はあるが、短期的には問題のない再就職ポストが用意されるし、長期的には世間一般でいう絢爛豪華《けんらんごうか》な天下り人生が待っている。むろん由香里は古谷元警察庁長官のことなど知らないから、その第二の人生の具体論など分からない。だが一般論としてはそうだし、世間一般もそのように認識しているだろう。ところが、そのような一般論と、丸本首席が語る『今は無位無官』『悠々自適の田舎暮らし』という具体論は、もはや超絶的に乖離《かいり》している。そう、知らないで言えることではない……

そしてここA県は、日本における平均的な地方であり、だから田舎といってよい。まして。

ここでもう一度、伊勢鉄造警部の自死について、思いを馳《は》せなければならない――

――まず、事件発生のあの日、あの時のこと。

伊勢鉄雄による〈五日市小学校通り魔事件〉の発生第一報が入電してから、まずは丸本首席監察官が、次いで伊勢鉄造警部が、由香里の警務部長室にやってきた。ここで、伊勢鉄造警部は、警務部長室に出頭する前、警察電話を用いていた形跡がある。というのも、伊勢警部の警電はずっと話中《ワチユウ》だったし、本人自身が由香里にこう明言したからだ
――『旧知の方からの電話でしたが、用件は五分ほどで終わりましたので』と。それを

確乎《しっか》と明言した。まるで何かの決意のように明言した。ここで。

（その警電での通話のとき既に、通信指令室は通り魔事件の発生を告げていた。そして伊勢警部本人も言っている。自分もその無線を傍受していたと。すなわち伊勢警部は『息子が大量殺人者になったか、なろうとしている所だ』ということを、もう認識していたのだ。

だのに、五分ほど、そう五分ほども『旧知の方』との会話を続けていた――）

切迫した状況に対し、その異様ともいえる長さ。

切迫した状況なのに、話を聴かなければならないその『旧知の方』。

そして、警電を終えた伊勢警部が醸《かも》し出していた『何らかの決意』。

また、その伊勢警部には、県外に逃した妻が家族として残っていたはずであること。

伊勢警部が、苦労を掛けたその妻のことを憂《うれ》えずに自死を選んだとは考え難《がた》いこと。

ここまで考えれば――

（俄然《がぜん》、古谷元《もと》警察庁長官に……その現在の姿に興味を持たない方がおかしい）

――だから由香里は、昨日、八橋警部とともに五日市駐在所に向かった。

五日市駐在所は、むろん、五日市小学校を所管する駐在所だが――同時にそれは、伊勢鉄造・伊勢鉄雄親子が居住する伊勢家を所管する駐在所でもある。これを言い換えれば、伊勢家と五日市小学校が所在する、連雀町《れんじゃくちょう》を所管する駐在所である。

この駐在所を訪問した時点で、由香里にはある仮説があった。由香里はもう当たりをつけていた。だから駐在所で留守居をしていた江藤交番相談員に、地域住民の個人情報――〈巡回連絡カード〉の閲覧を求めた。

（私が狙っていたカードは、幸運にも直ちに発見できた。

そして更に幸運にも、望む個人情報はキチンと把握されていた――家庭訪問によって）

それによって、由香里は知った。

その連雀町内。伊勢警部の自宅から、優に徒歩圏内。

そこに、警察官世帯の家が一軒ある。

カードにはその旨を明らかにするメモがある。『本官《ホンカン》世帯　他県警察官　警視課？』と。

すなわちその家は、警察官世帯ではあるが、ここA県に勤務する警察官の世帯ではない。

そして『警視課？』というのは明らかな誤記・誤解である。

例えば『巡査部長課』『警部補課』などという所属は警察に存在しない。階級が所属名になることは絶対にない。それは民間でもそうだろう。『班長課』『係長課』などという所属名があるはずもない。

では、当時家庭訪問をした警察官は、どんな言葉を聞き間違えたのか？

――もはや決め打ちの憶測も許されるだろう。それは『警視監』だ。

警視監、なる殿上人の階級は普段、読みも書きもしない。実際、当県警察の社長すらその下の警視長、副社長の由香里ならその下の警視正だ。すなわち、当県警察に警視監はひとりもいない。ならその単語の聞き取りができなかったとして何ら不思議はない。

また、違う根拠も挙げられる。それはメモの流儀だ。警察官世帯であることを明らかにするメモの流儀からして、『警視課？』の位置に書かれるべきは階級名である。そのことは、伊勢家の巡回連絡カードのメモ書きと比較してみればすぐ分かる（ちなみにそれは『本官世帯　自ら隊（豊白分駐所）巡査部長の自宅』となっている）。

――ゆえに、結論として。

（伊勢警部の自宅から徒歩圏内、むろん五日市小学校と同じ町内に、警視監なる顕官の家があったことになる）

あったことになる、というのは、その家の巡連カードが作成されたのは平成二〇年、今から十一年前の昔だからだ。そしてこのことも極めて重要となる。何故ならば、十一年前の昔にもう警視監だったのなら（あの城村官房長と同階級である!!）、常識的に考えて、既に警察組織を辞して警察ＯＢとなっているだろうから。そう、警視監のまま退官したか、その上の警視総監あるいは警察庁長官にまで進んだかどうかは、この十一年前の巡連カードだけでは分からないが、どのみち警察ＯＢであることに違いはない。

警察ＯＢ。他県警察官。当時の警視監。

ましてその『他県』というのは、巡連カードによれば、警察庁がある東京である――

（なら、当該警察ＯＢとは警察キャリアＯＢで決まりだ。

五日市小学校のある連雀町地内《チナイ》に、警察キャリアOBの家がある）

……そして。

由香里はさらに、ある意味、悲劇的な事実をも発見した。

それはやはり、当該《とうがい》巡連カードに記載されていた――

この警察キャリアOBには、娘がいる。

当時二十二歳の娘だ。なら今は、三十三歳か三十四歳か。

（三十三歳……）

そしてその娘は、東大を出、国土交通省に就職した。これもカードに記載がある。

ならその娘もまた、キャリア官僚であろう。国土交通省のキャリア官僚だ。

またこのことは、自死した伊勢鉄造警部の発言とも整合する。

すなわち、伊勢警部は伊勢鉄雄の素行について、こういっていた――『小学生くらいの頃、中学受験に挑む前くらいの頃の話ですが、町内にとても仲の良かった優等生の同級生がいて、その娘《こ》の影響でよく小学校の図書館に通ってはいたのですが』と。

（町内の、優等生の、同級生……しかも『その娘』だ、女の子だ）

ここで、もちろん伊勢鉄雄は三十三歳である。

その人生をもう一度顧《ふりかえ》れば――中高一貫校でイジメを受け、地元私立大でも奇嬌《ききょう》な素行と病とで退学を強いられ、それ以降十年以上、『書斎』での引きこもりを続けていた。俄《にわか》に外出するようになったのは、実に先週、五日市小学校が運動会の練習を始めた日のことでしかない。言い換えれば、その人生の大半において、友人知人との温かい人間関係を育《はぐく》めたとは思えない。実際、伊勢家は地域社会から孤立していたし、もし伊勢鉄雄に親しい友人のひとりでもいたのなら、由香里が警務部長室で伊勢警部と面談したとき、伊勢警部からその話が出ていてしかるべきだろう。何と言っても、通り魔の動機原因に関係する可能性があるのだから——しかし伊勢警部が語った伊勢鉄雄の交友関係は、実際上、たったのひとりに絞《しぼ》られる。そのたったのひとりこそ。

(町内の、とても仲の良かった優等生の同級生)

裏から言えば。

もし伊勢鉄雄が『他人』『他人との絆《きずな》』を意識することがあったとしたら、当該他人とは、その『優等生の同級生』でしかあり得ない。そして由香里にとって幸か不幸か、当該『優等生の同級生』はあきらかに女性なのである。しかも事ここに至れば、当該者が女性であるということは悲劇的な意味を持ってくる。理由は言うまでもない。伊勢鉄雄が懸命に、そして警察一家が陰謀をめぐらせてまで『守ろうとしている』のは、これまでの検討から自明なとおり、女性だからだ。

(そして、伊勢警部が目撃したその女性の容姿とは——)

それが、まったくといってよいほど普通の女性です。年の頃、二十歳代後半か三十歳代前半。白シャツにデニムとラフな格好で、携行品はナシ。まさか直近で確認はできませんでしたが、全体として生気のない、どこか所在なげにふら

ふらした、化粧っ気も洒落《しゃれ》っ気もない、まさに普通の女性でした
鉄雄は眼鏡を掛けていますから、距離を置いてもよかったのでしょうが……私は裸眼で、しかも視力が衰えておりますので、詳細はとても
（――伊勢警部は視力の衰えを感じていた。しかも当該女性は東京に就職して、十年以上も当県を離れている。なら、それが息子のかつての友達だと分からなくても不合理は無い。実際、警察官の目撃証言なのに、対象の年齢予測に幅がありすぎる。といって）
それは由香里の検討に支障を来すほど曖昧《あいまい》でない。年の頃『三十歳代前半』なら充分である――

――以上を整理しよう。
この段階で把握できた登場人物、
・警察キャリアOBの娘
・伊勢鉄雄ととても仲の良かった優等生の同級生
・伊勢鉄雄が尾行していた、三十歳代前半くらいの女性
これらは同一人物だと仮説できる。まだ根拠は弱いが、説得力のある仮説だ。何故ならば、そう考えることによって、当該女性を守りたいという動機の――伊勢鉄雄と警察一家の動機の――説明が付くからだ。そして由香里は、この仮説の有力な根拠になり得る情報を既に入手している。その情報とは、五日市駐在所の江藤交番相談員が語ってくれ

たものであるが、要旨

①連雀町には、東京の一流企業を定年まで勤め上げた男性が居住している
②当該男性は、定年後、親の代からの家がある連雀町に帰ってきた
③当該男性は、東京では、社長なり役員なり、無《む》茶《ちゃ》苦《く》茶《ちゃ》偉かった人である
④当該男性は、六十二歳で帰郷して、既に三年の田舎暮らしをしている
⑤当該男性の家族は、病気であり、静養・療養が必要である
⑥当該男性と、当該男性の妻は、その家族の病状をたいそう心配している

というものであった。

(定年後。社長。田舎暮らし——

これで決まりだ。

当該男性こそは、十一年前に警視監であった警察キャリアであり、ゆえに今は警察キャリアOBであり、すなわち古谷元警察庁長官となる)

そしてその『警察キャリアOBの娘』と『伊勢鉄雄ととても仲の良かった優等生の同級生』と『伊勢鉄雄が尾行していた、三十歳代前半くらいの女性』とが同一人物であることも、また確定する。何故と言って、⑤⑥の情報を突き合わせれば、現在の古谷家における病人とは、古谷元《もと》長官本人でもその妻でもないからだ。その家族だからだ。そして古谷家に他の家族はたったのひとり——十一年前の巡回連絡カードに記載され、また、偶然にも自身がその巡回連絡カードを作成した、国土交通キャリアの娘だけである。

（これで全てに説明が付く）

古谷元警察庁長官の娘は、現在、どのような事情からかは不明だが、病気療養中である。だからこそ東京の官庁勤務を離れ、この五日市市の連雀町で静養・療養をしている。そして結果から察するに、その療養生活とは……伊勢鉄雄が苦しんでいたものと極めて近いものだろう。というのも実際、ナイフ二本を準備して、小学校の運動会場に侵入し、殺人を開始してしまっているのだから。そのための下見をし、その様子を仲の良かった伊勢鉄雄に尾行されてしまっているのだから。その伊勢鉄雄は、自分の命に代えても彼女を守るほどに、彼女の心情あるいは苦難が理解できてしまっていたのだから……

（そしてとうとう、彼女は〈通り魔〉になってしまった）

それが伊勢鉄雄によって『現場隠蔽《いんぺい》』『上書き』されてしまったのは、伊勢鉄雄の独断で、まさか警察一家が関与したことではないだろう。

というのも、元警察庁長官の令嬢が児童の無差別通り魔をやらかすなどという椿事《ちんじ》は、警察一家としてまさか容認できる事態ではないから。それどころか、警察一家への国民の信頼を、今後十年二十年はガタガタにするカタストロフ、大厄災《だいやくさい》だから。ゆえに、もしそんな動向を事前に把握していたのなら、警察一家はどんな手段を使ってでも彼女の五日市小学校入りを阻止したはず。いや、直ちに彼女を医療機関にでも幽閉しただろう。しかし彼女は現実に通り魔を始めてしまっている。それこそが、それが警察にとって青天の霹靂《へきれき》であった証拠である。

(だから、伊勢鉄雄の独断と独走は、結果として、警察一家にとっての大ファインプレイとなった)

戦慄すべき九人殺し・十九人殺傷は、伊勢鉄雄の無線演説によって、『伊勢鉄雄ただひとりによる犯行だ』という外観を維持している。維持できている。犯行現場を撮影する防犯カメラはなく、他の防犯カメラも雑踏と人海のせいで有意な情報を撮影できていない。仮にできていたとして、動画自体を確保してしまえばどうとでもなる。機械以外の目撃者としては『三年生児童』が数多《あまた》いるが、二〇秒弱の、そう電光石火の殺戮劇に逃げ惑っていたばかり。有意な目撃証言などまずできないし、仮にされてしまったとして、それを録取《ろくしゅ》し調書化するのは捜査本部員。要は刑事部長の私兵だ。これまたどうとでもなる。

これに加えて。

彼女が『国土交通キャリア』であったということは――これまた恐ろしい偶然だったろうが――警察一家の陰謀にとって強い追い風となった。というのも、現在このA県警察を統治する社長、A県警察本部長は、まさに国土交通キャリアだからである。自明のことだが、増田修警視長のことだ。四十八歳の増田警視長は、国土交通省からの出向者。三十三歳の通り魔女性の、一五期先輩に当たる。むろん、シンプルな言い換えをすれば、通り魔女性は増田警視長の後輩となる。ここで、増田警視長は国土交通省において『コースに乗った』エリートであり、『将来の次官候補』と目されている。そればかりか、政治的中立性の軛《くびき》を逃れられない警察が、こころから渇望するような政治力さえ持つ。というのも、増田警視長の義兄は参議院のドンだからだ。文科大臣・厚労大臣を歴任し、あと十年以上は参議院を支配するであろう、与党の大立者《おおだてもの》――要するに、増田警視長の将来は明るい。悲願の事務次官になった後、政界に転ずる可能性も極めて高い。

さてここで――そのような増田警視長が統治するA県において、増田警視長の後輩である国土交通キャリアがもし、戦慄すべき十九人殺傷の通り魔として検挙されればどうなるか？　国土交通省は筆舌に尽くしがたいダメージを負うであろう。通勤電車の痴漢事犯とて、大々的に広報される御時世《ごじせい》なのだから。それが、児童を大量殺戮した通り魔ともなれば……国民が激昂《げっこう》することは間違いない。可哀想な児童に対する哀悼《あいとう》・哀惜の念、その総量の三倍増しで、官僚不祥事への非難・糾弾がわきおこる。いやそれだけではない。まさにA県警察本部長として、そのような超絶的悲劇を未然防止できなかった無能を問われ、増田警視長の明るい未来はすべて画餅《がべい》に帰するだろう。要するに、増田警視長にしてみれば――国土交通キャリアとしても政治家の義弟としても――〈いまひとりの被疑者〉が解明・検挙されることなど、死んでも回避したい悪夢となる。

（ここで、警察一家と増田警視長の利害はあざやかに一致する）

そもそも、増田は警察官でも何でもない素人本部長である。それを騙《だま》すのも外すのも難しいことではないが……その政治力ゆえ、バレたときの報復は厄介《やっかい》だし、黙っているよりは共犯者にしてしまった方が後々有利だ。『私は聞いていませんでした』『私には報告がありませんでした』と逃げられてしまうよりは、『あなたの後輩を一緒に守りましょう』『それが国土交通省の名誉を守ることにもつながります』と誑《たら》し込んだ方がよほどよい。

そして実際、由香里の見るところ、増田警視長はアッサリ陰謀仲間に加わったようだ。何故と言って——由香里ですらそんな細かいことは忘れていたが——どうやら増田は、全てを知った上で、自分なりの工夫を始めた形跡があるからだ。

すなわち、『五日市警察署の生活安全課と五日市駐在所が、伊勢鉄雄からの複数回の騒音苦情をあえて握り潰《つぶ》した』という、刑事部長も捜査本部も当初は寝耳に水だった極秘情報を、メディアにリークした形跡がある。そしてそれが増田の仕業《しわざ》だということには、それなりの根拠がある。

というのも、新聞が報じた騒音苦情の件数はあざやかに間違っているからだ。

その騒音苦情の件数を正しく承知していたのは通信指令室だが（通信指令室は一一〇番担当課である）、増田は御自《おんみずか》ら通信指令室に乗り込み、それを聞き出そうとしていたフシがある。実際のところは、三分程度で体《てい》よく追い出されたそうだが、まさに三分程度しか情報収集ができなかったから、正確な数値が入手できないままリークに及んだのだろう。

（しかも、増田本部長がそんなリークを行った理由は想像に難《かた》くない）

国土交通省の後輩をメディアの目から遠ざけるため、また、犯人は伊勢鉄雄なる男ただ一人であることに疑いを持たれないためだ。具体的には、『警察が被疑者からの騒音苦情を握り潰した』『警察は動けたのに動かなかった』なる警察不祥事をブチ上げ、メディアの耳目をそちらに誘導するためだ。警察不祥事の情報をリークして我が身を守る――というこの思考法は、それでかなりのダメージを喰らってしまう警察関係者には、俄《にわか》に採用しづらい思考法であろう。

――いずれにせよ。

法円坂刑事部長。

増田警察本部長。

城村警察庁官房長。

そして、古谷元《もと》警察庁長官。

少なくともこの四人が、警察一家を死守するための陰謀の当事者である。

そのうち、誰が首魁《しゅかい》で、現場指揮官をやっているのかは分からないが……

……由香里が思うに、それが分かるのも遠い先ではない。いや、あと一〇分後程度か。だから、由香里はすべてのまとめに入った。いや、それは彼女の講評であり糾弾だった。

〈詰まる所、この〈五日市小学校通り魔事件〉とは――

伊勢鉄雄と警察一家の、共謀なきリレー隠蔽劇だったのだ〉

そう、もちろん両者には何の共謀もなかったし、実のところは、警察一家が伊勢鉄雄の隠蔽劇に便乗しただけなのだが。生涯最大の恋と熱演とを組織防衛のダシに使われたと知ったら、地獄にいる伊勢鉄雄は何を思うだろうか。また、警察一家とは別の『大恩』のために——もはやそれは古谷元警察庁長官からの大恩だと分かるのだが——自死を選んだ、あるいは選ばされた伊勢鉄造警部は何を思っていただろうか。ふたりは命を賭《と》して警察一家を守ったかたちになるが、警察一家はこれまでふたりに何をしてきてやったのだろうか。例えば、壊れてしまっていた伊勢警部の家に対し、警察一家は何か救いの手を差し伸べただろうか。まさかだ。

(壊れてしまっていた家と、守られた家と——

——この結果にどんな正義があるのか。あるとすれば、どうしようもない絶望だけだ。伊勢警部は伊勢家に絶望し、そして恐らく……警察一家に絶望して死んだ)

しかも。

(私にはまだ何の実態も分からないが、哀れな娘に苦悩していた古谷家も、恐らく……古谷元警察庁長官が、華麗なる第二の人生をかなぐり捨て、定年直後に無位無官の隠《いん》遁《とん》生活を始めたというのは、きっと)

キャリア官僚というエリートの道を外れ、田舎の実家での自宅療養を強いられることとなった、たったひとりの娘のためだ。拡大自殺を試みてしまうほど疲れ苦悩していた、愛するひとり娘のためだ。

……それだけを見れば、それは無私の愛だろう。むしろ伊勢鉄雄の恋に近しいものだ。

しかし。

（病んだ伊勢鉄雄にすべての破廉恥《はれんち》を塗り付け、忠犬のように尽くした伊勢警部に自死を選ばせ、ましてや、権力をもって捜査をゆがめ自家と警察一家の安泰を図《なす》る。

それは私にとって絶望だ。

警察とは、権力とは、そして一家とは、そんなものであってよいはずがない。

私はそんな組織に、採用以来二十年の歳月を捧げてきた訳ではない。

弱者の物語を、強者が自由に上書きする。それはつまり、人が人を家畜にすることだ。

およそ権力のうち、これほど醜悪なものはない。人々が我々を税金で養うのは、我々を正義に奉仕させるためであって、正義を我々に奉仕させるためではない……断じてない）

ましてて、自分が副社長を務める当県警察で、そんな破廉恥を容認することはできない。

だから由香里は――

五日市小学校図書室・カウンタ至近書架

――由香里は腕時計を見た。

時刻は、午後六時四〇分を過ぎたあたり。

場所は、依然として五日市小学校の図書室。

由香里はそこで隠れている。

貸し出し用のカウンタに最も近い書架の裏で、身を隠している。

身を隠し始めてから、既に四〇分近く――

誰彼《たそがれ》は、いよいよ強い夕焼けのオレンジを駆逐し、闇夜色の帷幕《とばり》を今、下ろそうとしている。それはそうだ。日の入りはもうすぐ。そして図書室の蛍光灯は、すべて消してある。オレンジの最後の残光がなければ、書架も廊下も、そして由香里の顔さえ闇に溶けていただろう。今はかろうじて、夕日の加減によっては物の輪郭が識別できる、そんな段階だ。

人影なら見える。

カウンタの上も、どうにか見える。

由香里がそこに仕掛けた、最後の一手もまだ見える。

そう、最後の一手。

この〈五日市小学校通り魔事件〉最大の証拠をここに招くための一手だ。

……成程《なるほど》、由香里はこの事件の謎を解いた。

いまひとりの被疑者がいたことならば、物証と論理とで証明できる。

ただ。

それが誰なのか。それを直接立証できる証拠はほとんど無い。

由香里はその人物が誰なのか論理で証明したが……直接証拠は、実はひとつしか無い。

また。

由香里はこの〈五日市小学校通り魔事件〉の、最終の犯人を知りたいと思った。

誰が首魁《しゅかい》なのか。

誰が主導して伊勢鉄雄と伊勢警部を、そして児童たちを道具にしたのか、その最終の犯人を知りたいと思った。

いや。

正確には、その証明を終えたいと思った。検算をしたいと思った。

だから、由香里の指し筋が誤っていなければ――

――もうじき、そうもうじき、最大の証拠は自らやってくるだろう。

そのとき、由香里の求める直接証拠は完成する。直接証拠の物語が、完結する。

待ち人が自ら、唯一の直接証拠を完成させてくれる。

ゆえに由香里は待った。誰彼のオレンジの最後の残光の中、ひたすら待った。

その由香里の視線は、図書室のカウンタをとらえている。

敢えて雑然とさせたそのカウンタの一画には、一冊の文庫本が置いてある。

由香里がここに来たとき置いた、『高村光太郎詩集』（角川文庫、二〇〇〇年一月）だ。

むろん、犯行現場付近の側溝《そっこう》に落ちていた、あの文庫本である。

――由香里はもう一度、この文庫本について分かっていることを整理した。

A．これは伊勢鉄雄の本ではない

伊勢鉄雄の指掌紋《ししょうもん》は、カバーからも小口《こぐち》からも、そしてランダムサンプリングした二〇頁ほどからも、一切検出されていない。文庫本の紙に残った指掌紋を消すのは無理。また犯行当時、伊勢鉄雄は手袋をしていない。所持品にも遺留物にも、伊勢鉄雄の手袋はない。

B．これは新品である

使用感やヤケ、カバーのキズ等から、書店の書架に並べても違和感のないコンディションといえる。

C．表紙の角に、小さなビニール片が付着していた（初期状態）

小指の頭ほどもない透明なビニール屑《くず》が、表紙カバーの尖《とが》った所に引っ掛かっていた。

D．奥付《おくづけ》のところにまとめて、複数のブツが挿入されていた（初期状態）

それらは、①出版社が挟み込むアンケート用ハガキと、②業界ではスリップと呼ばれる伝票の紙タンザクである。また、③スリップにはバーコードを印刷したシールが一枚貼られており、そのバーコードは本自体のバーコードとは明らかに表記法が異なっているほか（文字列にかなりのアルファベットを含んでいる）、シールには『このラベルはきれいにはがせます』なる特殊な注意書きまでが記載されている。

E．これは当県内で購入された本ではない（捜査結果）
県内の主要店舗に在庫のあった例《ためし》がない。取り寄せて売った例もない。取次に注文しても、注文から納品まで二週間程度を要する状況だった。またどの取次も、データが残っている全ての期間において、当県からこの本の注文を受けてはいない。


……実は、五日市警察署の検刑事課長がぽつりと指摘していたとおり、A～Eの情報が獲《え》られれば、この文庫本の出所を確定するのは難しくない。

すなわち、この文庫本は、ネット通販で購入されたものである。

これでEの説明が付く。ネット通販なら取次を通さないことができるから。また、ネット通販なら段ボール、封筒等に商品を梱包《こんぽう》するとき、透明なビニールを使用しても面《お》妖《か》しくない。これが実店舗であれば、コミックなら別論、文庫本にビニールを掛けるのは想定しがたいが……ネット通販ならば、あらゆる商品を標準化された方法で梱包するはずだ。ゆえにCのビニール片とは、本をビニールから引き剝《は》がすときに本に引っ掛かった微《かす》かな名残りであろう。ここまで考えると、Dのようにスリップが挟まれたままであることも納得できるし、いや実店舗でも最近はスリップなど回収しないというのなら、Dの『シール』こそが駄目押しになる。Dにいう、特殊なバーコードが印刷されたシール──『このラベルはきれいにはがせます』なる注意書きが記載されたシールとは、ネット通販でよく見られる返品用の──商品返送用のラベルなのだ。それは梱包された段ボール等の中か、あるいは時々商品そのものに貼られていることがある(由香里は榆課長と離《わか》れてから、そういえば最近 Amazon で少女漫画を大人買いしたとき、商品の一冊にそのラベルがべたりと斜めに貼ってあったのを思い出した)。また、このラベルと併せ、スリップが挟まれたままである事実は、Bのとおり、この本が新品であることを裏書きする。

そして再三確認されているとおり、伊勢鉄雄にはクレジットカード等の使用歴がない。やはり再三確認されているとおり、代金引換えで通信販売を利用したこともない(自分では受領しないから。受領するとすれば父親の伊勢警部だが、伊勢警部にはそのような記憶はないから)。

——と、すれば。

この新品の『高村光太郎詩集』をネット通販で購入したのは、伊勢鉄雄ではない。ゆえにこの本を遺留したのは伊勢鉄雄ではない。

ましてそれは三年生の小学生児童でもない。児童はクレジットカードを有してはいないし、仮に親等がこの本を買い与えたのだと仮定しても、それを、これからまさに始まろうとする八〇m走のための待機場所に持ち込んだと考えるのは、論理的でない以上に非常識である。親等が買い与えたと仮定したとき、この本は学校の何処《どこ》にあってもよいが、この待機場所にだけは存在しないはずだ。

おまけに、この本を遺留したのは保護者でも来賓でもない。その待機場所には、児童・教師以外立入禁止の措置が講じられていたから。

ならば。

この文庫本を犯行現場に持ち込んだのは、立入禁止措置を破って待機場所に侵入した通り魔ふたりのうち、伊勢鉄雄以外のひとり――古谷元警察庁長官の娘でしかありえない。彼女のリュックから落ちたのか、あるいは犯行直前まで手にしていたのか、そういった具体的な態様は分からないが、落とし主が彼女であることならばロジックで詰められる。

（しかもそのことは、以上のロジック以外からも導かれる。というのも……）

……由香里はここで、検警部の前でこの本を開いたときのことを思い出した。

証拠としての検討をすべて終え、最後に、文庫本の栞紐《しおりひも》が挟まれていたページを開いたときのことを。その見開きは、ページでいえば一八二頁と一八三頁で、ふたつの詩から成っていた。

見開き前半の詩は途中から始まり、見開き後半の詩は途中で終わっている。

見開き後半の詩は冒頭から始まっているのだから、そのタイトルも分かる。

それは『デカダン』だった。そしてそれに由香里は意味を見出さない。

由香里が意味を見出したのは、一八一頁に記載された、見開き前半の詩のタイトルだ。

それは……

由香里が思わずそのタイトルを呟《つぶや》こうとした刹那《せつな》。

――待ち人は来た。

懐かしい木の匂いがするフロアを踏み。

蛍光灯のひとつも点けようとせず。

こつ、こつ、こつ。

夕焼けの最後の残滓《ざんし》だけを頼りに、カウンタを目指し、歩んでゆく。

そしてカウンタの前で、しばしの佇立《ちょりつ》。

しかし数秒で『高村光太郎詩集』を見出したか、いよいよそれを取り上げ、ジャケットに収める。入れ換わりにジャケットの懐《ふところ》から、やはり文庫本と思《おぼ》しきものを出す――

待ち人がそれをカウンタに置いた刹那《せつな》。

あたかも、棋士《きし》が今指した将棋の駒から指を離そうとするようなそんな刹那。

――由香里は書架の陰から一歩踏み出し、待ち人に語り掛けた。

「王手詰み、です」

「……やはり罠か」

「それでもあなたはきた」

「これで我々の運命も決まった……私のこの悪手《あくしゅ》を、警察一家は容赦するまい」

由香里は若干、その言葉の意味をはかりかねたが――

そのままゆっくりとカウンタに、だから当該待ち人に近づいた。

闇夜色の中でも必要な確認ができるように。

当該者がカウンタに置いたのは、『高村光太郎詩集』。

もちろん、由香里が置いておいたのと一緒の、角川文庫の本だ。だから装丁も一緒。

――そうだ。

この文庫本こそ、唯一の直接証拠。

この文庫本には当然、〈いまひとりの被疑者〉の指紋が数多《あまた》遺留されている。

それが彼女の指紋だということは、彼女が十一年前に書いた巡回連絡カードの指紋によって立証できる。

おまけにこの文庫本には、DNA型鑑定のための微物《びぶつ》も無数に存在する。

ゆえに、この文庫本は、彼女が犯行現場にいたことの直接証拠となり得る。

……だが、直接証拠としては完成しない。

理論的には、どこかの誰かが彼女から奪うなどして、犯行現場に持ち込んだ可能性もあるからだ。由香里が弁護人なら、淡々《たんたん》とそう指摘するだろう。ヌルい、甘いと感じながら。

――そう、このままでは、この文庫本は、直接証拠として完結しない。

ならどうすればよいか？

持ち主自身に、この文庫本を回収してもらえばよい。

回収しに、小学校の図書室などに入ってきたことこそ持ち主である自白だ。雄弁な自白。

しかし、回収され却《キャク》されては困る。

だから現場を押さえる必要がある。むろん秘匿《ひとく》カメラは暗視機能とともに作動している。

また。

『興味があったので手に取っただけだ』『魔が差して盗もうとしたのだ』――などと巫山戯《ふざけ》た弁解をされても困る。

その弁解を封じるためには、持ち主とこの文庫本との明確な結び付きを示せばよい。

どうやって？

当人に、この本をじっくり見たことがあると証明させればよい。周知されていないタイトルと、周知されていない装丁とを熟知していると証明させればよい。そのためにこそ由香里は、刑事部長も捜査本部も関心を抱けていないうちにこの文庫本を独占し、だからその具体的な特徴をも独占した上で、次のようなお触れを流させた――

『昨日、体育館脇の側溝で、文庫本が一冊拾得されました。警察で調べた結果、事件とは無関係とのことですので、持ち主に返したいと思います。校長先生の了解を得て、小学校の図書室カウンタに置いておくこととなりました。読書好きの児童さんなどに心当たりがあったら、このことを伝えてあげてください』

――タイトルは伏せている。たとえ捜査に関与した警察官からそれが『高村光太郎詩集』であると訊き出せたとしても、この手の詩集の常、複数の版元から複数のヴァージョンが出版されている。しかも、第何版かによって装丁すら違ってくる。なら、問題の『高村光太郎詩集』がどこの版元の本で、どんな装丁をしているかは、当の持ち主以外には絶対に分からない。

しかも、校長の了解云々《うんぬん》とデタラメを流した上、連絡を受けた〈少年警察ボランティア〉全員がこのお触れを知ってしまっているのだから、『カウンタから盗んでハイさようなら』――という訳にもゆかない。この文庫本が注目を集めては絶対に困る以上、『あの文庫本が盗まれた!!』『現場で拾われた文庫本が盗まれた!!』などと騒がれるのは――それが可能性の問題に過ぎないとしても――絶対に避けたいはずだ。とすれば、ただ単に盗んで、その存在を図書室から消してしまうのは論外となる。

なら持ち主の指し筋はひとつ。

『別の新品を買って、入れ換える』だ。

……由香里はもちろんネット通販サイトで、この文庫本の新品の在庫を確認していた。複数サイトで、明日＊月＊日にお届け――とあった。

県内で入手できないのだから、持ち主が購入する新品はそれだ。そして事態は急を要する。彼女の指掌紋・微物を満載した文庫本の回収は、早ければ早いほどよい。なら、由香里が罠を仕掛けておくべき日時も決まる――

――だから由香里はいった。

「お嬢さんが来るのか、あなたが来るのかは、最後まで確定できませんでしたが」

「……それは嘘だな」当該者はＩＤの紺の紐《ひも》を揺らした。「娘がこの小学校を卒業したのは、実に二十一年前のことだ。そんな不審者が、今時の小学校に侵入することはできない。ましてあんな事件の直後だよ。

しかも、日々の防犯診断を通じて『犯行現場には防ヵメが無い』ことをすぐさま理解し悪用できたのも、私くらいのものだろう。所管駐在所の警察官すらそれを知らなかった。娘に至っては言うまでもない。そしてそれを知らずして、本件隠蔽はそもそも成立しない」

「だからあなたが持ち主として回収にいらした。この致命的な文庫本を」

「君が強く予測したそのとおりにね」

「御自宅等で御覧《ごらん》になったことがあったのですか？」

「いや、あれは最早……自分で買い物ができる状態ですらないのでね。

見たどころか、哀訴されて買ったのは私だよ」

「ひとつだけ、ここで教えてください」

「何を」

「ここに来られたのはお嬢さんのためですか、それとも警察一家のため？」

「むろん、いずれもだ」

「そうですか。強く予想していたとはいえ、今のお言葉は残念です……私も人の娘なので。

では古谷元警察庁長官、いえ当県警察〈少年警察ボランティア〉冬木雅春さん。千賀敦教諭殺害の件でお伺いしたいことがあります。五日市警察署まで任意同行願います。オーストリア大使のポストは、どうぞお諦《あきら》めください」

「もとよりだ」

――由香里はカウンタの上から、冬木が置いた文庫本を取った。

一八一頁を開く。

そこには、〈親不孝〉と題された詩が載っていた。

（了）

終章——蛇足

A県警察・警察本部長室

「はいもしもし、け、警察本部長増田です」

『あ〜どうもぉ〜増田サン!! お疲れ様!! 警察庁から城村ですぅ〜今お時間大丈夫!?』

「はいいえ、いや、も、もちろん」

『いや〜ウチの佐々木のバカの件ね!! 改めて、本っ当に誠に申し訳なかった!! 雉《きじ》も鳴かずば打たれまいに……

国土交通省にも、ちょ〜っとばかり、御面倒掛けることになっちゃいましたね!!』

「い、いえそんなことは。そもそも、古谷君は我々の後輩ですし」

『そんな謙虚なお言葉を頂戴《ちょうだい》しては、ウフフッ、警察庁としても今後、もう国土交通省に頭が上がらなくなっちゃう……のかな!?』

「わ、私は自分の一家を守った。警察サンも御自分の一家を守った。

そのために互いが緊密な連携を図った。う、うるわしき官庁間協力と表現したいですね。

そ、それに今現在は、私自身、警察一家の一員でもあります。

だから、頭が上がるとかどちらが上だとか言うのではなく……

これを機に、りょ、両家の絆《きずな》をより強固にしてゆければと。それが義兄の望みでもあります」

『流石《さすが》は事務次官当確の増田サン!!　事態を正しく認識する御慧眼《ごけいがん》をお持ちだ!!

これは貸し借りの物語でも取引の物語でもない!!　愛と友情と正義の問題ですね!!

両家はこころからの思い遣《や》りと赤誠《せきせい》とで、両家の危機と苦難とを乗り切った!!

いやあ、国土交通省サンのような許認可権限あふれる超一流官庁と御一緒に——もう共同謀議とか共同正犯とか言っちゃっていいですよねえもちろん——正義《ジャスト》を実現することができたこと、近年これほどの慶事《けいじ》はございませんよ!!　まともな仕事《オネスト・ワーク》。ただしい報い《ジャスト・リワード》。

それこそが警察の神様のいえ国土交通の神様の好んで供物《くもつ》とするところ。

あっ、まさに我々、一緒に一致団結して両者の純粋な合意に基づいて、物理的な供物も既に捧げようとしているところだけど、さ、ウフフフフッ……

さて警察の神様いえ国土交通の神様は、小うるさい雌雉《めすきじ》だの、大使閣下になりそこねた老醜《ろうしゅう》などをよろこんでくださいますかねえ、ウフフフッ、ウフッ』

（……この城村なる男、大丈夫か？　どこまでが演技でどこまでが狂気なのか？）

『で、増田本部長』

「は、はい官房長」

『巡視船は、もう出たんでしょ⁉』

「……ええ。

と、当県の海上保安部から、第六管区の巡視船を既に出港させました」

『いいですねえ国土交通省。全国の港湾も、海上保安庁も思うがまま‼』

「か、海洋での不法投棄は、海洋環境にとってもヒトにとっても悪影響があるのですが」

『でも生きて在るかぎり、両家に悪影響のあるゴミクズだし、ね……

まっさかまさか、まさかのまさか……今更ガクブルしてきちゃった⁉　日和《ひよ》ってきた⁉　最悪の日和見《ひよりみ》主義者サンになっちゃった⁉』

「いえそういうわけでは」

『なら確実に処理を願う』

「ひ、ひとつだけ確認を。

と、当省の古谷夏美《なつみ》くん……冬木夏美くんにあっては、その取扱いを当省に御一任くださいますね？　それはかねてからのお約束どおりですね？」

『なんだかアレな御質問だなあ〜。

当庁は正義を旨《むね》とする組織ですよ、あなたもその一員なんでしょ、家族を疑うの？』

「そ、それはそう、なんですが……」

『御安心なさい。冬木夏美にあっては、今や責任能力も事理弁識《じりべんしき》能力もない。

要するに、刑事裁判の証拠としてほとんど価値がない。

ゆえに。

国土交通省サンが全責任を負われると言うのなら、冬木夏美の身柄と監視は貴省に委《ゆだ》ね、我々はあらゆる処理を中止しましょう……ただし』

「ただし？」

『オフィーリアが正気を取り戻すことがあれば、柳の木から落ちて溺死《できし》することになる。その絵図は国土交通省サンが描くことッ……これはよい、かなウフフッ⁉』

「……了解しました」

『それでは増田本部長も県内治安の最高指揮官として御多用《ごたよう》でしょうからこれで。僕が警察庁長官になったらA県警察本部長などといわず今度は審議官局長クラスで当庁に御出向くださいなせっかく固まった御縁ですからじゃあ松平参院議員会長にどうぞよろしくくれぐれも。チャオ〜、アッリ〜ヴェデルチ〜』


海上保安庁五〇〇トン型巡視船『いよ』某所

「さすがに、房《ボウ》に入ったのは初めてだ。

留置施設そのものなら、何度も視察したものだが」

「まして海保の、巡視船の房に入れられた警察官など前代未聞ではないでしょうか」

「実に貴重な体験だな。

ただそろそろ飽きてきた。することといえば雑談しかない」

「それもいつまで続けられるか分かりませんが……」

「なら佐々木警視正。雑談は雑談でも、本題に入ることとしよう。

——君は我が国に、いわゆる〈引きこもり〉がどの程度存在するか知っているかね？」

「役人っぽく申し上げれば、それは〈引きこもり〉の定義によると思いますが」

「それもそうだな。私も正確な定義は忘れたが——省庁ごとに違うのかも知れんな——
①自室・家からほとんど出ない状態が六箇月以上続く場合、及び、②近所のコンビニ等以外に外出しない状態がやはり六箇月以上続く場合を、〈引きこもり〉と呼ぶらしい。
では、この〈引きこもり〉に該当する者が何人いるかは分かるか？」

「概数でよろしければ。

我が国にはおよそ一〇〇万人の〈引きこもり〉が存在すると、報道などで漏れ聞いたことがあります」

「ほぼ正確だ。

年次は忘れたが、恐らく今年か去年の数値で、約一一五万四、〇〇〇人。

これは十五歳から六十四歳までの年齢にある者について調査した結果だ。

これをもう少しだけ詳しく見れば——十五歳から三十九歳までの年齢にある〈引きこもり〉が約五四万一、〇〇〇人。四十歳から六十四歳までの年齢にある〈引きこもり〉が約六一万三、〇〇〇人と、こうなる」

「感覚的にいえば、そして全年齢層に対する調査でないことを無視すれば——我が国には、ええと……そう、広島市あるいは仙台市そのものの人口と同じ規模の引きこもりがいる。引きこもりだけで政令指定都市ができる」

「その喩《たと》えを借りれば、高校生から社会中堅層までの引きこもりは杉並区まるごと、あるいは姫路市まるごとの規模だ。また社会中堅層から高年層までの引きこもりは船橋市まるごと、あるいは鹿児島市まるごとの規模となる。これまた、それぞれだけで都市ができる」

「我々に馴染《なじ》みのある数値を用いれば、引きこもり全体の規模は全国警察官の四倍以上。そのうち高校生から社会中堅層までが約二倍、社会中堅層から高年層までが優に二倍以上と、こうなりますね」

「そして私は当事者だから、興味を持って更に調べた。

引きこもり総数の、その『約一一五万人』というのは、我が国における喘息《ぜんそく》患者の総数とほぼ一緒なのだよ。そして年齢層別の『約五四万人』というのはアルツハイマー病の患者数とほぼ一緒。『約六一万人』というのは骨折の患者数とほぼ一緒……

そして我が国は、近時に至るまで、〈引きこもり〉問題に適切に対処してきたとは言い難《がた》い……我が警察も含めてね。ということは、喘息だの、骨折だの、アルツハイマーだの患者をまるごと無視してきたのと一緒だと、そうまるごと見捨ててきたのと一緒だと、そう言っても過言ではあるまい。

だがそれらの傷病についていえば、そんなバカなことが許されるか？　まさかだ」

「そしてそうした〈引きこもり棄民《きみん》〉の結果、仮に広島市あるいは仙台市をまるごと病棟なり支援施設なりにしたところで、対処できない数の引きこもりを生んでしまった」

「それが事実だが、同時に事実の一面でしかない。

というのも、私のような『家族』の問題があるからな」

「……そうですね。

非常にモデル的に言えば、ひとりの〈引きこもり〉をひとりの家族が介助するなら、広島市と仙台市を合併させた規模の支援施設が必要になる。もちろん介助する家族がふたりならば、そこに広島市をもうひとつ合併させなければならない」

「むろん収容所に収容するわけではないから、この議論は飽くまで人口規模のイメージ、あるいは、支援施設が全国でどれだけの規模を必要とするかのイメージでしかないがね」

「ただそれは、規模の問題を示すのみならず——

一一五万人の、そして二三〇万人の、あるいは三四五万人の〈苦悩〉〈疲弊《ひへい》〉の問題をも示す」

「当事者として語弊《ごへい》を恐れずに言えば、それは〈地獄〉と〈絶望〉の問題でもある。

伊勢鉄造警部の物語を想起すれば、私の用語がさほど失当《しっとう》ではないと解るはずだ」

「そして古谷元長官、そうおっしゃる元長官御自身もまた……」

「……さて引き続き、雑談として、統計のレクを続けようか。その〈地獄〉と〈絶望〉

のさわり、を理解するために。

佐々木警視正。我が国における『殺人』の件数は？」

「刑事局育ちとして恥を掻《か》かずにすみそうです──

平成三〇年の数値で、認知件数が九一五件。検挙件数なら八八六件です」

「ならば、うち所謂《いわゆる》親族間殺人の件数は？」

「殺人のうち、被害者が被疑者の親族であるものの検挙件数は、同年の数値で四一八件。

認知件数の方は忘れました。すみません」

「大勢に影響はないよ──すると、所謂『親族率』は？」

「あれはさいわい検挙件数の方を使うから……あと殺人未遂の扱いは……

ええと、まず未遂を除けば、親族率は四七・一八％ですね。だから、殺人のうち被害者が被疑者の親族であるものの割合は、殺人全体の半数をやや割る感じになる」

「そのとおり。そして未遂を含めれば、それは実は約五五％にまで跳ね上がるという話だ。

ここで、①それらがすべて〈引きこもり〉問題と関連しているはずもなく、②だから配偶者殺し・介護疲れ・無理心中といったところを忘れてはならず、ましてや、③殺人そのものの認知件数・検挙件数が激減している中で親族間殺人が『抑止しにくいコア』となってしまっていることは勘案すべき事実だが、しかし──

我が国における殺人の半数弱がいわば『家族内』『家庭内』『家の中』で行われている

と、そしてそのうち少なからぬものが〈引きこもり〉問題と関連していると、そう考えることには問題なかろう。というのも、そうした殺人における動機の筆頭に来るのが、『憤怒《ふんぬ》』『問題の抱え込み』『将来悲観』といったところだからな。

実際、同じ平成三〇年の調査でいえば、私のような『六十五歳以上の高齢者』が犯した殺人の六七・一%が親族間殺人であり、かつ、その被害者の二三・二%が自分の子だ。さかしまに、『六十五歳以上の高齢者』が被害者となった殺人の六六・七%が親族間殺人であり、かつ、その加害者の三〇・三%が自分の子とも聴く……

まして。

そのような高齢者が親族を殺したとき、被害者たる親族の側に心身の障害がある割合はなんと五八・二%。またそのような高齢者が親族に殺されたとき、加害者たる親族の側に精神的な問題がある割合はなんと七〇・〇%に上るとか。

最後に、検討の対象を殺人ではなく『暴行』『傷害』とすると……これは平成三〇年の数値ではなかったと思うが……我が国における暴行の二四・三%が親族間暴行、傷害の二三・二%が親族間傷害だ。以上、全て記憶に基づいて喋《しゃべ》っているだけだから、数値や計算に誤りがあるかも知れんし、私が示したいのはデータそのものでなく、私が納得していってしまったイメージなり感触なりに過ぎないが……

しかし、これらを要するに。

……私が娘を、娘が私を、伊勢警部が鉄雄君を、鉄雄君が伊勢警部を殺したとして、そこに何の不思議も不合理もありはしないということだ。いやむしろ統計イメージとしては自然だということだ。そして何の不思議も不合理もなく自然だというそのことが、まさに我が国の地獄と絶望とを裏書きしている。そうは思わないかね？」

「しかし殺害された無辜《むこ》の児童たちはいうでしょうね——それこそ家の中で勝手にやってくれと。何故自分たちがその地獄と絶望に巻き込まれなければならなかったのかと」

「むろん娘と鉄雄君がやったことは許されることではない。

だが……

だが私には解らない。きっと、伊勢警部にも解らなかったろう。

よりによって何故、私の娘が、自分の息子が……他の誰よりも愛している自分の分身が、あのようになってしまったのか？　いや私が求めているのは鬱病だの統合失調症だのパーソナリティ障害だの、そんな説明ではない。ずっと普通にやってきた。いや普通以上にやってきた。与えられるだけのものを与え、不自由のない生活をさせてきた。親としてできるかぎりの事をやってきた。だのに何故、よりによって私の娘が……そんな……そんなかたちで道を外れなければならなかったのか？　あんなに賢く可愛かったのに？　病というなら何故完治させることができないのか？　そんな突然の受難を割り当てられるどんな悪行を娘がした？　これが私自身に起こったことならどうにでもなる。苦しみは甘受するし能《あた》うかぎりの努力はする。ただ私は娘ではない。私がどう足掻きどう藻掻こうと娘のこころは救ってやれない。そしてこんな言い方が許されるなら、壊れてゆく娘をただ座視するほどの拷問《ごうもん》がこの世にあろうか……恐ろしい偏見もある……職場復帰は絶望的だ……いや、ヒトとヒトとして言葉を交わすことさえ!!

死ねばよかったのか。

殺せばよかったのか。

いや。

何故私は、娘の死を願うようなそんな外道に堕《お》ちなければならなかったのか⁉

誰の所為《せい》だ⁉ 何の報いだ⁉」

「……いえ、解っておられるのでしょう。解っておられるからこそそこまで憤《いきどお》られる。

そこには何の理由も無い。

ただそうなったという事実があるだけ。

ヒトは、訳の解らないいまま生まれてきて、訳の解らないいまま生きて、訳の解らないいま死んでゆく。そこに何の理由も因果関係もありはしない。けれど、ヒトはその無意味に耐えられるほど強くない。だから理由を、因果関係を求める。何かの意味を求めようとする。誰かが、何かが悪いと思う。そして原因探しが続くかぎり、そう、原因と結果を――過去と未来ばかりを考えているかぎり、〈いま、ここ〉とは絶対にむきあえない。

古谷元長官。

僭越《せんえつ》ながら申し上げれば、あなたは弱い人です。

お嬢さんの〈いま、ここ〉を直視するのが恐くて恐くて、過去や未来、理由や因果関係ばかりを考え続けた。そうすれば逃避できるから。絶対に認めたくないお嬢さんの〈いま、ここ〉から逃げ続けることができるから——

古谷元長官。

あなたがあの〈五日市小学校通り魔事件〉において、『お嬢さんの存在そのものを消してしまおうとした』ことは、まさにその象徴です」

「……まだ若いのに、悟っているな？」

「私もまた伊勢警部を殺してしまいましたから。

そしてそのことから逃げるために、探偵紛《まが》いのことに熱中していましたから。私が何故あれほどこの事件の真実に、そして最終の犯人に執拗《こだわ》ったか？　それを考えているかぎり、自分も薄汚い殺人者であることを忘れられるからでした。今ではそれがよく解る」

「しかしその真実も、世に知られることはない」

「それならそれでいい。

私の好きな言葉を引用すれば——どっちにしろ海は、もうそんな区別をしやしない」

そのとき海上保安官がやってきて、房《ぼう》の鍵を開けた。

「お時間です。下船の御準備を」

五日市警察署・プレハブ脇

「おう八橋。挨拶回り、終わったのか？」

「はい楡《にれ》刑事課長。といって、誰もまともに目を合わせてはくれなかったですけどね」

「……再就職とか、どうなんだよ」

「いやいや、私、懲戒処分を喰らって叩き出される身ですから……警察一家はそこまで慈善家《じぜんか》じゃありませんよ。ぶっちゃけ、退職金もガン減《べ》りです」

「それもそうだ、愚問《ぐもん》だった。しかし八橋、お前がまさか減給処分っていうのは、いや、どう考えても解せんなあ。我が社で処分を喰らうってことは、そりゃすぐさま退職願出せってことだし……お前はあの市役所からの通報、お前なりに、誠実に処理したと俺は思うがね？」

「……物言えば唇《くちびる》寒しサッの風。ま、生きていればどうにかなりますよ」

「そうだな。生きてさえ、いりゃあな。あの津村のバカヤロウ。せっかく意識が戻ったのに、よく分からん急変でポックリとは。神も仏もねえのか。そりゃまあ、あのバカには誠実さのカケラもなかったから、生きていても懲戒と退職願は避けられなかったかも知れんが……生きてこそできる償いもやり直しもあろうに……

　敢《あ》えて言えば、津村さえ生き残ってくれていれば、お前の懲戒は無かったかも知れん。誰がどう考えても、ゴンゾウ津村の任務懈怠《けたい》が諸悪の根源だからな。そういう意味でも、奴が逝《い》っちまったのはホント、惜しまれるぜ」

「お亡くなりになった大先輩のことなんで、コメントは控えます」

「ところで八橋、あの、御転婆《おてんば》警務部長な。

　何だかいきなり異動だって話だが、その、愛弟子《まなでし》のお前のところに挨拶はあったのか？」

「……それが何も」

「もう警察本部にもいねえのか？」

「いないどころか、新しく御着任される警務部長のため、さっそくお部屋の大掃除が始まっていますよ。まるでガサみたいな騒ぎでした。新しい警務課次席も、いきなりの栄転でそりゃもうハイテンション。

……佐々木警務部長も、松崎次席も、もうすっかり『いない人』でしたね」

「ふーん……」

「どうされました？」

「ちょっとばかり、意外でな。

　いや、俺の人を見る目が曇っていたと、ただそれだけのことだ」

「……確かに、佐々木前警務部長なら、楡刑事課長には絶対に挨拶をすると思ったんですけどね」

「お前の懲戒処分のことといい、ぷいっと東京に戻っちまうことといい……ま、偉い人なんざそんなもんかな。いや、警察一家なんてそんなもんだ。いずれにしろ、元気でな。ほとぼりが冷めたら再就職、俺が署長《オヤジ》に掛け合ってやるから」

「お言葉はありがたく頂戴します。楡課長もどうか、お元気で」

東京警察病院・八階病棟

「お母さん……」

「あら、目が覚めたのね」

「私の決裁用印鑑を取って。例の文書、今日中に航空局長まで決裁をもらっておかないと」

「はい、これね」

「あと国会連絡室に行かないと。国会バッジ借りて。大事な会議のメモ取りがあるから」

「解りました。

ええと、そうそう、あと配車も確認しておくのよね？」

「もちろん。で、あの質問主意書はどうなった？」

「な、夏美の課には当たらなかったんですって」

「じゃあしばらく、貯まった合議《あいぎ》の始末ができるわね――」

冬木夏美はベッドの上でそういうと、まったく自然に、一冊の文庫本を読み始めた。

……私が親不孝になることは
人間の名に於いて已むを得ない。

私は一個の人間として生きようとする。

一切が人間をゆるさぬこの国では、
それは反逆に外ならない。

「そういえば、お母さん」

「何？」

「私、鉄雄くんに会ったよ」

「……ど、どこで!?」

「それは小学校だよ。五日市小」

「五日市小で何をしていたの!?」

「そんなに興奮しないで……ただの昔の、幼馴染《おさななじ》みじゃない。

まさか色恋沙汰《ざた》じゃないわ。私たち、運動会を見学に行こうってチャットして、それで」

「夏美――そのことは!!　そのことは駄目、絶対に口にしては――誰にも喋っては駄目!!」

「だから変な関係じゃないんだって。いくら私が高校生だからって、分別《ふんべつ》はあるよ」

「そ、そうよね……」

だけど夏美、いい、これだけは覚えておいて。

夏美はお役所勤めでとても疲れているの。だから転《うた》た寝《ね》をして変な夢を見るの」

「そういえば時々、頭がぼうっとしちゃって。

月三〇〇時間の超勤じゃあ無理もないよね」

「だから、五日市小とか、伊勢くんとか、昔のことをよく思い出すのよ。

でもそれは全部夢だから。

夏美は十八歳の年から東京に出て、もう十五年も帰省をしていない。忙しすぎるもの。

だから五日市小に行ったことなんてないし、伊勢くんに再会したこともないの。全部夢なの」

「夢……」

「そう夢。だからお母さんと約束して。その夢のことは、絶対に誰にも話さないって」

「どうして？」

「……職場復帰に影響があるから。

主治医の大野先生が、まだ病気なんだって誤解するわ」

「そうだね。

大野先生がウンって言ってくれなきゃ、期末テストまでに退院させてくれないもんね!!」

「うん、そうそう、そうなの」

「それにしても、お腹空《す》いたなあ」

「大好きなレモンパイがあるわよ」

「あっ、やったあ!!」

白く明るい病室で、冬木夏美は、母の手からレモンパイの皿を受け取った。

彼女の歯が、甘酸っぱいレモンをぐにゃりと噛み——

かつてトパーズだった香気が、カナリアのように申し訳なさげに立った。

もちろんそれは、夏美の意識に何の影響も与えない。

そのとき、母の涙がひと雫《しずく》、彼女が投げ捨てた文庫本にぽとりと落ちた。

解　説　事件とは多面体

東《あづま》　えりか（書評家）

二〇二二年七月八日の昼頃、本書『老警』の文庫解説を書き始めたちょうどその時、ニュース速報がスマホに届いた。

「安倍晋三《あべしんぞう》元首相、奈良市で応援演説中に銃で撃たれ、心肺停止」

テレビを付けると、すでに臨時ニュースでその瞬間の映像が流されていた。参議院選挙を二日後に控え、自民党候補の応援演説を行っている最中、安倍元首相は背後から狙撃されその場に倒れ込んだ。容疑者は即座に拘束され、安倍氏は心肺蘇生《そせい》処置を受けながらすぐに救急搬送されたが、当日夕刻に死亡が確認されたと発表があった。

元首相の応援演説ともあって、多くの人が見ている中での蛮行は様々な角度からスマホによって録画され、即座にSNSに流された。警視庁のSPも奈良県警も厳重な警護をしていただろうなかで、至近距離から発砲され殺害されるというのは警察の大失態である。その夜開かれた奈良県警幹部と、翌日の奈良県警本部長の記者会見を観た。

幹部の会見は真ん中に刑事部長、両隣には警備部参事官と捜査第一課長が並び、記者たちの質問に答えていた。狼狽《うろた》えた様子は見られなかったが、歴史に残る大事件に立ち向かうことを噛《か》み締めているような言葉に、彼らの心情が透けて見えたような気がしたのは〝古野《ふるの》まほろ〟の小説を読んでいたからだ、と気づいた。

また、奈良県警本部長が「警護・警備に関する問題があったことは否定出来ない」と語り、慚愧《ざんき》に堪えないといった様子に、警察庁警備局に長く在籍し要人警護にも従事していた経験を生かせなかった苦衷を慮《おもんぱか》ってしまうのも〝古野まほろ中毒〟症状の一端かもしれない。

元キャリア警察官で、警察署、警察本部、海外、警察庁などで勤務し、警察大学校主任教授でもあった〝古野まほろ〟というミステリー作家が描く警察小説が、長く大流行している「警察小説」のジャンル内でも異質であるのは、この特異な経歴による。

小説の他にも、自らの経験を通しての警察の仕組みや警察官の人生などを解説した著作も多い。

『警察官僚――0・2％未満のキャリアの生態』（祥伝社新書）では、全国の警察官二十六万人超のなかにわずか五百人ほどしか存在しない「キャリア警察官」の生々しい生き様を暴露している。この本に書かれた「警察本部長の特異性」の項を読むと、今回の事件における奈良県警本部長の決意や忸怩《じくじ》たる心情を想像することができるだろう。〝キャリア警察官〟のプライドの高さは責任感に比例するに違いない。

ひとたび重大事件が起きると現地の警察に捜査本部が立ち上げられる。安倍元首相暗殺のような歴史に残る大事件は稀《まれ》だが、無差別殺人事件などが勃発《ぼっぱつ》すれば、地元の警察署が一丸となって捜査に当たる。

『老警』は、日本のどこにでもあるようなA県で、長期間自宅にひきこもっているある警察官の息子、伊勢鉄雄《いせてつお》（33歳）の近況から話が始まる。

少し長い序章ではこの鉄雄の生育歴や病歴、妄想の質、現状、わずかな生活の変化が語られる。大手出版社からデビューしたプロの作家を自任する伊勢鉄雄は、何もかもが思い通りにならないことにいらだっていた。担当編集者はつかまらず、近くの小学校は運動会の練習で騒音をまき散らす。父親が作る朝食は相変わらず母さんのようにはならない。ブチ切れて……捨て台詞《ぜりふ》を吐く。

「流行《はや》りの拡大自殺とか、やらかしちゃうかもだからねえ、そうだろ？」

高卒のたたき上げである父親の伊勢鉄造《てつぞう》（59歳）は息子の扱いに悩んでいた。中学受験が引き金となり、母親への家庭内暴力は母を遠ざけることで収め、息子が関与したのではないかと疑える付近で起こった事件は立場をつかって〝揉《も》み消した〟。正式な診断名にも耳をふさぎ、本格的な〝ひきこもり〟が始まった。

同時にA県警察から任命された〈少年警察ボランティア〉冬木雅春《ふゆきまさはる》（65歳）は独白する。東大法学部を卒業し〝一流企業〟でそれなりの地位に就いた人間が、娘の挫折《ざせつ》で地元に戻ってこざるをえなかった。

そしてもう一人の事件の当事者、その圏内を管轄する駐在所長である津村茂《つむらしげる》警部補（59歳）のひととなりが紹介され、市役所から津村警部補へ自傷他害の可能性のある相談者の対応が持ち込まれる。

これらの事案がひとつでも解決できていたら、A県五日市《いつかいち》市・五日市小学校での惨劇は防げていただろう。

安倍元首相の今回の事件も、どこか日本の治安や安全に対する過信があったのではないだろうか。上手の手から水がこぼれた時、大事件とは起こるものなのかもしれない。

伊勢鉄雄は教師、保護者、児童を含む十九人を殺傷するという無差別殺人事件を起こし、津村警部補の拳銃《けんじゅう》を奪って彼を撃ち、最後は自らの放った銃弾で自殺した。それもその犯行声明を、奪った警察無線機で中継されるという、警察にとっては大失態であった。

さらにその責任を負って父親のA県警察本部警務部給与厚生課次席、伊勢鉄造警部も自死した。A県警察本部の〈警務部長〉、キャリア警察官である佐々木由香里《ささきゆかり》警視正（42歳）が捜査一課に先んじて事情聴取をした直後のことであった。由香里に対する捜査本部および捜査一課の非難が渦巻き、彼女はこの捜査から外れるよう刑事部長より哀願される。

それを受け入れた由香里だが、この事件の一連の動きにある違和感を持ち独自に捜査を開始した。

ここからは一気呵成《いっきかせい》に物語は進む。この事件は通り魔による無差別殺人事件としてはシンプルだ。精神に病を持ち長くひきこもっていた青年が、外からの攻撃を受けていると被害妄想を抱き、排除するために小学校の運動会を襲撃し、多数の死傷者を出したというものだ。犯人は自殺しているので、あとは敗戦処理のみのはず。なぜA県警察本部ナンバー2である由香里を頑《かたく》なに排除しようとしているのか。

異例ではあるが、ここから由香里は女警の仲間である五日市警察署生活安全課長、八《や》橋響子《つはしきょうこ》（40歳）と協力し、真相に近づいていく。

銃乱射事件のような無差別殺人が頻繁に起こるアメリカと違い、日本ではこの手の犯罪は格段に少ない。とはいえ一九九九年の池袋《いけぶくろ》通り魔事件、下関《しものせき》通り魔事件、二〇〇〇年の西鉄《にしてつ》バスジャック事件や二〇〇一年に発生した大阪池田《いけだ》小児童殺傷事件など、犯人の持つ被害者意識の高まりが、やがて世間に対する軽蔑《けいべつ》や嫌悪へと転化し、広く社会全般へ拡張された事件は起こっている（犯罪事件研究倶楽部『日本凶悪犯罪大全217』文庫ぎんが堂）。伊勢鉄雄が起こした事件も一見するとこの範疇《はんちゅう》に入ると思われる。

インベカヲリ★『「死刑になりたくて、他人を殺しました」無差別殺傷犯の論理』（イースト・プレス）は無差別殺傷犯に直接かかわる研究者や支援者、宗教家など十名へのインタビューで構成されている。

その中で精神科医の斎藤学《さいとうさとる》による現代の無差別殺傷犯の心理分析に伊勢鉄雄の心情を理解する上での一端を見た。斎藤は秋葉原《あきはばら》無差別殺傷事件の犯人、加藤智大《かとうともひろ》の自著から「表現者になりたい」という欲望、野心が犯罪に結びつくと分析している。鉄雄の「作家になって有名になる」からはじまり、凶行の後に警察無線機を奪って犯行声明を出したことは、「表現者」としての自己満足を得たかったからではないだろうか。

だがこの事件にはそれだけではない事情が隠されている。現場の警察官でなければわからないヒエラルキーやこんがらがった人間関係を由香里は少しずつ解き明かした。

もちろんこの事件は、罪のない教師、保護者、児童が被害者となった許されない凶悪犯罪であった。だが辿《たど》り着いた伊勢鉄雄の思いの中には、パンドラの箱の底に残されていた希望の妖精《ようせい》がいたように思う。

事件とは多面体である、とつくづく感じる。幾重にも折り重なった真実に辿り着くまでの物語をどうか楽しんでほしい。

本書は、二〇一九年十一月に小社より刊行された単行本を文庫化したものです。

老警《ろうけい》

古野《ふるの》まほろ

令和4年 8月25日　初版発行
令和6年 3月15日　再版発行

発行者●山下直久

発行●株式会社KADOKAWA
〒102-8177　東京都千代田区富士見2-13-3
電話　0570-002-301(ナビダイヤル)

角川文庫 23285

印刷所●株式会社KADOKAWA
製本所●株式会社KADOKAWA

表紙画●和田三造

●お問い合わせ
https://www.kadokawa.co.jp/（「お問い合わせ」へお進みください）
※内容によっては、お答えできない場合があります。
※サポートは日本国内のみとさせていただきます。
※Japanese text only

ISBN 978-4-04-112740-7　C0193

◆◇◇

角川文庫発刊に際して

角川源義

　第二次世界大戦の敗北は、軍事力の敗北であった以上に、私たちの若い文化力の敗退であった。私たちの文化が戦争に対して如何に無力であり、単なるあだ花に過ぎなかったかを、私たちは身を以て体験し痛感した。西洋近代文化の摂取にとって、明治以後八十年の歳月は決して短かすぎたとは言えない。にもかかわらず、近代文化の伝統を確立し、自由な批判と柔軟な良識に富む文化層として自らを形成することに私たちは失敗して来た。そしてこれは、各層への文化の普及滲透を任務とする出版人の責任でもあった。

　一九四五年以来、私たちは再び振出しに戻り、第一歩から踏み出すことを余儀なくされた。これは大きな不幸ではあるが、反面、これまでの混沌・未熟・歪曲の中にあった我が国の文化に秩序と確たる基礎を齎らすためには絶好の機会でもある。角川書店は、このような祖国の文化的危機にあたり、微力をも顧みず再建の礎石たるべき抱負と決意とをもって出発したが、ここに創立以来の念願を果すべく角川文庫を発刊する。これまで刊行されたあらゆる全集叢書文庫類の長所と短所とを検討し、古今東西の不朽の典籍を、良心的編集のもとに、廉価に、そして書架にふさわしい美本として、多くのひとびとに提供しようとする。しかし私たちは徒らに百科全書的な知識のジレッタントを作ることを目的とせず、あくまで祖国の文化に秩序と再建への道を示し、この文庫を角川書店の栄ある事業として、今後永久に継続発展せしめ、学芸と教養との殿堂として大成せんことを期したい。多くの読書子の愛情ある忠言と支持とによって、この希望と抱負とを完遂せしめられんことを願う。

一九四九年五月三日

角川文庫ベストセラー

監殺　古野まほろ

警務課内に組織された、警察の〝罪〟を取り締まる監察裏部隊「警務部警務課巡回教養班＝SG班」。警察内の異端児たちが、声なき者の恨みを力で晴らす。警察のリアルを知る著者による、前代未聞の監察小説！

女警　古野まほろ

地方都市の交番で起きた警部補射殺事件。部下である女性巡査は拳銃を所持して行方不明のまま。監察官室長・理代は真相を探ろうとするが……元警察キャリアの著者が鋭く斬り込む、組織の建前と本音。

全日本探偵道コンクール　セーラー服と黙示録　古野まほろ

探偵の甲子園ともいうべき、全日本探偵道コンクールが幕を開けた。対戦するのは、古野みづき率いる「勁草館高校」。その恐るべきゲームのルールとは？

セーラー服とシャーロキエンヌ　穴井戸栄子の華麗なる事件簿　古野まほろ

最上等の女流名探偵・穴井戸栄子に持ち込まれる不可思議な4つの事件。獅子座の人だけOKという高級バイトの目的とは？（「獅子座連盟」）ほか、ホームズ愛に溢れる事件に、ドS探偵と下僕助手が挑む！

その孤島の名は、虚《きょ》　古野まほろ

女子高吹奏楽部の生徒たちが、放課後の練習中に一斉に姿を消した！　生徒たちが気がつくと、そこは現実社会とは似て非なる、ある法則に支配された謎の孤島だった――!?　青春サバイバルミステリ！

角川文庫ベストセラー

生贄のマチ
特殊捜査班カルテット
大沢在昌

家族を何者かに惨殺された過去を持つタケルは、クチナワと名乗る車椅子の警視正からある極秘のチームに誘われ、組織の謀略渦巻くイベントに潜入する。孤独な潜入捜査班の葛藤と成長を描く、エンタメ巨編！

解放者
特殊捜査班カルテット2
大沢在昌

特殊捜査班が訪れた薬物依存症患者更生施設が、何者かに襲撃された。一方、警視正クチナワは若者を集めたゲリライベント「解放区」と、破壊工作を繰り返す一団に目をつける。捜査のうちに見えてきた黒幕とは？

十字架の王女
特殊捜査班カルテット3
大沢在昌

国際的組織を率いる藤堂と、暴力組織〝本社〟の銃撃戦に巻きこまれ、消息を絶ったカスミ。助からなかったのか、父の下で犯罪者として生きると決めたのか。行方を追う捜査班は、ある議定書の存在に行き着く。

逸脱
捜査一課・澤村慶司
堂場瞬一

10年前の連続殺人事件を模倣した、新たな殺人事件。県警を嘲笑うかのような犯人の予想外の一手。県警捜査一課の澤村は、上司と激しく対立し孤立を深める中、単身犯人像に迫っていくが……。

歪
捜査一課・澤村慶司
堂場瞬一

長浦市で発生した2つの殺人事件。無関係かと思われた事件に意外な接点が見つかる。容疑者の男女は高校の同級生で、事件直後に故郷で密会していたのだ。県警捜査一課の澤村は、雪深き東北へ向かうが……。

角川文庫ベストセラー

執着
捜査一課・澤村慶司
堂場瞬一

切り裂きジャックの告白
刑事犬養隼人
中山七里

七色の毒
刑事犬養隼人
中山七里

ハーメルンの誘拐魔
刑事犬養隼人
中山七里

孤狼《ころう》の血
柚月裕子

県警捜査一課から長浦南署への異動が決まった澤村。その赴任署にストーカー被害を訴えていた竹山理彩が、出身地の新潟で焼死体で発見された。澤村は突き動かされるようにひとり新潟へ向かったが……。

臓器をすべてくり抜かれた死体が発見された。やがてテレビ局に犯人から声明文が届く。いったい犯人の狙いは何か。さらに第二の事件が起こり……警視庁捜査一課の犬養が執念の捜査に乗り出す！

次々と襲いかかるどんでん返しの嵐！『切り裂きジャックの告白』の犬養隼人刑事が、〝色〟にまつわる7つの怪事件に挑む。人間の悪意をえぐり出した、傑作ミステリ集！

少女を狙った前代未聞の連続誘拐事件。身代金は合計70億円。捜査を進めるうちに、子宮頸がんワクチンにまつわる医療業界の闇が次第に明らかになっていき——。孤高の刑事が完全犯罪に挑む！

広島県内の所轄署に配属された新人の日岡はマル暴刑事・大上とコンビを組み金融会社社員失踪事件を追う。やがて複雑に絡み合う陰謀が明らかになっていき……男たちの生き様を克明に描いた、圧巻の警察小説。

角川文庫ベストセラー

凶犬の眼　柚月裕子

マル暴刑事・大上章吾の血を受け継いだ日岡秀一。広島の県北の駐在所で牙を研ぐ日岡の前に現れた最後の任俠・国光寛郎の狙いとは？　日本最大の暴力団抗争に巻き込まれた日岡の運命は？『孤狼の血』続編！

警視庁53《ゴーサン》教場　吉川英梨

捜査一課の五味のもとに、警察学校教官の首吊り死体発見の報せが入る。死亡したのは、警察学校時代の仲間だった。五味はやがて、警察学校在学中の出来事が今回の事件に関わっていることに気づくが――。

偽弾《ぎだん》の墓　警視庁53《ゴーサン》教場　吉川英梨

警察学校で教官を務める五味。新米教官ながら指導に奮闘していたある日、学生が殺人事件の容疑者になってしまう。やがて学校内で覚醒剤が見つかるなどトラブルが続き、五味は事件解決に奔走するが――。

聖母の共犯者　警視庁53《ゴーサン》教場　吉川英梨

府中警察署で脱走事件発生――。脱走犯の行方を追っていた矢先、卒業式真っ只中の警察学校で立てこもり事件も起きて……あってはならない両事件。かかわる人々の思惑は!?　人気警察学校小説シリーズ第3弾！

正義の翼　警視庁53《ゴーサン》教場　吉川英梨

府中市内で交番の警官が殺された――。事件を追っていた矢先、過去になく団結していた53教場内で騒動が……警官殺しの犯人と教場内の不穏分子の正体は？　各人の思惑が入り乱れる、人気シリーズ第4弾！